신 비 한
결 속

LES
SOLIDARITÉS
MYSTÉRIEUSES

Les solidarités mystérieuses

Pascal Quignard

Copyright © 2011 by Éditions Gallimard
Korean Translation Copyright © 2015 by Moonji Publishing Co., Ltd.
All rights reserved.

This Korean edition was published by arrangement with Éditions Gallimard through
Sibylle Books Literary Agency, Seoul.

신비한
결속

LES
SOLIDARITÉS
MYSTÉRIEUSES

파스칼 키냐르 지음
송의경 옮김

문학과지성사

2015

파스칼 키냐르Pascal Quignard

1948년 프랑스 베르뇌유쉬르아브르(외르)에서 태어나, 1969년 첫 작품 『말 더듬는 존재』를 출간했다. 어린 시절 심하게 앓았던 두 차례의 자폐증과 68혁명의 열기, 에마뉘엘 레비나스·폴 리쾨르와 함께한 철학 공부, 뱅센 대학과 사회과학고등연구원에서의 강의 활동, 그리고 20여 년 가까이 계속된 갈리마르 출판사와의 인연 등이 그의 작품 곳곳의 독특하고 끔찍할 정도로 아름다운 문장과 조화를 이루고 있다. 18개월 동안 죽음에 가까운 병마와 싸우면서 저술한 『떠도는 그림자들』로 2002년 공쿠르 상의 영예를 안았다. 대표작으로는 『은밀한 생』 『로마의 테라스』 『뷔르템베르크의 살롱』 『샹보르의 계단』 『섹스와 공포』 『혀끝에서 맴도는 이름』 『떠도는 그림자들』 『옛날에 대하여』 『심연들』 『빌라 아말리아』 등이 있다.

옮긴이 송의경

서울대학교 불어불문학과를 졸업하고 프랑스 엑상프로방스 대학 박사과정을 수료했으며, 이화여자대학교에서 박사학위를 받았다. 이화여대와 덕성여대에 출강했다. 키냐르의 작품 『빌라 아말리아』 『은밀한 생』 『로마의 테라스』 『혀끝에서 맴도는 이름』 『떠도는 그림자들』 『섹스와 공포』 『옛날에 대하여』 『부테스』 『눈물들』 『하룻낮의 행복』 등을 우리말로 옮겼다.

신비한 결속

제1판 제1쇄 2015년 5월 30일
제1판 제2쇄 2021년 9월 30일

지은이   파스칼 키냐르
옮긴이   송의경
펴낸이   이광호
펴낸곳   ㈜문학과지성사
등록번호   제1993-000098호
주소   04034 서울 마포구 잔다리로7길 18(서교동 377-20)
전화   02) 338-7224
팩스   02) 323-4180(편집) / 02) 338-7221(영업)
전자우편   moonji@moonji.com
홈페이지   www.moonji.com

ISBN 978-89-320-2748-7

그가 가는 곳에 나도 가리라.
그가 사는 곳에 나도 머물겠노라.
그가 죽는 곳에 나도 묻히리라.

「룻기」*

차례

일러두기

1. 이 책은 Pascal Quignard의 *Les solidarités mystérieuses*(Paris: Éditions Gallimard, 2011)를 우리말로 옮긴 것이다.
2. 파스칼 키냐르의 원문에는 주가 없다. 본문의 각주는 옮긴이가 보충 설명한 것이다.
3. 강조하기 위해 원서에서 대문자로 표기한 것을 본문에서는 고딕체로 표기했다.
4. 맞춤법과 외래어 표기는 1989년 3월 1일부터 시행된 「한글 맞춤법 규정」과 『문교부 편수 자료』 『표준국어대사전』(국립국어연구원)을 따랐다.

제1부 **클레르**

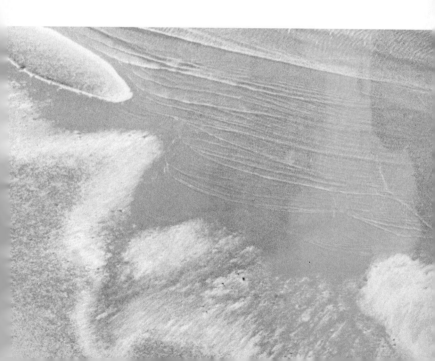

제1장

2007년 2월 3일 토요일 미레유 므튀앵이 디나르[1]에서 결혼식을 올렸다. 클레르는 금요일에 출발했다. 폴은 동행을 거절했다. 그 집안과 아무런 유대감도 남아 있지 않다는 이유에서였다. 그녀는 11시부터 배가 고팠다. 아브르 강을 따라 달렸다. 브뢰, 틸리에르를 경유해서 베르뇌유로 가는 길을 택했다. 베르뇌유 진입로를 빠져나와 텅 빈 주차 구역의 모래밭에 차를 세웠다. 점심 식사를 할 참이었다.

레글 마을의 숲이다.

그녀는 주차장을 가로질러 알프스풍의 목조 건물 앞에 놓인 작은 철제 테이블을 향해 걸어간다. 작은 테이블 한가운데 노란 개나리꽃 화분이 놓여 있었다. 개나리꽃 화분 맞은편에는 분필로 그날의 메뉴가 적힌 칠판이 있다. 그녀는 메뉴를 살펴본다.

---

1) 프랑스 브르타뉴 해안의 어촌.

오십 줄에 들어선 남자가 머뭇거리며 식당 밖으로 나온다. 빨간색과 하얀색이 큼직하게 교차된 체크무늬 앞치마를 두르고 있다.

"저기요, 햇빛이 있는, 여기서 먹어도 될까요?"

클레르는 밖에 놓인 작은 철제 테이블을 가리키며 묻는다.

"정오가 아니라는 거 아시죠?"

"지금은 식사가 곤란하다는 말씀인가요?"

"네."

"그래도 여기, 햇빛 속에 좀 앉아 있고 싶어요. 정오는 아니더라도."

*

식당 주인은 마뜩잖은 눈치다. 어쨌든 아무 대답도 없다. 반응이 이상하다. 클레르를 유심히 뜯어본다. 그녀가 그에게 다가가 팔을 잡는다. 그녀의 키가 그보다 두 배는 더 크다.

"제가 말을 하잖아요. 여기, 햇빛 드는 곳에 앉아도 되냐고 묻고 있잖아요."

"여기 말인가요?"

"네, 여기요. 햇빛 드는 곳에."

식당 주인이 새파란 눈을 들어 그녀를 바라본다.

"저기요, 샐러드 한 접시라도 먹었으면 하는데요, 여기 햇빛이 잘 드는 곳에서요. 지금이 11시밖에 안 됐고, 2월이긴 하지만." 그녀가 거듭 말한다.

침묵.

"저기요, 뭐라고 대답을 하셔야죠."

그러자 식당 주인은 앞으로 나가더니, 게시판, 즉 그날의 메뉴가 적힌 칠판과 개나리꽃 화분을 집어 든다.

그것들을 가지고 식당으로 들어간다.

손에 스펀지를 쥐고 다시 나온다.

천천히 테이블을 닦는다.

행주질을 하는데 테이블이 건들거린다.

식당 주인이 무릎을 꿇고 앉는다. 나무뿌리 때문에 지면이 볼록하다. 테이블의 다리 하나를 들어 올린 뒤에 돌멩이를 밀어 넣어 테이블을 괸다.

여전히 한쪽 무릎을 땅에 꿇은 자세로 눈살을 찌푸리며, 클레르를 보면서 단지 이렇게 말한다.

"제가 좀 뜸을 들였죠, 부인, 올빼미 한 마리가 있어서요."

그가 손가락으로 나무 위를 가리킨다.

두 사람이 동시에 고개를 든다.

대기는 가볍고 푸르다.

떡갈나무는 갓 돋아난 작은 잎사귀들이 햇빛을 누리고 있음에도 앙상해 보인다.

"이 시간엔 아마 잘 거예요." 그녀가 넌지시 말한다.

"그럴까요?"

클레르가 고개를 끄덕인다.

"정말 그럴까요?"

식당 주인은 말없이 눈으로 묻는다. 여전히 한쪽 무릎은 땅에 꿇은 채 두 팔을 다른 쪽 무릎에 엇갈려 얹은 자세로.

"확실해요." 클레르가 대답한다.

그녀는 의자를 끌어내 작은 테이블 앞에 앉은 다음에 조용히 울기 시작한다.

*

시청에서 올리는 결혼식[2] 시간은 10시 30분으로 정해졌다.

클레르는 가급적 이른 시간(호텔 여주인이 빵집에서 빵을 사 오는 즉시)에, 즉 7시 15분에 아침 식사를 했다.

9시에 시장으로 간다.

어슬렁거린다.

배 모양의 그릇에 담긴 전혀 제철이 아닌 딸기를 바라본다. 도저히 참을 수가 없어 딸기를 하나 집어 입안에 넣고, 직접 딸기 향

2) 프랑스에서는 결혼식을 두 번—시청에서 올리는 '민법상의 결혼식mariage civil'과 주로 성당에서 올리는 '종교적 결혼식mariage religieux'—올린다. 전자는 의무에 속한다. 일반적으로 주말인 토요일 오전 시청에서 결혼식을 올린 뒤, 대체로 성당에서 가톨릭식(대부분의 경우가 이에 해당된다)으로 결혼식을 올린다. 물론 종교에 따라 유대교식이나 이슬람교식으로 거행될 수도 있다. 그런 다음에 피로연을 갖는다.

을 느껴본다.

두 눈을 감는다. 맛을 음미한다.

*

딸기 하나를 맛보는 중이었다. 딸기에 함유된 수분 냄새만 났
다. 그때 뭐라 표현할 수 없게 마음을 사로잡는 어떤 목소리가 들
려왔다. 영문은 모르지만 몸 안이 부풀어 오르는 게 느껴졌다.

눈을 떴다. 뒤를 돌아보았다.

약간 떨어진 곳, 왼쪽에, 유기농 채소 장수 아줌마와 한창 흥정
을 벌이고 있는 노부인의 모습이 눈에 들어왔다.

그녀는 천천히 다가갔다.

진열대에 늘어놓은 채소는 그다지 상품(上品)이 아니었다. 볼품
도 없고, 모양새도 엉성할 뿐더러 잎에는 덕지덕지 흙까지 묻어
있었다.

목소리는 채소 앞에 신 키가 아주 작은 부인에게서 흘러나왔다.

노부인은 틀어 올린 하얀 머리 위로 검은색 바탕에 자잘한 분홍
색 꽃무늬가 프린트된 세모꼴 숄을 두르고 있었다. 숄은 머리숱에
비해 터무니없이 작았다. 그녀는 파가 얼마냐고 묻고 있었다.

클레르는 열 걸음 떨어진 곳에서 들려오는 이 목소리가 좋았다.

이 목소리가 말할 수 없이 좋았다.

이토록 맑은 음색에, 자신의 몸을 끌어당기는 리드미컬한 문장

15

들로 이루어진 일종의 파도에 이름을 붙여보고 싶었다. 목소리는 상추에서 그리고 까만 베트라브[3]에서 올라왔다. 갑자기 단호해진 어조의 목소리가 라디[4] 한 단을 주문했다. 근대 잎맥을 주문하는 목소리가 들릴 때쯤에는 클레르 므튀앵의 두 눈에 눈물이 가득 고였지만, 그렇다고 울지는 않았다. 그녀는 흐려진 시야에서, 손과 반지가 시금치의 거무스름한 큰 이파리들 위로 불쑥 나타나더니, 채소 장수 아줌마가 내민 칙칙한 색깔의 재활용 종이 봉지를 받아 쥐는 것을 보면서도 별로 놀라지 않았다.

*

클레르는 줄 서 있는 사람들을 밀어냈다.

차례를 기다리던 사람들이 투덜거리고 불평하기 시작했다.

클레르가 나지막하게 불렀다.

"라동 선생님."

묵묵부답. 노부인은 돌아보지 않았다.

좀더 큰 소리로 불렀다.

"라동 선생님!"

노부인의 등덜미가 움찔하더니, 천천히, 그녀의 얼굴이 클레르

3) 무류(蕪).
4) 작은 무의 일종.

쪽으로 향했다. 노부인은 밤색 눈에 금테 안경을 쓰고 있었다. 눈길을 들어 클레르의 얼굴을 올려다보고, 자기 앞에 선, 키가 엄청나게 큰, 무척 길어서 자신보다 두 배는 더 높아 보이는, 자기 이름을 부른 이 젊은 여자를 보며 당황한 기색이 역력했다. 라동 부인은 클레르를 금방 알아보지 못했다. 클레르를 뚫어지게 쳐다보고 있는데, 스위스 모자를 쓴 한 신사가 클레르에게 오더니 차례를 좀 지키라며 나무랐다.

"라동 선생님." 클레르가 거듭 말했다.

클레르는 노부인의 손에서 장을 본 꾸러미를 받아 들었다. 그리고 땅에 내려놓았다. 그녀의 손을, 무척 아름답고 반투명하고 마디가 뚜렷하고 자글자글하게 주름진 손가락들을 잡았다. 그 손가락들을, 예전에 그랬듯이, 하나씩 어루만졌다. 노부인의 눈빛이 부드러워졌다. 그녀의 하얀 머리칼에는 아주 가느다란 푸른빛이 살짝 감돌았다. 풀어 헤친 하얀 머리칼이 얼굴 주위에서 너울거렸다.

"믿을 수가 없네. 네가 꼬마 므튀앵이란 말이니?"

그제야 두 여자는 진열대와 줄에서 비켜났다.

"돌아온 거야?"

"선생님도요. 선생님도 브르타뉴로 돌아오셨군요. 생테노가로 오신 거죠?" 클레르가 물었다.

"맞아."

채소 장수 아줌마도 두 여자만큼이나 감동했다. 아줌마는 자

초지종을 전부 알아차렸다. 그녀는 파가 담긴 두번째 재활용 종이
봉지를 저울 옆으로 비켜놓았다. 봉지 위로 파가 비죽 나와 있었
다. 라디는 굵기가 대략 구즈베리만 했지만 색은 훨씬 더 연했다.

"네가 마리-엘렌의 언니지." 라동 부인이 부드러운 어조로 물
었다.

클레르는 고개만 끄덕였다. 말을 할 수 없어서였다. 목이 메었
기 때문에.

"동생은?"

"폴은 파리에 있어요."

"마저 장을 봐야겠다. 근데 너 떠나기 전에 꼭 날 보러 우리 집
에 오겠다고 약속해주렴."

"언제 갈까요?"

"좀 있다 와. 생테노가로, 점심 시간 지나서."

"잠시 뒤엔 안 되겠어요. 미레유의 결혼식이 있거든요."

"필리프 므튀앵의 딸이 결혼하니?"

"네, 미레유가 결혼해요. 전 내일도 여기 있을 거예요."

"그럼 내일 일요일에 보자꾸나. 괜찮으면 미사가 끝난 뒤에."

"여전히 같은 집에 사시는 거죠?"

"그럼, 여전하지."

*

밤이었다. 클레르는 결혼식에 이어진 피로연에서 포도주를 과음했다. 그녀는 호텔 방 침대에 그 고장의 지도를 펼쳐놓고 디나르의 호텔에서 생테노가의 라동 선생님 댁까지의 자동차 경로를 확인했다. 그러고 나서 다시 잠들었다.

9시에 방에서 아침 식사를 했다.

안락의자를 밀어 창가에 놓았다.

담배에 불을 붙여 물었다. 호텔에 비치된 전화번호부를 무릎에 올려놓고서, 어릴 적 친구들의 이름을 찾았다. 에블린의 이름이 있었다. 전화벨 소리가 빈집에 울려 퍼졌다. 그녀는 부재중이었다. 자동 응답기도 없었다.

시몽 클랭의 이름은 나와 있지 않았다.

파비엔 레 보세의 이름은 있었다.

파비엔은 첫번째 신호 음에 바로 응답했다.

"나 클레르야. 클레르 므튀앵. 기억나?"

"너 정신 나갔구나. 오늘은 일요일이야."

"나 클레르 므튀앵인데, 나 알지?"

"그럼, 물론이지. 기억나고말고."

"나 때문에 잠이 깼어?"

"그래."

19

"혼자야?"

"응."

"잘 됐다, 그럼 나하고 아침 식사 하게 나와."

두 여자는 즉시 만날 약속을 잡았다. 섬들을 오가는 순환선 맞은편의 부두 카페 '라 바르크 드 페스티뷔스'에서.

클레르는 먼저 와서 커피 한 잔을 앞에 두고 앉아 있었다. 파비엔은 클레르의 테이블 바로 옆 인도 위에 우체국 자전거를 세웠다.

클레르가 자리에서 일어났으나, 둘은 서로 포옹하지 않았다. 두 사람의 입술이 서로의 뺨을 스쳤을 뿐이다. 파비엔은 곧 인도 위에 놓인 의자를 끌어당겨 그녀 옆에 앉았다.

"너 되게 놀랐지. 네 절친이 집배원이라서."

"왜 그런 말을 해, 파비엔?"

"어렸을 때 네 꿈이 집배원 되는 거였잖아."

"꿈은 아니었지만, 아주 좋아."

"넌 뭘 해?"

"커피 한 잔 더요. 두 잔 주세요. 너 크루아상 먹을래? 나야 늘 번역하지."

"대체 몇 가지 언어를 하는 거니? 6개 국어? 20개 국어?"

클레르는 어깨를 으쓱해 보였다.

"난 네가 피아노를 전공할 거라고 생각했었어."

"나 어제 라동 선생님을 만났단다."

"댁에 들렀을 때 선생님이 그 말씀을 하시더라."

"선생님을 뵈었어?"

"어떻게 안 뵐 수 있니? 날마다 우편물과 신문을 가져다 드리는데. 근데 여긴 왜 이래? 다쳤니?"

파비엔은 손가락을 내밀어 클레르의 뺨에 난 상처를 만졌다.

"바람 때문에."

두 사람은 30분 남짓 이런저런 시시콜콜한 얘기들을 나누고 나서 입을 다물었고, 서로를 바라보았다. 썰물이고, 배들이 정박해 있고, 바람에서는 개흙냄새가 났다.

"가봐야겠어." 파비엔이 말했다. "너보고 집에 오란 말은 못하겠다. 남자 친구가 점심 먹으러 올 거라서."

둘은 자리에서 일어났다. 부둣가를 걸었다. 파비엔은 부두를 따라 우체국 자전거를 밀었다.

"파비엔?"

"응."

부두의 담장은 그 위에 손을 얹기에는 너무 풍화되고 축축했다.

클레르가 파비엔에게 물었다.

"시몽은 아직 여기 살아?"

"그래."

"전화번호부에 이름이 없던데."

"당연하지. 라클라르테에 정착했으니까. 부모님 약국은 남한테 맡겼어. 그리고 라클라르테 항구에 자기 소유의 작은 약국을 열었단다. 걔가 라클라르테의 시장이 되었는걸."

21

파비엔이 덧붙여 말했다.

"걔네 아들이 아파. 아내와 아들과 함께 생뤼네르의 집에서 살아."

"그웨나엘?"

"맞아. 당연하잖아, 안 그래?"

"당연하지."

둘은 주랑처럼 길게 펼쳐진 디나르 해변을 바라보며 서 있었다.

둘 다 낡은 목재 미끄럼대에 시선을 고정시키고 있었지만 정작 그것을 바라보는 것은 아니었다.

둘 다 말을 나눈다고 생각했지만 이미 더 이상 말을 주고받지는 않았다.

파비엔이 자전거 페달에 올라섰다.

클레르는 말없이 바다 위의 하얀 허공을 바라보았다.

*

그녀는 화들짝 잠에서 깨어났다. 해변에서 바위에 등을 기대고 있었다. 어린 여자애가 그녀의 허벅지를 톡톡 두드렸기 때문이다.

"좀 보세요!"

아이는 잠에 취한 클레르의 얼굴에 제 얼굴을 바싹 들이댔다.

"이것 좀 보라니까요!"

그러면서 조막만 한 두 손을 펴자 작은 게 한 마리가 나타났다.

색이 연한, 완전히 반투명한 게는 고사리 같은 손가락 틈새로 즉시 달아났다. 모래 위에 떨어졌다. 모래 속으로 들어가려 했다. 모래사장의 고랑들을 대각선으로 달렸다.

아이는 네 발로 기어가 게를 다시 손안에 잡아넣었다.

"내가 게 공장을 지을게요. 보세요! 여기, 물이 들어와요." 머리는 클레르를 향하고, 한 팔로는 제가 지은 공장이 있는 모래집을 가리키며, 아이가 말했다.

"아줌마 또 자는구나!"

아이가 클레르를 톡톡 두드렸다.

"아줌마 눈은 왜 새까매요?"

*

그녀는 바위를 하나씩 차례로 올라갔다. 황야를 걸었다. 무성한 히드며 이끼와 금작화 들 속을 걸어갔다. 이윽고 어린 시절의 장소가 나타났다. 그녀는 낯익은 화강암 덩어리들, 덤불숲, 오솔길, 낡은 담장, 가파른 계단들, 바다, 바다가 내지르는 아우성을 알아보았다. 조바심을 치며 마침내 그것들을 찾아냈다.

*

라클라르테로 가려면, 디나르에서 세관원들의 오솔길을 거쳐

갈 경우, 포르살뤼, 포르리우, 생테노가를 지나고, 새로 생긴 해수 테라피 센터를 돌아, 산언덕의 정상까지 올라가야 한다.

로슈플레 곶을 지나고서도 고원까지는 상당히 가파른 길을 한참 올라가야 한다.

거기서부터는 훨씬 야생적인 풍경이 펼쳐진다. 그곳이 황야다. 고원의 맨 끄트머리, 세 개의 와암(瓦岩)이 있는 피에르쿠셰[5]에는 라클라르테의 노트르담 성당 표지가 새겨져 있다. 황야와 황무지를 가로지르는 데만 꼬박 두 시간이 걸린다. 다시 내려가려면, 플라주블랑슈[6]에 당도하기 직전에 몸을 굽혀 아래를 봐도 까마득히 바다로 이어진 낭떠러지가 보일 뿐 정작 항구는 보이지 않는다. 성당에서 완전히 수직을 이룬 저 밑이라서 그렇다.

항구는 바다에서만 보인다.

그런데 바다에서도, 절벽에 붙어 있는 라클라르테 마을이 전부 시야에 들어오지는 않는다.

바람 속에서 건조되고 있는 빨래가 더러 보인다.

텔레비전 위성 안테나들이 보인다.

알 만한 사람이라면, 화강암 재질의, 검은색의, 테라스가 층층이 있는 무척 오래된 가옥들을, 일부는 절벽 속으로 움푹 들어간 상태로 화강암 암석을 파내어 만든 계단을 버팀목으로 삼은 그런

---

5) Pierres couchées: '와암(瓦岩)지대'라는 뜻.
6) Plage-Blanche: '백색 해변'이라는 의미.

집들을 그저 짐작해볼 따름이다. 거무스름한 계단에는 층고가 높은 단(段)들이 무수히 많아 오르기 힘들어 보인다.

*

절벽 위에서, 바람 속에서, 하늘 속에서 꼼짝도 하지 않는 몸, 그녀는 다시 행복해진다.

저 아래서 들려오는 바닷소리에 귀를 기울인다.

두 눈을 감는다.

그러자 차츰, 아주 먼 곳에서, 내면 깊은 곳에서, 큰어머니 침실의 화장실 사기 저수조에서 사기 변기로 요란하게 쏟아져 내리던 물소리가 들린다.

배수구에 물이 가득 차면 나무 마개가 뒤로 밀려나 농가 지붕 위의 물탱크에 연결된 검정색 고무 튜브를 막곤 했다.

그녀 아버지의 형수 마르그리트 므튀앵, 즉 기트 큰어머니가 허벅지 사이에 커피 가는 기계를 끼워놓고 원두를 으깨어 빻던 소리, 그리고 곳간에서 장작을 패던 도끼 소리, 금작화를 베던 낫질 소리도 들렸다. 사촌들은 그녀보다 나이가 훨씬 위였다. 그들이 강가를 따라가며 금작화를 잘라서 묶었다. 사촌들 중 맏이인 필리프 므튀앵이 미레유의 아버지였다. 그가 농장을 물려받아 관리했다. 어린애였던 그녀는 사촌 오빠들이 나뭇단을 묶는 모습을 바라보곤 했다. 그들이 늘 그녀를 작업에서 제외시켰기 때

25

문이다. 그녀는 호기심 가득한 눈으로 그들을 지켜보았다. 그들은 벌써 농장 일을 하고 있었다. 그들이 짐짓 그녀를 따돌렸던 것은 그녀의 학업성적이 우수하고 여자애인 데다가, 어머니가 줄곧 그 애를 감싸고돌았기 때문이다. 그녀의 남동생인 폴은 퐁토르송 기숙사에서 지냈다. 여름방학이 돼야 그를 볼 수 있었다. 그의 징징거림을 들어주는 것도 여름방학, 그러니까 8월뿐이었다.

*

이제 그녀의 내면에서는 딸랑거리는 다른 소리가 들려온다. 그녀는 조개껍질에 구멍을 뚫는다. 수백 개의 조가비에 구멍을 낸 다음 붉은 실로 꿴다. 달팽이들로 만든 장난감이 방울 소리를 냈다. 생수 상자와 맥주 상자를 가위로 오리고 밀가루 풀로 붙였다. 자신의 달팽이들, 메뚜기들, 개구리들 그리고 애벌레들을 위한 집을 만들었다.

지속적인 일종의 흥분 상태에서 그녀는 유충이 나비로 변하는 것을 바라보았다.

마침내 기억 저 깊은 곳에서 전광석화처럼 떠오르는 장면들이 있었다. 빗속에서 빨간 트럭에 실리는 지저분한 암소 여덟 마리, 빗물에 씻겨 깨끗해진 암소들, 빗물이 줄줄 흘러내리는 암소 여덟 마리, 엔진이 타버려 빗물에 잠긴 자동차, 절벽의 가드레일을 정면으로 들이받은 자동차.

26

그녀는 떨어진 티티새들에게 둥지를 만들어주고, 새들이 살아
남기를 바라는 마음에서 요깃거리로 식빵 부스러기와 우유를 주
었다.

그녀는 피에르쿠셰를 지났다. 내리막으로 들어섰다. 이곳에서는 경사가 가팔라 늘 현기증이 났다. 역시 현기증이 일었다. 그녀는 바다에서 수직으로 솟은 수백 개의 계단을 천천히 내려가기 시작했다. 몸을 굽히지 않으려고 조심했다. 그렇지만 현기증에도 불구하고, 보려고 하지 않는데도, 까마득한 저 아래 항구로 돌아오는 낚싯배들이 보였다.

생말로로 떠나는 순환선이 보였다. 갈매기들이 그 배를 뒤쫓았다.

저인망 어선은 순환선이 지나가기를 기다렸다.

배가 운하로 진입하는 즉시 물 위에 남은 흔적도 지워졌다.

섬들을 오가는 순환선을 뒤따르던 갈매기들이 뒤쫓기를 그만두고 저인망 어선 쪽으로 돌아왔다.

좀더 먼 곳에는, 라클라르테 항구의 표지인 작은 탑이 있고, 그 위로 하얀색 원기둥 모양의 작은 등대가 보였다.

*

일단 아래로 내려가서 굽어보니, 모든 게 작아 보여도 훨씬 덜 불안했고 훨씬 더 잘 보였다. 다시 고개를 드니, 그곳은 산적도, 세관원도, 영국 사람도, 해적도, 공안원도, 독일 사람도, 노르망디 사람도, 그리고 바람마저 피해 온 겹겹의 층으로 이루어진 오래된 항구였다. 부둣가를 따라 늘어선 집들의 앞면은 무척 좁았다. 이어진 상점들에는 저마다 창문이 하나씩만 있었다. 빵집에는 창문조차 없어서, 건조한 날에는 반으로 접은 크레이프[7]와 1킬로그램짜리 빵이 진열된 판매대를 밖으로 내놓곤 했다. 부두 카페의 통유리 문 위에서 파란색 네온사인이 번쩍였다. 그 옆으로 유명 메이커의 제화점, 담배와 신문 판매점이 이어지다가, 마침내 작은 계단이 나타났다. 작은 계단은 신부의 사택으로 연결되고, 그러고 나서 폭이 넓어지면서 라클라르테 성당의 열두 계단으로 이어졌다.

약국은 우체국 모퉁이에, 드그레뒤마르셰 골목의 작은 건물 맞은편에 있었다.

커튼이 내려져 있었다.

약국은 닫혀 있었다.

7) 밀가루, 우유, 달걀을 반죽해 얇게 부친 팬케이크.

부두 위쪽으로는, 계단식으로 쌓아올린 집터에, 더러는 층층이 포개지고 더러는 계단 위쪽의 시험림에 나란히 자리 잡은 슬레이트 지붕의 고옥(古屋) 30~40채가 하나같이 절벽에 끼워 박혀 있었다. 절벽은 거의 절반 높이까지 그런 집들로 잠식되어 있었다.

길들은 모조리 계단이었다. 자동차도, 소형 모터사이클도, 자전거도, 삼륜 오토바이도, 스케이트보드도 다닐 수 없었다. 세상에서 가장 조용한 마을이었다. 잔디 깎는 소리조차 들리지 않았다. 어느 정원도 잔디를 깔기엔 협소하고, 관목이 뿌리를 내리기엔 흙이 부족했다. 그래서 거의 창가마다 화분이며 작은 등나무, 히아신스, 해묵은 제라늄, 팬지가 보였다.

라클라르테 항구에는 통틀어 모두 7백 개의 계단이 있다고 했다. 피에르쿠셰까지 그리고 노트르담 성당까지 올라가려면 말이다.

감히 거기까지 오르는 사람은 드물었다.

장을 보려면 부두로 내려가는 편이 나았다. 아니면 장날을 기다렸다. 혹은 순환선을 타고 생말로나 캉칼로 가거나, 더 가까운 생브리아크나 디나르에 가서 쇼핑을 했다.

*

그녀가 간다. 트랩에 오르고 순환선을 탄다. 디나르 항구 유원지의 라고넬 식당 앞에서 내린다.

다시 해변을 가로지르고 산언덕을 오른다. 세관원들의 오솔길

을 걸어서 생테노가로 간다. 밀물이다. 초승달의 밀물. 초승달의
바다는 밤하늘의 허공에 한 달 중 가장 높은 파고의 파도를 철썩이
게 한다. 더욱 곤두선 물결이 파도로 부서지면서 하얀 거품을 가
장 많이 뿜어내는 때인지라 바닷소리도 가장 요란해진다. 클레르
와 먼 아래쪽에서 파도가 부서진다. 그런데도 바닷물이 얼굴에 튀
고, 자꾸만 등 뒤로 떨어지는 후드에도 거품이 튄다. 세찬 바람 때
문에 그녀는 뛰다시피 시멘트 길을 따라간다. 돌풍 속에서는 단순
한 보행도 그토록 힘들다.

후드는 더 이상 제구실을 하지 못한다. 바람이 그녀의 금발을
들어 올린다. 머리칼이 축축한 노란 횃불인 양 곤추선다. 그녀는
일부러 바람을 정면으로 맞으며 최대한 빠르게 앞으로 나아간다.

흠뻑 젖은 몰골로 라동 부인 집에 당도한다.

*

그녀는 라동 부인 집에 두 시간 머물다가 택시를 불러 호텔로
돌아와 짐을 챙기고, 체크아웃을 하고, 다시 택시에 올라타 라동
부인 집으로 돌아갔다. 거기서 나흘을 지냈다.

그러고 나서 파리로 돌아왔다.

그리고 열흘간의 휴가를 얻었다.

열흘 동안 생말로의 아파트에서 지냈다. 라동 부인 친구의 아
파트인데, 여름 한 철만 쓰는 집이었다. 하루에 한 번 라동 부인

집으로 갔고, 점심 식사나 저녁 식사를 했다. 거의 헐값에 카트르 L[8]을 렌트했다. 파리에 기차로 갈 경우엔 차를 해변 역의 주차장에 세워두었다.

8) 1967년 르노에서 출시된 저렴한 가격의 대중적인 자동차. 2007년도에 이처럼 낡은 자동차를 렌트한다는 설정은 좀 놀랍다.

제3장

그녀는 베르사유에 있다. 정원에 있다.

커다란 월계수 가지들 사이로 비옥한 땅에 햇빛이 약간 비친다.

낮은 담장을 따라가며 땅을 에워싼 시멘트 테두리에 가려진 작은 진흙 골에서, 둥근 회양목 옆에 있는 빨간 앵초가 눈에 띈다. 자그마한 꽃잎 두 장이 나뭇가지와 잎 들의 틈새로 새어드는 다채로운 빛의 우물을 향해 한껏 제 몸을 늘여 빼고 있다.

빛이 작은 섬처럼 이끼 위로 퍼진다.

멋진 작은 달팽이가 이끼를 뜯어 먹는다.

클레르는 작은 달팽이 앞에 쭈그리고 앉는다. 달팽이에게 속삭인다. "나무들을 다시 심어야겠어. 월계수 가지들을 쳐내야지. 예전부터 내가 계속 부딪치게 되는 굵은 가지를 톱으로 잘라야 해. 꽃들을 다시 심어야겠어. 흙을 갈아엎어야 해. 지금이 아름다운 녹색 잔디를 다시 파종할 적기거든." 하지만 달팽이는 대답을 망설인다. 잠깐 머리를 내밀었다가 도로 껍질 속으로 들어간다. 그때 그녀는 등줄기를 따라 넓게 퍼지며 천천히 흘러내리는 물기를 느낀다. 다시 일어선다. 온몸이 땀에 흠뻑 젖었음을 알아차린다. 배까지 땀에 젖었다. 불안은 오랜 동반자다. 아마 이 세상에서 가장 편한 친구는 아닐지라도 좋은 조언자이다. 조여오는 목구멍은 고통스럽고 가혹하지만 시간이 분배하는 패들을 기막히게 읽어내는 요정이다. 그녀는 두 번 다시 불안과 정면으로 맞서 싸우지 않는다. 그것의 술수와 현혹을 너무도 잘 알아서이다.

한 손에는 빈 페인트 통을 들고, 다른 한 손으로는 더러워진 방수포 덮개를 끌면서 쓰레기통까지 간다.

그런 다음에 클레르는 베르사유의 아름다운 빌라촌 오솔길을 느릿느릿 거슬러 올라간다.

철책 문의 창살들을 감은 사슬에 달린 맹꽁이자물쇠를 잠근다.

그러고 나서 굽 높은 신발을 신은 터라 포도(鋪道)와 이끼 위에서 미끄러지지 않게 조심하며 다시 골목길을 내려간다. 발걸음에 차츰 힘이 실리면서 골목길을 벗어난다. 그녀는 재빨리 주변을, 이 모든 아름다운 빌라, 모조품과 석고와 레미니상스[9]와 성냥개비로 지어진 것 같은 화려한 작은 건물들을 바라보며 망연자실한다. 작은 발코니에 놓인 꽃 화분들은 별로였다. 방금 사들인 굵은 황수선화는 색이 너무 자극적이고 꽃송이도 지나치게 컸다. 플

---

9) réminiscence: 일상생활에서 과거의 일이 돌연 상기되는 '무의지적 기억'을 말한다. 여기서는 무의식적 차용(借用)의 의미로 쓰인 듯하다.

라스틱 재질의 꽃들처럼 보인다. 바람이 불어도 꽃들의 몸이 휘지 않는다.

*

그녀는 기차의 차창에 머리를 갖다 댄다.

서늘한 바람이 지나간다.

생말로행 TGV 기차 안이다.

그녀는 들녘을, 밭을, 울타리를, 양 떼를, 늪을 바라본다.

밭을 에워싼 도랑 가장자리에 늘어선 작달막한 늙은 떡갈나무들에 그악스럽게 달라붙은 겨우살이들을 바라본다.

갑자기 자리에서 일어선다. 복도 저쪽 자리에서 휴대폰으로 통화 중인 사업가에게 다가간다.

"실례합니다."

"네?"

"말소리 좀 낮춰주실 수 있으세요?"

"네."

"그럼 그렇게 해주세요."

사업가는 자리에서 일어나 휴대폰을 들고 객차의 승강대와 화장실 쪽으로 간다.

*

그녀는 주차장에서 미세 먼지를 한 꺼풀 뒤집어쓴 카트르 L의 문을 연다.

저속으로 달린다.

강물이 만(灣)으로 흘러든다.

풀밭에 천천히 차를 세운다.

차 밖으로 나온다.

새하얀 망망대해를 따라 걸으며 바위에 투사된 빛의 섬광, 물기로 번질거리는 투명한 광채를 바라본다.

멀리 생말로가 보인다.

세장브르 섬[10]까지 보인다.

귀리와 고사리 들 속을 걷는다.

클레르는 자신의 하이힐을 손에 든다. 기쁨에 들뜬다. 만을 보는 즉시, 조력(潮力) 발전소를 알아보자마자 기쁨이 되살아났기 때문이다. 즉시 희열이 그녀를 넘치도록 가득 채운다. 그녀는 갓 돋아난 봄의 풀밭 위로 맨살의 긴 종아리를 내뻗는다. 이마에, 코에, 두 뺨에, 두 손등에 축축한 공기가 느껴진다.

---

10) 생말로Saint-Malo 만에 위치한 섬.

*

그녀는 침묵하며 오랫동안 걷는다.

*

돌아가려는데 바다가 만조다.

이제는 바위들을 지나 자동차까지 갈 수가 없다.

대로로 가야만 한다. 그녀는 몸을 굽힌다. 구두에 발을 밀어 넣는다. 차가 주차된 곳으로 가려고 아스팔트 도로 위를 걸어간다.

아스팔트 가장자리에 돋아난 풀이 드문드문 섞인 자잘한 조약돌들 위를 걸어간다.

조약돌들 뒤쪽으로 보이는 바다가 하얗다.

머리 위로 비가 부슬부슬 내린다.

지나치게 짧은 짙은 밤색의 두터운 모직 반코트, 끝이 뾰족하게 선 후드, 도드라진 맨살의 두 무릎, 바로 클레르다.

*

2007년 4월 29일 일요일, 날은 포근했다. 폴이 주말을 보내러 왔다. 그들은 밖에서 저녁 식사를 할 수 있었다. 배와 돛대가 서로 부딪치는 소리가 들리는 가운데 마주 앉아 저녁을 먹었다. 그런 다음 디나르 항구의 유원지로 내려갔다. 공기는 그저 약간 선선한 정도였다. 클레르는 폴에게 자신이 왜 여기서 얼마간 지내려는지 이유를 설명하면서 돈 좀 빌려줄 수 있느냐고 물었다.

"그래."

그녀는 혹시 그가 여기서 구입할 게 있는지도 물었다.

"물론 없어."

그녀가 미소 지었다.

폴이 물었다.

"일은 어떡하고?"

"내 일은 어디서나 할 수 있어." 클레르가 대답한다. "서면으로 하면 돼. 문제는 그게 아냐."

"그럼 뭐가 문제야?"

"사람들이 나를 필요로 하는 게 지겨워."

"그건 운이 좋은 거잖아?"

"난 쓸모 있다는 게 지겨운걸."

"맙소사!"

그러고 나서 두 사람은 입을 다물었다.

그들은 둘 다 랑스 만(灣)에서 컸어도 곁에서 함께 자란 것은 아니었다. 매년 여름 한 달만 함께 지냈을 뿐이다. 부모님이 돌아가셨을 때, 아버지와 어머니와 레나가 죽었을 당시에 클레르는 아홉 살이고 폴은 네 살이었다. 폴은 놀이나 대화 상대가 못 되는 어린

애에 불과했고, 걸핏하면 울어댔고, 제 운명 속에 틀어박혔다. 클레르는 동생을 무시했다. 그 후에 그녀는 큰아버지 집으로 보내졌고, 큰어머니가 사망하자 남매의 친권이 시청으로 넘어갔다. 여름이면 누나가 동생을 돌보았다. 옷을 입혀주고 말을 가르쳤다. 그녀는 시의 친권을 해제할 목적으로 성인이 되는 즉시 일찌감치 결혼했다. 딸을 둘 낳았지만 이혼을 하면서 남편에게 맡겼다. 그녀가 집을 나온 것은 둘째 딸 쥘리에트가 태어난 직후였다. 출산한지 정확히 6일째 되던 날이었다. 폴은 조카들의 존재조차 몰랐다. 폴과 클레르는 그 정도로 소원하게 지냈다. 전화 통화도 생일인 5월 17일과 8월 26일, 그리고 각자의 성인(聖人)[11]에 해당하는 '폴 성인'의 날인 6월 29일과 '클레르 성녀'의 날인 8월 11일, 마지막으로 실베스트르 성인의 날[12] 자정에 했다. 1년에 모두 다섯 번, 그게 전부였다.

*

예전에 기트 큰어머니는 대게를 우베houvet라고 불렀다.
클레르는 하얀 식탁보 위에 놓인 백포도주 잔을 옮겨놓는다.
우베의 황홀경이다.

---

11) 자신의 이름과 동일한 이름을 지닌 성인의 날에도 간소하게 생일 축하를 한다.
12) 1년의 마지막 날인 12월 31일이다. 자정에 새해 인사를 한다.

그녀는 게의 다리를 가른다. 두 쪽을 내려고 요란하게 찢어내고, 게의 내부로 들어가 물밑에서의 삶, 틈새에서의 위험천만한 삶, 깊은 어둠 속의 삶을 떠올려보고, 바다가 요동치는 소란스런 밤에 해초 아래 숨는 삶을 그려본다. 그녀는 행복하다. 그녀의 이마도 우베처럼 볼록하다. 몰입 상태의 그녀는 머리를 앞으로 내밀고, 게의 볼록한 껍질은 해초 아래로 밀어 넣고, 게의 다리는 빠르게 지나가는 작은 물고기들과 미끄러지듯 움직이는 해초들과 위로 올라오는 해마들 쪽으로 잡아당긴다.

그녀가 게의 껍질을 벗길 때는 더 이상 그녀의 목소리를 들을 수 없다.

게의 내부에서 행복을 느끼는 한 그녀는 이 세상에 속하지 않기 때문이다.

폴은 다음 날—월요일—아침 첫 기차로 파리에 돌아갔다. 클레르가 자동차로 역까지 데려다주었다.

클레르는 TGV 역에서 생세르방을 거쳐 돌아와 디나르의 장터 광장에 주차했다. 서점의 문이 열려 있었다. 문을 밀고 들어갔다. 페인트 냄새가 났다.

"영업 안 합니다! 월요일이잖아요!" 서점 안쪽에서 서가에 페인트칠을 하던 남자가 큰 소리로 말했다.

클레르는 자신이 누구인지 밝혔다. 에블린은 없었다. 그녀의 남자 친구가 페인트칠을 하고 있었다. 이름은 얀이고, 고등학교 독일어 교사였다. 얀이 안경을 벗으며 말했다.

"월요일이잖아요. 에블린은 렌에 갔어요. 하루 종일 거기 있을 겁니다."

"렌까지요!"

클레르는 어찌할 바를 몰라 그를 뚫어지게 바라보았다.

"그러니까 바로 당신이로군요, 언어의 천재가?" 얀이 물었다.

그녀는 어깨를 으쓱했다. 그가 독일어로 말하자 그녀도 독일어로 대답했다.

얀이 브르타뉴 방언으로 말했다.

"당신이 다녀갔다고 전하죠."

그녀도 브르타뉴 방언으로 대답했다.

"아무 말도 하지 마세요. 별일도 아닌걸요."

"문 닫지 마세요!"

*

파비엔은 흙덩이를 으깨며 밭을 걷는다. 클레르는 가시덤불을 따라 걷는다. 노엘은 발이 물에 젖지 않게 포장된 차도를 걷는 편을 더 좋아한다. 그녀는 쥘베른 광장의 빵집에서 산 샌드위치가 가득 든 종이 백을 들고 있다.

그녀들 위쪽, 바위에서 바위로 건너뛰는 에블린은 음료수가 든 배낭을 멨다.

에블린의 어깨 위로 병의 작은 주둥이들이 불쑥불쑥 솟아오른다.

네 사람 모두 생테노가 상부의 황야를 가로지른다. 산책로가 끝없이 이어진다.

아무도 없다.

주중에는 오솔길들이 한적하다.

밭, 작은 숲, 덤불, 정원, 빌라, 도로, 시골길, 황야, 어느 곳도 움직임 없이 텅 비어 있다.

클레르는 앉아 있다. 금빛 머리칼을 흔들어 아니라는 뜻을 전한다. 목이 마르지 않아서이다. 노엘은 맥주를 병째로 마신다. 에블린은, 그웨나엘이 아이 문제로 약국 일을 그만두었다고 말한다. 아이가 셈도 못하고 글도 읽지 못한다는 설명이다.

"나무 블록 쌓기는 잘하는데 퍼즐 맞추기는 못하는 거야."

"어머!" 파비엔 레 보세가 신음 소리를 낸다. 몹시 놀란 눈치다.

네 여자는 황야의 풀밭에서 **보온병**—나머지 커피—을 비운다. 풀밭에 앉아 있다.

사위가 고요하다.

아직은 메뚜기도 나비도 매미도 벌도 없다. 들리는 것은 그것들의 침묵이다. 바람조차 불지 않는다. 모든 게 텅 비었다.

구름들이 하나씩 조용히 갈라지면서 점점 더 많은 빛이 쏟아진다.

그러자 황야는 빛으로 흥건해진다.

*

그녀는 이곳을 좋아했다. 무엇이든 더 가깝게 보여주는 매우 투명한 공기를 좋아했다. 어떤 소리든 더 선명하게 전달하는 맑고

쌀쌀한 공기를 좋아했다. 자신이 체험했던 것을 전부 기억해내고 싶은 욕구를 느꼈다. 이 세상에서, 여기서, 옛날에 찾아냈던 것을 모조리 알아보고 싶은 욕구를 느꼈다. 그러자 실제로 조금씩 모든 것, 이름이며 장소와 농장과 개울, 숲 들이 떠올랐다. 걸어서 길을 쏘다니며 건물의 정면을 살펴보고, 빌라, 정원, 수종(樹種)이 전혀 다른 작은 숲들, 온갖 종류의 가시덤불, 울타리, 도랑, 잡목림을 관찰하고, 화강암 바위를 기어오르고, 야생화, 해초 양식지, 바위, 새 들을 바라보는 데 전혀 싫증이 나지 않았다. 그녀는 이 고장을 좋아했다. 몹시 급경사가 진, 무척 가팔라서 하늘과 바로 수직을 이룬 듯한, 이곳의 아주 검은 모래사장을 좋아했다. 이곳의 바다를 좋아했다.

*

그녀가 갑자기 뒤돌아섰다. 왔던 길을 전속력으로 다시 가로질렀다. 초인종을 누르지도, 노크도 하지 않고 문을 열어젖혔다. 그리고 큰 소리로 말했다.

"의자 위에 놓아둔 제 K-way[13]를 가지러 다시 왔어요."

2층에서 큰 소리로 대답하는 라동 부인의 목소리가 들렸다.

"오늘 아침에 일어나 베개 위에 놓고 간 게 네 머리가 아닌 건

13) 후드가 달린 나일론 재질의 바람막이용 방수 점퍼.

확실하니?"

"네. 그건 제 아노락[14]이에요!"

그녀가 작은 목소리로 말한다.

"안녕히 계세요, 라동 선생님."

*

"안녕히 계세요, 라동 부인!" 앙드레 아줌마가 큰 소리로 말했다.

"잘 가요, 앙드레." 라동 부인도 외치듯이 소리를 질렀다.

현관문이 쾅 하고 닫혔다.

저녁이면, 현관문이 닫히는 즉시, 라동 부인은 한 순간도 지체하지 않고 자리에서 일어나 절뚝거리지만 단호한 잔걸음으로 주방으로 갔다.

늘 부인의 가사 도우미인 앙드레 아줌마가 갈 때까지 기다려야 했다.

"이제 내려와도 돼!" 그녀는 2층에서 노트북을 켜놓고 번역을 하는 클레르를 향해 계단에서 소리쳤다.

라동 부인이 냉장고 문을 열었다. 리레산 뮈스카데[15]한 병을 꺼

---

14) (방한용, 특히 스키어들이 입는) 모자 달린 재킷.

15) 단맛 없는 백포도주.

냈다. 쟁반 위에 미리 놓아둔 크리스털 잔들에 포도주를 가득 따랐다. 냉장고에서 작은 방울토마토 가지들을 꺼냈다. 투명한 작은 그릇에 여남은 개를 담자 방울토마토가 굴렀다.

"참깨 막대 건빵은 어디 있나요?" 클레르가 물었다.

"바로 네 눈앞에 있잖니."

"어디요?"

"여기, 네 코밑에. 앙드레는 일을 참 잘해. 완벽하지. 하지만 그녀가 있으면 내 마음이 얼마나 불편한지 넌 모를 거야."

라동 부인은 그뤼예르[16]를 작은 토막으로 썰기 시작했다.

그녀가 갑자기 칼을 들어 올렸다.

칼끝으로 클레르를 겨누며 말했다.

"오늘 저녁에 마실 포도주가 충분치 않구나. 그러니 지하실에 내려가보렴. 므시외 라동의 샤블리[17]가 남았을 거다. 오늘 저녁엔 우리가 샤블리를 마실 권리가 있다고 생각해."

라동 부인이 조심스럽게 쟁반을 들어 올렸다.

"제가 가져갈게요." 클레르가 말했다.

"애야, 포도주가 떨어졌어. 네가 포도주를 가져와야겠다. 난 부실한 다리를 끌고 지하실까지 내려갈 수 없으니까."

"네."

---

16) 스위스 그뤼예르산 치즈.
17) 부르고뉴 지방의 샤블리산(産) 백포도주.

"촛불을 가져가렴."

클레르는 찬장 서랍에서 초를 찾았고, 가스레인지 옆에서 성냥갑을 찾아냈다. 그녀는 손으로 촛불을 가렸다. 그리고 흙냄새가 풍기는 지하실의 눅눅한 어둠 속으로 내려갔다.

그녀는 샤블리 세 병을 가지고 올라왔다.

"지하실에 전기를 가설해야겠어요, 라동 선생님. 계단이 아주 가파르네요."

"나도 늘 그럴 생각이었지만 므시외 라동이 원치 않았어. 그러면 안 된다고 하더라. 포도주는 어두운 곳에 놓아두어야 한다면서."

"그 일은 제가 알아서 할게요." 클레르가 말했다.

*

저녁이었다. 기는 비가 유리창을 두드렸다.

"너 주려고 조개 수프를 끓였단다."

"저녁 식사 전에 갈 건데요."

"저녁도 먹지 않고 가려고?"

"네. 그냥 아페리티프만 마시고 돌아갈래요."

"왜?"

"저한테 그러셨잖아요. 점심 식사 혹은 저녁 식사 하러 오라고. 둘 다는 아니잖아요."

"맞다. 그렇게 말한 기억이 나." 라동 부인이 시인했다. "말도 안 돼. 내가 잘못 말한 거지. 정말로 내 잘못이다."

그녀는 눈길을 들어 유리문 앞에 선 클레르를 바라본다. 클레르는 문을 겸한 창문을 반쯤 열고 담배를 피우고 있다.

"클레르, 다른 게 생각났어. 내일이 예수 승천일[18]이잖니. 내 친구가 늘 7월 첫째 주에 오거든. 네 수첩 좀 펴봐라. 그게 무슨 요일이냐?"

"7월 1일은 일요일인데요."

"그럼 걔가 토요일에 오겠구나."

"6월 30일 말이군요."

"그렇지. 네가 묵고 있는 아파트를 비우고 정돈해야 할 것 같다. 앙드레를 보내 아파트를 청소하게 하마."

"앙드레 아줌마를 보내실 필요 없어요. 저 혼자 할 수 있어요."

"아무렴 어때. 둘이서 하려무나. 지금 네게 일러두고 싶은 말은, 거처를 찾으려고 노심초사하기에 앞서 네가 므시외 라동의 농장에 한번 가봤으면 하는 거란다."

"선생님께서 농장을 소유하고 계신지 몰랐어요. 저는 선생님이 농가의 아낙이란 생각을 해본 적이 전혀 없는걸요."

"나도 그곳엔 한 번도 안 가봤어."

"어디 있는데요?"

---

18) 부활절 40일 후.

"생뢰네르 고원에. 너 황야에 있는 고원 알지?"

"그럼요, 알고말고요. 황야를 아주 잘 아는데, 근데 아무것도 없는데요."

"네가 잘못 알고 있는 거야. 가옥들이 아주 잘 숨겨져 있단다."

"대체 어디에요?"

"피에르쿠셰와 라클라르테의 노트르담 작은 성당 뒤쪽에, 부두 위쪽."

"라클라르테 구(舊)부두 위쪽 말인가요?"

"그래, 절벽 위. 황야의 거의 중간쯤에 있지. 라트랑블레 농가 1킬로미터 전방에."

"모르겠는데요."

"내가 보여줄게. 네 새 차로 날 데려다주렴."

"차로는 벼랑 위까지 못 가요."

"걸어서 가자꾸나."

"근데요, 노엘, 파비엔, 레 보세, 에블린이랑 가끔 점심시간에 피크닉을 가서 아는데요, 그곳은 한없이 길어요. 무척 많이 걸어야 한다고요."

"난 걸어가고도 남아. 적어도 내 다리로 걸어야 할 땐 걷는다고. 내 기억으론, 작은 개암나무숲이 하나 있어."

"정말 작은 개암나무숲이 하나 있긴 해요."

"농가가 거기 숨어 있어. 아니 은둔해 있다고나 할까. 그 농가는 라동 집안이 툴롱의 멋진 아파트 대신 내게 떠넘긴 거야. 있잖아, 애야, 우선 앙드레와 같이 가서 보도록 해. 손볼 만한지 둘이서 살펴봐. 살 만한지 어떤지. 최소한 여름 한 철만이라도. 어디 고칠 데는 없는지 보려무나. 미리 말해두지만, 아주 안락한 집은 아니 다. 예전에 지은 농가가 다 그렇지. 어쨌든 가서 봐, 그리고 네 생 각을 말해줘. 혹시 집 상태가 너무 안 좋으면 집을 매물로 내놓아 야 하거든. 그러니 네 의견을 알려주렴."

"네, 말씀드릴게요."

라동 부인은 낮은 탁자의 하단 서랍을 연다.

"자, 열쇠를 받아."

클레르는 쇠로 된 굵은 열쇠를 받아 손에 쥔다.

*

새벽에 종소리가 울린다. 기세 좋게 울린다. 예수 승천일이다. 집에 들어오면서 침대 머리맡 탁자에 놓아둔 굵은 열쇠가 보인다. 그녀는 폴에게 전화를 건다.

"생일 축하한다, 내 동생 폴."

"누나 때문에 잠이 깼어."

"네 생일을 축하하는 첫번째 사람이고 싶어서 말이야. 마흔두 살이 되었네. 안아줄게."

그녀가 휴대폰 전원을 끈다. 동생은 미처 대답할 시간이 없다.

50

*

라동 부인이 저녁 미사에서 돌아온다. 클레르는 아페리티프를 차려놓고 부인을 기다린다. 문을 겸한 창문을 닫는다.

"라동 선생님, 질문 하나 해도 될까요?"

"그럼, 되고말고."

"왜 피아노가 없어졌어요?"

"눈치챘어?"

"그랜드피아노는 눈에 띄는 거잖아요."

"그 자리에 뭐가 있나 가보자."

그녀는 클레르를 방 안쪽으로 데려간다. 문을 겸한 창문 앞에는 망치로 두드려 만든 큰 구리 단지에 파피루스가 여러 장 꽂혀 있다. 한가운데, 그랜드피아노가 있던 자리에는 정원을 향해 탁자가 하나 놓여 있다. 그 위에 향초 하나, 빈 홍차 잔 한 개, 쌓아올린 DVD 일고여덟 장. 한가운데 DVD 플레이어.

"혼자 있을 땐 영화를 본단다. 하루에 두 편. 한 번은 2시에. 또 한 번은 8시에."

그녀는 탁자 위에 수북한 DVD 더미를 집어 든다.

"손가락이 너무 아파서 피아노를 다시 들여놔봤자 무용지물이란다. 이젠 손가락들이 예전처럼 말을 안 들어. 생각대로 움직여주질 않아. 내가 치려는 선율과 딴판으로 논다니까. 영화를 보

51

는 편이 훨씬 더 좋아. 아주 행복하다니까. 시립 도서관에서 빌려
보기도 해. 보고 싶은 새 영화가 있으면 생말로 병원 근처의 DVD
가게에서 구입하지. 하지만 실은, 대개는 좋아하는 영화들을 보고
또 보고 그런단다."

"어떤 DVD를 좋아하세요, 라동 선생님?" 클레르가 묻는다.

"이리 와서 보려무나."

좋아하는 영화, 좋아하는 포스터, 좋아하는 이미지, 좋아하는
스타를 보느라 두 여자는 함께 삼매경에 빠져든다.

*

"내 생활은 아주 규칙적이야. 아침 9시에 파비엔에게서 우편물
을 건네받으면 신문을 읽어. 11시에는 걸을 만하면 장을 보러 나
가지. 그렇지 못할 땐 앙드레가 장을 보고. 아무튼 앙드레는 매일
11시에 온단다. 나는 텔레비전 앞에서 점심 식사를 해. 그러고 나
서 좀 쉬지. 2시에는 첫번째 영화 타임이야. 그 뒤엔 정원 일을 해.
전지용 가위를 꽉 조일 만큼 손힘이 없는 탓에, 실은 그저 정원을
둘러보는 데 지나지 않는 거지만. 때로는 시들어서 보기 흉한 장
미를 손으로 잡아 뜯기도 해. 그다음엔 차 마실 물을 끓이지. 므시
외 라동의 전축으로 음악을 듣고. 그러면 마침내 그토록 기다리던
아페리티프 시간이야. 저녁 식사를 해. 8시에는 두번째 영화 타임
이야. 그런 다음에 몸을 씻고 잔단다."

*

"오늘은 저녁 먹고 가라고 붙잡지 못하겠다, 클레르, 내가 좀
피곤해서."

"걱정 마세요. 저 갈 거니까요."

"그럼 난 좀 혼자 있고 싶구나. 내일은 휴일이지. 성신강림대축
일이잖아. 클레르, 넌 독신으로 지내는 게 좋으니?"

피부는 점점 더 그을리고 금발도 점점 더 짙어지는 거구의 클레
르는 서 있고, 왜소하고 파리하고 노쇠한 라동 부인은 그 아래 오
렌지색의 낮은 안락의자에 푹 파묻혀 있다.

클레르가 생각에 잠긴다.

"애야, 천천히 생각해도 돼."

"전 정말 모르겠어요, 라동 선생님."

"그렇다면 바보 같은 질문 따윈 잊어버려."

클레르는 문을 겸한 창문으로 다가간다.

"제가 고아라는 게 싫었고, 동시에 공동생활이 싫었다는 사실
은 알고 있어요. 남편의 명령과 두 딸의 요구를 감당하는 생활이
견딜 수 없었죠. 한데, 말은 그렇게 했지만, 제가 정말로 독신 생활
을 좋아하는지는 모르겠어요. 독신 생활이 좋다고 믿으려 애쓴다
는 생각이 들기도 해요."

"난 말이야, 억지로 믿으려고 애쓰지 않아!" 그녀의 등 뒤에서

라동 부인이 큰 소리로 말했다. "그건 진정한 발견이었지! 혼자 사는 게 엄청나게 좋더라. 클레르, 이 말은 매일 저녁 너와 식사하는 게 싫다거나, 여기 와서 함께 살지 못하게 하려는 뜻이 아닌 거 알지? 난 침묵의 거대한 해변을 무한히 사랑한다는 말을 하고 싶은 거야. 이곳에선 내가 오직 나에게만 속하거든. 내 남편은 세상을 떠나는 마지막 날까지 자신의 일정이며 애정, 걱정과 계획과 두려움을 내게 강요했었다. 그 생각을 떠올리면 정말 끔찍해. 나는 과부가 된 게 금방 좋아지더구나. 그 정도로 고독을 즐기게 될 줄이야 한순간도 예측하지 못했단다. 노력을 한 것도 아냐. 그저 구경꾼처럼 고독을 관람했을 뿐인데 말이지. 그런데 정말 놀랍게도 애도가 대단한 바캉스로 변하더구나. 난 남편의 장점과 근심, 그리고 성실성과 신앙심을 존중했었어. 그러던 내가 갑자기 그의 골칫거리에서 놓여나 휴가를 받게 된 거야. 대단한 바캉스 정도가 아니라 어마어마한 바캉스, 늘 그런 느낌이 든다니까. 나는 우리 부부가 툴롱에서 이룬 재산을 몽땅 남편의 전실 자식 넷에게 줘버렸단다. 그리고 빈손으로 나 혼자 이곳으로 돌아왔어. 여기 있는 것은 모두 나 혼자만의 것이야. 시부모 소유였던 생테노가 고원의 낡은 농가도 지금은 내 단독 소유라고. 있잖니, 요 전날 너한테 준 열쇠가 바로 그 농가의 열쇠란다. 황야에 있는, 라트랑블레 농가 옆의 가옥 말이야. 근데, 가보긴 했니?"

"아뇨."

"나는 과부가 되자 남편의 유언장에 쓰인 사항들을 앞당겨 실행하는 편을 택했어. 전실 자식들에게 아무런 빚도 지지 않으려고 말이지. 속내를 고백하자면, 다시는 그들을 보고 싶지 않아서였어."

라동 부인은 눈을 감는다.

클레르는 문을 겸한 창문을 도로 닫는다. 그리고 라동 부인에게 돌아왔다. 낮은 탁자 위로 몸을 굽히고, 유리잔이며 포도주 병, 라므캥,[19] 남은 방울토마토, 남은 막대 건빵을 주섬주섬 쟁반에 주워 담는다.

라동 부인이 눈을 감은 채 나직하게 말한다.

"이 고장 사람들은 그 농가를, 위쪽 농가 말이야, 사시나무들 trembles 때문에 라트랑블레La Tremblaie라고 불러. 예전에는 사시나무가 열병을 흡수하는 나무로 여겨졌기 때문에 우리 시아버님께서는 그곳이 치유를 비는 장소라고 주장하셨어. 그 방법은 이래. 열병에 걸린 사람이 칼로 나무껍질을 베어내. 수액이 흐르면 마시지는 말고 입만 갖다 대. 자기가 나무에 낸 상처에 그냥 입술만 대고 아주 세게 입김을 불어넣는 거야. 그러고 나서 환자는 수액에다 아주 심하게 기침을 토하며 이렇게 말해. "떨어라, 나보다 더 세게 떨어라!" 그 즉시 열병은 나무로 옮겨가서 나뭇잎들이 떨기 시작하지. 열병이 환자의 몸에서 떠난 거란다."

"효과가 있었나요?"

<hr/>

19) 작은 치즈 케이크의 일종.

"항생제만큼 효과적이지. 하지만 습관이 되면 곤란해!"

제5장

늪의 물색이 짙어졌다. 황야는 장밋빛이었다. 클레르는 혼자 농가를 보러 가고 싶었다. 혼자, 왜냐하면 스스로 내린 자기만의 판단이 필요해서였다. 다른 사람의 의견을 듣거나 시선을 의식하고 싶지 않았는데, 자신의 느낌이 억압당할 우려 때문이었다. 라동 부인의 가사 도우미인 앙드레 아줌마에게는 나중에 동행을 요청해도 늦지 않으리라. 그녀는 우회전을 했다. 포니클럽 앞을 지나갔다.

라빌게앙 마을을 따라 달렸다.

토치카[20]를 지나쳤다.

막상 덤불숲에 당도한 그녀는 늪이며 황야의 웃자란 풀들 사이에서 길을 잃었다.

20) 콘크리트나 흙주머니로 쌓은 사격 진지.

*

땅거미가 지기 시작할 무렵이 돼서야 비로소 자신의 위치가 가늠되었다.

땅 위에 선명하게 드러났을 길의 자취는 더 이상 보이지 않았다. 더 단순하게 말하자면, 옛 농가로 이어진 길은 풀에 덮여 사라져버렸다. 나무——과연 개암나무였다——줄기에 철사로 매달린 작은 나무 표지판이 눈에 띄었다. 고원 위에 위치한 농가가 산행자의 눈에도 띄지 않을 만큼 이렇게 꽁꽁 숨어 있으리라곤 상상하지 못했다. 표지판이 부착된 개암나무 옆에 차를 세웠다. 길에 움푹 팬 곳과 작은 늪과 풀이 너무 많아서 차로는 더 이상 앞으로 나아갈 수 없었다. 그녀는 자동차 문 네 개를 전부 열쇠로 잠갔다. 그러고 나서 가시덤불에 장딴지를 긁혀가며 웃자란 귀리숲을 한참 동안 걸어갔다. 농가의 작은 가옥들을 에워싼 본격적인 덤불숲과 개암나무숲을 통과했다.

농가는 아주 작고 고요하고 매혹적이며 습했다.

예전에, 바람을 피할 수 있도록, 작은 숲을 등지고 움푹 들어간 곳에 지어진 가옥이었다. 숲이 바다에서 불어오는 온갖 돌풍을 막아주었다.

헛간 지붕에서 바닥으로 떨어진, 파도처럼 물결치는 골함석판 하나가 작업대에 걸쳐진 상태로 이따금 노래하듯이 소리를 내곤 했다.

풀밭으로 변해버린 작은 마당과 과실수가 반쯤은 고사한 큰 과수원과 다년생의 키 큰 갈대가 반원을 이루며 에워싼 울타리 옆에 꽤 큰 늪이 있었다.

늪과 현관의 계단 사이에는 남은 두엄 더미가 있었다. 본채는 마구간과 장작더미와 곁채와 외양간으로 이어졌다.

그녀는 죽은 나뭇가지가 가득한 과수원으로 들어갔다. 버찌나무 두 그루, 담장에 바싹 붙여 심어진 배나무들, 매우 작은 복숭아나무 세 그루, 나무딸기 덤불에 뒤덮인—수로로 늪에 연결된— 일종의 우물 덕에 얼어 죽지 않았을 무화과나무 한 그루, 미라벨나무 한 그루.

그녀는 어린 시절의 나무들을 알아보았다.

나뭇가지의 잎들을 보자 어떤 열매가 달릴지 짐작되었다.

차츰 어둠이 짙어졌다.

이곳에서는 빛이 완전히 갈색을 띨 만큼 땅이 흠뻑 젖어 있었다. 움푹 팬 곳으로 흘러드는 혹은 사행(蛇行)하는 물 때문에 지면은 기이하게도 울퉁불퉁했다. 물은 고였다가 소로들을 만들어가며 모기와 개구리와 괄태충이 서식하는 작은 늪들로 흘러들었다. 나무들, 가시덤불 뿌리들, 빗물만큼이나 파도의 물보라에서 비롯된 물을 완전히 흡수하지 못하는 가장 큰 늪가의 버드나무숲. 이 모든 게 여름에는 경이로운 서늘함을, 가을에는 지독한 습기를 보장해주면서, 나뭇잎들의 커다란 궁륭 아래서 성장했다.

클레르는 수많은 달팽이 위로 조심성 없이 걸었다. 갑자기 신발 바닥에서 달팽이 껍질 부서지는 소리가 났다.

헛간에는 제1차 세계대전 이전 것으로 보이는 손수레가 하나 있었다. 긴 막대 손잡이 두 개가 위로 들린 채 풍화되고 있었다.

돼지우리에는, 빈 구유 옆의 장작더미가 돋아난 버섯에 뒤덮여 있었고, 조개탄을 저장하던 용기 하나, 마시고 나서 쌓아둔 포도주 빈 병들이 만들어낸 산 여러 개가 있었다.

라동 부인이 그녀에게 맡긴 열쇠를 자물쇠에 밀어 넣었지만 헛돌았다.

그녀는 문을 밀었다.

농가의 문은 닫힌 채로 꿈쩍도 하지 않았다.

클레르는 굵은 나무 덧창 틈새로 안을 들여다보려고 했다. 그런데 습기와 대서양의 염분 때문에 덧창들이 가옥 정면에 달라붙어 있었다. 그녀는 덧창들을 거칠게 잡아 흔들었다. 덧창들이 움직이기 시작했다. 그녀는 덧창들을 떼어냈다. 첫번째 유리창의 한쪽 문짝을 열었다. 땅에서 자갈을 하나 찾았다. 문고리 오른쪽의 창유리를 조심스럽게 깨뜨리고 유리 조각들을 떨어낸 다음 손을 집어넣어 문고리를 올려 창문 두 짝을 활짝 열어젖히고, 몸을 들어 올려 창문을 넘어 들어갔다. 천장이 낮은 커다란 주방 안이었다.

왼쪽에 엄청나게 큰 벽난로가 있었다.

그 안에 낡은 요리용 주철 화덕이 놓여 있었다.

위에는 여남은 개의 검정 프라이팬이 걸려 있었다.

클레르는 재빨리 주방을 가로질렀다. 더 작고 낮은 빈 거실과 아무것도 없는, 일종의 신발 진흙떨이로나 쓰임 직한 공간을 황급히 가로질러 계단을 올라갔다. 적어도 계단은 올라가보고 싶었는데 무릎이 후들거렸다.

그녀는 계단 위에 잠시 주저앉아야 했다.

느닷없이 전속력으로 달려 창문을 뛰어넘어 뛰쳐나왔다.

갑자기 엄습한 공포가 그녀를 밖으로 몰아냈다.

*

혼비백산해서 밖으로 나온 그녀는 늪의 맞은편 풀숲에 앉았다. 배가 땀에 흠뻑 젖고, 불안이 목구멍까지 차오른 상태였다.

*

밤이 되어 칠흑처럼 캄캄해졌다. 날이 추웠다. 그녀는 일어나서 고개를 들었다. 하늘에 짙은 먹구름이 수없이 지나가고 있었다.

*

이상한 일이지만, 그녀는 어둠 속에서 길을 찾지 못했다. 표지판이 걸린 개암나무와 자동차를 찾으려다가, 가시덤불과 고사리 들과 금작화들과 늪들 사이에서 다시 길을 잃고 말았다. 그녀는 황야를 헤맸다. 멀리서 불빛이 보였다. 어둠 속에서 불빛을 향해 나아갔다. 라트랑블레 농가가 나타났다.

*

라트랑블레 농가의 주인은 농가 마당의 알전구 아래서 그녀와 이야기를 나누던 중에, 그들 앞으로 지나가는 닭 한 마리를 잡았다. 닭의 목을 비틀었다. 주방으로 가져갔다. 되돌아왔다. 클레르를 소리쳐 부르며 함께 주방으로 들어가자고 했다.

클레르가 주방 문지방을 넘어서자 그가 말했다.

"의자에 앉아요."

하지만 클레르는 농가 주방에 서 있는 게 편했다.

옛날에, 큰아버지네 집에 맡겨졌을 때, 그녀도 농가에 살았었다. 랑스 만(灣)에서 미니이크쉬르랑스를 지나 수문 근처에 있는 퐁투로드의 농가, 고약한 사촌 오빠들이 있던 큰 농가였다. 그녀는 그곳에서 5년을 살았다.

라트랑블레 농가의 주인은 다시 마당으로 나가 다른 닭을 쫓아 뛰었다. 모가지를 잡아 들어 올리고 숨통을 죄었다.

"저녁 식사 하고 가실 거죠? 라동 부인."

"므튀앵 부인이에요. 제 이름은 클레르 므튀앵이에요. 저녁 식사는 물론 안 해요. 정말 폐 끼치고 싶지 않네요. 단지 길만 알면 되는걸요."

"내가 제안을 드리는 거예요."

"그렇다면 좋아요."

"나는 필리프 므튀앵이라는 사람을 알아요. 나처럼 농부인데, 라마르크레 농가 다음의 농가에 살죠."

"제 사촌이에요. 제가 퐁투로드의 아르멜과 기트 므튀앵의 조카딸이거든요."

"그럼 바로 그 사람 맞네요."

그가 클레르에게 손을 내밀며 말했다.

"난 칼레브라고 해요. 앙리 칼레브. 하지만 당신도, 모두 그러듯이 칼레브 영감이라 부르면 돼요."

그는 두 손으로 클레르의 손을 잡고 오랫동안 그대로 있었다.

"라동 농가를 인수받으시게요?"

"네."

그녀는 손을 빼냈다.

"그냥 거주만 하실 건가요?"

"무슨 뜻이죠?"

"므튀앵 가 여인이 라동 농가에 거주한다 이 말이죠. 농사는 안 지으실 건가요?"

"안 지어요. 그냥 거주만 할 거예요."

"그럼 안심인데요. 경쟁 상대가 오는 건 달갑지 않으니까요."

63

"저는 경쟁 상대가 아니에요. 닭 한 마리 안 키우고, 토끼우리도 없을 건데요."

"금붕어 한 마리도 안 키우고요."

"어항도 금붕어도 없을 거예요."

"새 이웃이 온다니 축하주를 해야겠는걸요."

그는 작은 유리잔을 두 개 가져온다. 포도주를 가득 따른다.

"있잖아요, 닭고기는 내일 먹을 거고요. 저녁 메뉴는 수프예요. 수프 드실래요?"

"수프 좋아요."

"수프와 달걀, 치즈, 커피, 비스킷을 먹고 가볍게 한잔해요. 그런 다음에 당신 차가 주차된 곳까지 데려다줄게요."

"감사합니다, 칼레브 영감님."

"뭘요, 므뤼앵 부인. 달걀은 어떻게 하는 걸 좋아해요?"

"반숙이요."

*

칼레브 영감은 커피포트를 식탁 위에 놓았다. 식탁의 방수포를 손으로 쓸어 손바닥에 빵 부스러기를 담아 입안에 털어 넣었다. 그런 다음에 자리에서 일어나며 말했다.

"갈까요?"

그들은 어둠 속에서 지나가는 두꺼운 구름 아래로 잠시 차로 달

64

려갔다.

황야에, 옥수수 밭 모퉁이에 시트로앵 트럭 차체가 있었다.

"보세요!"

"아무것도 안 보이는데요, 너무 컴컴해요."

"낡은 시트로앵 트럭 차체를 잘 봐요. 보여요?"

"네."

"저게 당신네 농가에 갈 때 길을 잃지 않게 해주는 표지라고요."

제6장

수요일, 라클라르테의 장날이다.

비가 세차게 쏟아지는데도 부두와 계단에는 사람들이 새까맣
게 몰려들었다.

클레르는 약국 문을 밀고 들어선다. 두 사람이 기다리고 있다.

그가 시선을 들었다.

그녀는 꼼짝도 하지 않고 그를 뚫어지게 바라보았다.

그도 그녀를 보았고, 누군지 알아차렸고, 황급히 시선을 떨어
뜨렸다. 카운터의 금전등록기 옆에 놓인 그의 손이, 처방전을 쥐
고 있는 손이 떨리기 시작했다.

그녀는 대번에 돌아섰고, 즉시 나왔다. 그녀 역시 갑자기 온몸
이 떨리기 시작해서였다.

*

　그녀는 달음박질치고 싶은 마음이었다. 장대비가 쏟아졌다.
6월의 브르타뉴였다. 말하자면 작은 광장을 가로지르는 것도 불
가능한 형편이었다. 사람들은 저마다 손에 우산을 들고, 머리에는
세모꼴의 투명 비닐을 쓰거나 챙 없는 모자를 눌러쓰고서, 층계에
서 장을 보거나, 골목길과 테라스에서 복작대거나, 라클라르테 선
착장에서 종종거렸다.

*

　마침내 그녀는 우글거리는 군중 사이를 비집고 나온다. 머리칼
이 젖었다. 그녀는 실컷 운다. 세차게 내리는 빗속에서 자신이 눈
물을 흘리는지 아무도 모를 테니까. 그녀는 순환선의 부교를 향해
걸어간다. 섬들을 오가는 순환선을 기다리면서, 노점상에서 고무
재질의 편상화를 산다.

*

　밤이다. 그녀는 바닷가를 걷는다. 더 이상 라클라르테에 있지
않다. 디나르 항구의 유원지를 떠나왔다. 파비엔네 집 창문 아래

로 지나간다. 모든 불빛이 꺼져 있다. 그랑뤼 대로에 이르자 그 길을 올라가볼 용기가 생긴다. 그녀는 올라간다. 문을 연 카페가 하나 있다. 그녀는 망설인다. 사람들이 텔레비전 앞에 빙 둘러앉아 스포츠 경기를 관람 중이다. 그녀는 소음이 싫다. 그래서 도로 내려온다. 클레르드룅 산책로를 따라 걷고, 수문을 지나고, 밤의 해변에 다다른다. 이곳에 돌아오기로 결정한 게 행복하다. 브르타뉴에 있는 게 행복하다. 바닷소리를 들으며 바위들 사이를 걷는 게 행복하다.

*

아침 8시다. 생뤼네르에서 수업 종이 울린다. 그녀는 이마를 차창에 댄다. 그웨나엘 클랭이 그랑뤼 대로로 시몽의 아들을 데리고 온다. 가녀린 몸매의 그웨나엘은 여전히 흠잡을 데 없이 매혹적이다. 아들은 찍어낸 것처럼 엄마를 닮았다. 무심한 듯 야릇한 아름다움을 지니고 있다. 다른 애들보다 훌쩍 키가 크고 더 침착하다. 다른 애들이 주위에서 함성을 질러대는데도 철책 사이로 엄마 손을 꼭 잡고 있다. 눈 색깔이 연하다. 무척 아름답고 슬픈 얼굴이다.

수업 종이 울린다.

클레르는 지금 운동장 아래쪽에서 줄을 서기 시작하는 애들을 바라본다.

고함 소리가 갑자기 숙덕거림으로 변한다.

학생들이 교실로 들어간다.

고요하다.

*

운동장이 텅 비었다.

비스듬한 한 줄기 햇살만이 조용한 운동장을 둘로 가르고, 주된 담장의 붉은 벽돌을 비춘다.

그웨나엘은 이제 여기 없다. 클레르는 차에서 나온다. 이슬비가 내린다.

그녀는 이슬비를 맞으며 거닌다.

*

그러고 나서 생뤼네르를 떠난다. 세 개의 와암이 있는 피에르쿠셰와 성당으로 간다. 황야의 고지에 다다른다.

하늘이 새파랬다.

해풍이 불었다.

라클라르테의 노트르담 성당은 피에르쿠셰의 한가운데에 있었다. 벼랑 꼭대기에는 옆으로 누운 커다란 선돌이 세 개 있었다. 브르타뉴에서는 신석기 암석지대 대부분을 흔히 '라클라르테의 노트르담'이라는 새로운 명칭으로 불렀다. '클라르테clarté'라는 말

은 태양의 솟아오름과 봄의 출현을 숭배해서 이 둘을 축하하던 종
교의식의 옛 의미를 대체한 단어였다.

그녀는 주차장에 낡은 카트르 L을 주차한다. 철조망 밑으로 빠
져나간다.

귀리 밭을 가로지른다.

황야를 거쳐가지만 농가와는 전혀 무관한 방향이다.

겨자 밭으로 들어서고, 랑스오주네 거리를 따라 걷다가 플라주
블랑슈 백사장으로 내려간다. 밀려오는 파도를 바라본다.

바람이 내포 안을 맴돈다.

파도는 아주 높고 거무스름하다.

둥글게 말렸다가 공중에서 부서진다.

*

여자애 둘이 해수면 경계의 모래사장에서 놀고 있었다.

거무스름한 파도가 하얀 물보라를 뿜어 올리면 세찬 회오리바
람에 물방울들이 떨어져 내렸다.

파도의 꼭대기를 무너뜨리던 바람이 여자애들의 뺨과 이마에
바닷물을 끼얹었다.

여자애들은 행복의 함성을 질렀다. 물보라를 맞아 물기로 번질
거리는 여자애들이 사방팔방으로 뛰어다녔다. 종횡무진으로 불어
오는 바람에 파도처럼 밀리며 춤을 추었다.

한참 뒤에 여자애들은, 모래사장 저쪽에, 꼼짝도 하지 않는 개 두 마리에 둘러싸여 앉아 있는 한 남자에게로 갔다.

*

클레르는 염분이 함유된 목초지로 들어섰다. 발이 푹푹 빠졌다.

새 편상화는, 진흙과 조가비가 들러붙어 둔해졌는데도, 해수면에 가까운 백사장과 그 위로 드러난 가장 낮은 바위들을 걸어가기엔 안성맞춤이었다. 신발이 발목에서 벗겨지지 않을 뿐 아니라 착용감도 편했다. 그녀는 오래 걸었다. 운동복 아래쪽이 이슬과 바닷물에 젖은 풀 때문에 묵직했다. 그녀는 도로를 가로질러 '뤼미에르 형제' 산책로로 접어들었다.

*

그녀는 느리게 차를 몰아 농가로 돌아왔다. 일단 오솔길이 온통 파인 구멍과 물웅덩이 천지인 데다, 차에 생수 한 박스, 세제, 마포, 노랑·초록·빨강·파랑 네 가지 색깔의 걸레 한 묶음, 쓰레기봉투 두루마리, 스펀지, 양동이 들을 실었기 때문이다.

도착해 보니 앙드레 아줌마가 창문들을 모조리 열어젖혀놓았다. 곰팡이 슬은 옷들이며 좀먹은 낡은 카펫들, 먼지투성이 커튼들도 이미 꺼내다가 수레에 쌓아놓았다.

현관 계단 옆에도 이미 가득 채워진 검은색 대형 쓰레기 봉지들이 수북하게 쌓여 있었다.

계단 층층이 화려한 에나멜 챙이 달린 짙은 청색의 양모 모자, 노란 종이에 싸인 씹는담배용의 엽궐련들, 쇠시리 장식이 있는 빈 향수병들이 놓여 있었다.

"이거 가져가도 될까요, 므튀앵 부인?"

"그럼요, 앙드레 아줌마."

*

농가 주방에서, 클레르는 식기장 앞에 무릎을 꿇은 자세로 장 밑에 있던 니콜라 당구 놀이판[21]을 끄집어낸다. 갈라지고 바싹 말라붙어 못쓰게 된 고무 배[梨] 두 개도 꺼낸다.

앙드레 아줌마는 식탁 앞에 앉아 그릇들을 추리고 있다.

클레르는 식기장 아래 칸을 비우고 나서 주방에 이어진 낮은 공간(클레르는 '신발 진흙 터는 곳'이라 부르고, 앙드레 아줌마는 '잡동사니 골방'이라 불렀다)으로 간다. 타일 바닥에 네 발로 엎드린 채, 계단 밑에서 대추야자 두 알, 잠수 안경 하나, 목이 가늘고 몸체가 큰 병 하나, 소형 가죽 부대 셋, 도로 지도들, 교과서들, 석고 주형 하나, 어린이용 실내 게임을 끄집어낸다.

---

21) 1894년 니콜라 레들러Nicolas Redler가 개발한 게임.

아직 작동하는 기차의 작은 신호기.

구르는 바퀴들이 장착된 양철 요트.

그녀의 손바닥에서 땀이 배어 나온다.

타일 바닥에서 바퀴 달린 양철 요트를 밀자 배가 굴러간다.

*

그녀는 브레이크를 밟으며 갓길로 올라가 수문 앞에 카트르 L을
세운다. 아르멜 큰아버지 소유의 밭 경계인 철조망을 들어 올린다.

몸을 앞으로 굽혀도 키가 너무 커서 빠져나가지 못한다. 거기
서도 네 발로 엎드린 자세를 취할 수밖에 없다. 배를 거의 땅에 붙
이고, 바람막이 점퍼가 찢어지지 않도록 조심하며 철조망 밑을 빠
져나온다. 산언덕을 올라가 밭 꼭대기에 외따로 서 있는 나무까지
간다. 거기서, 옛날에, 그녀는 시내로 이어진 도로를 지켜보곤 했
었다. 그곳을 다시 본다. 자신이 어릴 때 보았던 그대로의 풍경을
떠올려보려고 한다. 당시엔 차가 거의 없었고, 말들이 밭으로 곧
장 지나다녔고, 한 시간 동안 아무도 만날 수 없었다.

다시 비탈길을 따라 달린다.

브레이크를 밟는다.

라바르들리에르의 좁은 육교를 건너간다.

액셀을 힘주어 밟는다. 사촌 오빠 필리프가 그 후에 맡아서 운
영하는 농장 앞을 빠른 속도로 지나친다. 농장 전체를 힐끗 둘러

보고 싶은 마음은 간절하지만, 두려움에 사로잡혀, 차를 세울 엄
두를 내지 못한다.

제2부 시몽

그의 마음이 기쁨으로 부풀었다. 그녀가 그에게로 오고 있었다. 쏜살같이 계단을 내려왔다. 급속도로 가까워지는 그녀가 보였다. 갸름한 새의 머리, 도드라진 이마, 초롱초롱한 눈, 마치 새가 날아오는 듯했다. 그녀가 다가서자, 어찌나 그에게 바싹 다가왔던지 그녀의 숨결이 느껴졌다. 그도 용기를 내어 그녀에게로 더 바싹 다가섰다. 그녀가 작고 까만 눈을 들어 그의 눈을 바라보았다. 그를 바라볼수록 그녀의 얼굴이 점점 더 환하게 빛났다. 그가 여자의 팔을 잡았다. 불시에 그녀의 향수 냄새와 체취와 몸매가 느껴졌다. 그녀가 뺨을 내밀었다. 그는 그녀의 볼에 살며시 입을 맞추고, 그녀의 목에 얼굴을 갖다 대고, 그녀의 체취와 머리칼 속에 코를 묻었다.

갑자기 카운터에 놓인 유리잔을 집어 들며 그가 말했다.

"마당으로 나가자."

성벽을 따라서 작은 테라스의 포도나무 아래 당도하자 그는 두 팔을 벌려 그녀를 품에 안고, 온몸의 떨림이 멎을 때까지, 심장의 두근거림이 가라앉을 때까지, 거친 숨결이 고르게 될 때까지, 입술과 입술이 맞닿을 때까지, 그렇게 꽉 끌어안고 있었다. 두 입술이 포개졌다. 그들은 부드럽게 키스했다.

*

그녀의 귀에는 시몽의 말이 전혀 들어오지 않았다. 등줄기가 땀에 흠뻑 젖은 채 알아들은 말이라곤 한마디뿐이었다.

"뒷마당으로 가자."

카페 안쪽에 유리문이 있었다. 문 전체에 끼워진 작은 유리들이 땡그랑거렸다. 문밖에는 긴 의자가 놓인 테이블 두 개와 포도나무 묘목을 심은 자기 화분이 있었다.

그곳에서 그들은 포옹했다.

그녀는 팔에 떨어지는 빗방울을 느꼈다.

"비가 오려나 봐."

"안 올 것 같은데. 나뭇잎들 아래 앉아. 여기, 봐, 여기라면 비가 오더라도 안심이야."

그는 긴 의자를 그녀 쪽으로 끌어당겼다.

그녀가 그 옆에 앉았다. 머리 위에 포도나무의 새로 돋은 넓은 잎들이 있는데도 빗방울이 손에 떨어졌다.

"네 말이 틀렸어, 시몽. 비가 오잖아."

"클레르, 좀 봐, 저건 비구름이 아냐."

그가 면 원피스의 보드라운 천에 손을 얹었다. 그녀는 그의 손길 아래에서, 옷의 천 아래에서 막무가내로 자신의 허벅지가 또다시 희미하게 떨리기 시작하는 것을 느꼈다. 6월의 미지근한 소나기가 그들을 흠뻑 적셨다.

*

절벽 끄트머리에, 해질 무렵에도 낮의 열기가 남아 있어 따끈따끈하고 하얗고 노란 이끼팡이[地衣]에 뒤덮인 연회색 화강암 바위 옆에 노란 덤불숲이 있었다. 그녀는 디나르 해변이 굽어보이는 암석들 모퉁이의 옛 장소를 단박에 찾아냈다. 노란 덤불숲은 이미 예전부터 그들의 저녁 밀회 장소였기 때문이다. 그곳의 위치는 해안의 서부, 레클뤼즈 홍합 양식지의 상부, 물리네 곶 맞은편이었다.

순환로를 따라가다가 빌라들 아래쪽으로 올라가야 했다. 그리고 가시투성이에 노란 방울꽃이 만발한 금작화 덤불 은신처로 미끄러져 들어간 뒤에, 노란색 이끼팡이로 뒤덮인 길쭉한 바위에 자리를 잡았다.

해변의 작은 집들이며 디나르의 카지노까지 빠짐없이 전부 보였다.

이따금, 저녁이면 그가 그곳으로 그녀를 만나러 왔다.

하지만 그것은 대체로 그녀의 생각이었다. 그가 자신을 보러 왔다고 믿으면 그에게 말문을 열 수 있었기 때문이다. 마음속으로, 끝없이, 마치 그가 정말로 거기 있기라도 하듯이, 그날 있었던 시시콜콜한 일들을 죄다 들려주었다.

*

"저것 좀 봐, 배(腹)가 아주 하얗지, 바다까마귀야."
"어디?"
"금작화들 바로 위에."

*

그녀는 절벽—라클라르테와 생테노가 위쪽의 중간쯤에 있는— 꼭대기에 새로 생긴 노란 덤불숲에서 내려다보면, 몸을 굽혀야 했지만, 저녁 7시에서 8시 사이에 모터보트를 타고 항구를 떠나는 그의 모습이 보인다는 사실을 알게 되었다. 그는 작은 탑을 지나서, 라클라르테의 정박 장치가 설치된 곳 왼쪽에서 수로를 떠나 생뤼네르의 자기 집으로 돌아갔다. 아내가 있는 집으로, 인물이 준수하고 무척 심각한 아들이 있는 집으로, 바다가 바로 보이는 그들의 빌라로.

*

그녀는 한여름 내내, 몇 달간 줄곧, 강렬한 기쁨을 맛보며 걸었다. 출발 지점은 늘 황야였다. 황야의 거무스름한 어둠 속에서, 희미한 최초의 빛 속에서 바위들을 타고 내려갔다. 저녁 식사를 마친 다음에 다시 올라올 때도 있었다. 빛은 흐릿하고, 황금빛이고, 미세한 입자들이 자욱해서 환상적일 때도 있지만, 완전히 갈색이나 검은색을 띠기도 하고, 희미하면서 불투명할 수도 있었다. 혹은 연녹색 빛이기도 했다. 그녀는 예정된 날짜보다 앞서 라동 농가에 입주했다. 6월 21일, 즉 여름이 시작되는 날부터 거주했다. 앙드레 아줌마와 함께 전부 문질러 닦고 물로 좍좍 씻어냈을 뿐, 가구를 들인다거나 새로 페인트칠을 하는 따위의 수고나 노력은 전혀 하지 않았다. 암석 위에 지어진, 개암나무숲에 가려진, 극도로 소박한 거처가 그녀의 마음에 쏙 들었다. 배관도 전선도 없으니 누수나 고장도 없을 터였다. 그녀는 부두로 내려가려고 노트르담 성당의 주차장을 끼고 돌았다. 저 아래로 눈부신 바다가 보였다. 수직으로 곧추선 계단으로 갔다. 처음엔 눈이 부시다가 이내 타들어가는 듯싶었다. 처음 50개의 계단은 열과 빛 속에서 내려가야 했다. 그러다가 불시에 절벽의 그늘로 들어서게 되었다.

갑자기 어둠 속에 있게 된 그녀는 현기증을 느꼈다. 쇠 난간을 꽉 움켜잡았고, 움켜쥔 손을 난간에서 떼지 않았다. 저 아래 슬레이트 지붕들이며, 작지만 아주 또렷해진 사람들의 형상을 더 이상 내려다보지 않았다.

회색 가옥들과 좁다란 창문의 회색 돌출부에 놓인 온갖 봄꽃들이 하나씩 모습을 드러냈다. 그녀는 간신히 눈꺼풀을 들어 올렸다. 그 순간, 해변의 선착장까지 이르는 장소를 몽땅 집어삼킨 그늘 속에서, 모든 것이 놀랄 만큼 분명하게 입체감을 드러냈다.

언덕 위의 성당을 지나면서 계단도 끝났다. 그것이 마지막-전-전 계단이었다. 그러자 그녀의 기쁨이 커졌다. 사제관을 지나 우체국 계단으로 들어섰다. 우체국 모퉁이의 망루 밑을 지나고, 돌출부 아래로 지나갔다. 바로 그 위에 시몽 클랭의 약국이 있었다. 돌출부로 연장된 그만큼 약국의 건평은 늘어나 있었다. 그녀가 약국 문을 밀고 들어서자 시몽이 기다리고 있었다. 아주 초기의 어느 날 저녁, 그녀가 약국에 들어서자마자 그는 가게 안의 전등을 모조리 끄고, 전기로 작동되는 커튼도 내렸다. 그들은 부두를 따라 걸었다. 배들이 정박한 곳에 이르자 그는 자신의 기다란 낚싯배를 가리켰다. 낚시를 하거나, 약국의 필수품을 구입하러 가거나, 저녁마다 생뤼네르의 빌라로 귀가할 때 이용하는 바로 그 배였다.

돛대가 있는 가로 6미터짜리 배에 모터를 장착시킨 일종의 요트였다.

그는 '나의 샬루프(작은 보트)'라고 불렀다.

나중에 그들은 낚시하러 나가서 가자미, 숭어, 성대, 붉은 반점의 작은 넙치 들을 잡았다.

*

　시몽은 그녀에게 바다에서 본 조망으로 해안 전체를 보게 해주었다.

　어린 시절부터, 그 이후로도 줄곧, 클레르가 알던 해안의 풍경은 하나같이 육지에서, 암석 위에서, 가파른 오솔길에서, 수직으로 솟은 계단에서, 황야에서 본 조망들 일색이었다. 이제 그녀는 바다에서 보이는 조망을 알게 되었다.

*

　7월 14일[1] 저녁, 그녀는 부두로 내려가 불꽃놀이를 구경하지 않을 수 없겠다고 느꼈다. 칼레브 영감이 에스파스 르노[2]를 타고 그녀를 데리러 왔기 때문이다. 그들은 디나르까지 가서 섬들을 오가는 순환선을 탔다. 라클라르테 항구에 도착했을 때 피로감을 느끼고 싶지 않아서였다. 클레르 므뤼앵은 새로 사귄 이웃인 고향 사람들에게 까칠한 인상을 주기 싫었다. 부두 전체가 인파로 북적였다. 그녀는 칼레브 영감과 에블린의 남자 친구와 춤을 추었다.

1) 프랑스 독립 기념일. 어느 도시에서나 불꽃놀이 축제를 한다.
2) 르노의 독특한 디자인의 유럽형 미니밴. 1984년 원조격 모델이 출시된 이후로 1991년 2세대 모델, 1997년 3세대 모델, 2003년 4세대 모델이 나왔다.

파비엔과 노엘과도 파랑돌[3]을 추었다. 미레유는 그곳에 새신랑과 함께 있었다. 클레르는 시에서 가장 연로한 여자들에게 차례로 춤을 청하는 시장을 눈여겨보았다. 파랑돌을 추고 난 시몽이 클레르에게 다가왔다.

그가 말했다.

"내 아내와 아들을 소개해주고 싶어."

클레르가 대꾸했다.

"싫어."

"두 사람은 내일 떠나. 보름 동안 처가에서 지낼 거야."

그녀는 그에게 등을 돌린다. 파비엔에게 몸짓으로 인사를 보낸다. 무더운 여름밤에 홀로 248개의 계단을 되짚어 올라간다.

급히 올라간다. 숨이 차서 힘들다.

*

2007년 7월 15일 일요일 아침, 시몽의 아내와 아들이 바캉스를 보내러 그웨나엘의 부모님 댁으로 떠났다.

시몽이 클레르를 데리러 왔다. 그들은 그의 샬루프에 올라탔다. 시몽은 자신의 빌라를 클레르에게 보여주고 싶었다. 클레르는 배의 앞쪽에 앉아 바다 풍경을 감상했다.

3) 프로방스 지방의 춤.

바윗돌 더미—라클라르테의 시장이 바다에 가져다 쌓아놓은—가 일종의 방파제 구실을 했다.

배와 부두 사이의 잔교(楼橋)는 곧바로 경사진 작은 잔디밭으로 이어졌다.

그는 배를 대고 일어나 그녀에게 손을 내밀었다. 하지만 그녀는 배에서 내릴 생각이 없었다. 그의 집에 들어가기 싫어서였다.

*

다음 날, 월요일, 접근이 어려운 해안의 한구석에서 다시 그가 손을 내밀었다. 그리고 그녀의 허리에 밧줄을 묶었다. 암벽 뒤쪽에 난 갈라진 틈새는 눈에 띄지 않았다. 그 안은 무척 캄캄했다. 내려가기 시작했지만 여전히 바닥이 보이지 않았다.

"앞장서서 내려가." 시몽이 그녀에게 소리쳤다.

클레르는 밧줄을 움켜쥐고 암벽의 내벽을 타고 내려갔다.

발이 타이어에 닿았다.

틈새의 밑바닥엔 무엇보다도 쓰레기가 잔뜩 널려 있었다. 보트 창고의 타르 칠한 지붕, 그 위에 덮인 타이어들, 고무 조각들, 식료품 봉지들, 그리고 산수유, 가시덤불, 잡초, 골풀, 나무딸기, 짚 무더기가 있었다. 나중에 그녀는 전지가위를 가져왔다. 일종의 좁다란 길을 내서 물줄기가 이어지게 만들었다. 물줄기의 품격을 높이고 싶어서였다.

아주 작은 골짜기가 틈새 바닥을 따라 내포로 이어졌다. 내포
는 그저 흘끗 보일 뿐 절벽에서 무너져 내린 바윗돌들 때문에 접근
할 수 없는 곳이었다.

그곳에서 그들은 사랑을 나눴다. 말라 죽은 나무, 표류물, 비닐
봉지, 폐타이어 들과 어둠과 수면에 보일 듯 말 듯 솟은 바위들에
가려 그들의 모습은 보이지 않았다.

*

그들의 몸이 서로 닿자 그녀는 즉시 열세 살 때 느꼈던 야릇한
실신 상태로 빠져들었다. 그것은 아주 야릇한 경험으로, 평생을
통틀어 오직 시몽과의 관계에서만 일어나는 현상이었다. 옛날에,
시몽의 품에 안겼을 때, 단단해진 그의 성기를 느꼈을 때, 수면 상
태에 빠지는 것 같던 느낌과 비슷했다. 또다시 암벽의 틈새에, 작
은 골짜기에 그와 함께 있게 되자, 그의 품에 안기자, 그녀는 점점
더 커져가는 무력감에 사로잡혔다. 흡사 기절에 가까운, 지극히
오래된, 거의 수면보다 더 오래된 이완 상태였다. 다시 옛날로 돌
아온 듯싶었다. 그의 옷을 벗길 때마다, 그의 알몸을 볼 때마다, 그
녀는 매번 쓰러지고 싶어진다. 눈꺼풀이 저절로 감기는 바람에 자
신이 하는 행위와 그의 행위가 언뜻 보일 뿐이다.

*

하늘이 온통 하얀색이었다. 그들은 디나르 해변에 있었다. 그
녀가 주변을 둘러보았다.

10미터 떨어진 곳에서 머리에 챙 달린 모자를 돌려 쓴 젊은 남
자가 웃통을 벗은 채 바위에 앉아 맥주를 마셨다. 그의 등으로 햇
빛이 쏟아져 내렸다.

그녀는 시선을 내리깔았다. 시선이 작은 둔덕을 따라가다가 하
얀 나무 울타리로, 바위들 사이로 난 오솔길과 거품이 이는 파도
로 옮겨갔다.

그녀가 말했다.

"시몽, 나 행복해."

"나도 그래."

그들은 입을 다물었다.

그녀가 그의 팔꿈치를 건드리며 나지막한 목소리로 물었다.

"우리 집에 가볼래? 지금 당장?"

"그게 말이지, 싫어." 그가 대답했다.

"왜?"

"네가 우리 집에 오기 싫어하는 것과 같은 이유야."

"말도 안 되는 핑계다!"

"그렇지 않아."

"참 시몽다운 대답인 것 같네."

"맞아." 시몽이 대꾸했다.

*

혼자 밧줄을 매고 틈새 안으로 내려가는 게 습관이 되었다. 먹을 것과 마실 것, 그리고 담배를 챙겨 넣은 나일론 재질의 작은 하얀색 배낭을 메고서였다. 그녀는 새와 게 들 틈에서 그를 기다렸다.

혼자 내려가는 것은 밧줄이 있더라도 좀 위험하고 약간 불편했다. 쓰레기며 녹슬고 부러진 농기구들 사이로 비집고 들어가야 했기 때문이다. 하지만 지레 기죽지 않고, 장애물들을 무사히 통과해서 물줄기에 발을 씻고, 옷을 홀딱 벗고 온몸을 씻은 다음에 1미터 남짓한 폭의 자그만 계곡에 누우면, 늘 그늘지고 항상 선선하며 어두운 그곳이 다름 아닌 낙원이었다.

*

"시몽, 지금 너 나한테 '전화할게'라고 말할 거지. 전화 안 할 거면서."

"아냐, 클레르, '전화 안 할래'라고 말할 참이었어. 근데 혹시 내가 전화하더라도 넌 오면 안 돼."

"맙소사, 해선 안 되는 일들을 네 입으로 들을 줄이야!" 그녀가 대꾸했다.

*

그들은 열세 살이다. 시몽은 클레르와 동갑이다. 시몽이 고작 두 달 먼저 태어났다. 그는 홍합 양식장 사이로 달음박질쳐서 물에서 벗어난다. 썰물이다. 북풍이 분다. 바람은 차도 여름내 축적된 열기로 바닷물은 아직 따스하다. 곧 신학기가 시작되면 그들은 중학교 3학년생이 된다.

그녀는 레클뤼즈 해변이 굽어보이는 노란 덤불숲에 가려진 바위 뒤쪽에 줄곧 앉아 있다.

홍합 양식지를 지나고 바위들을 움켜잡으며, 그가 힘들게 그녀를 향해 올라온다.

시몽은 그녀가 앉은 검은 화강암 바위에, 그녀보다 약간 아래쪽에 엉덩이를 붙이고 앉는다. 그녀가 그를 바라본다. 온몸이 물기로 번질거리고 추워서 오들오들 떨고 있다. 그녀는 일어나서 목욕 타월을 집어 든다. 타월로 그의 몸을 감싸준다.

"너 너무 멀리 나갔어. 안 보이더라."

"물이 잔잔했거든."

"차가울 것 같은데."

"공기보다 물이 덜 차."

그녀는 그의 몸의 물기를 닦아준다. 젖은 검은색 팬티는 차마 닦아주지 못하는데, 물기로 번들거리고 불룩 튀어나왔다. 갓 돋아난 털이 무성하게 덮인 그의 허벅지를 바라본다. 얼굴을 바라본다. 요즘 들어 뾰족하게 도드라진 목젖을 바라본다. 그리고 물러나 바위에 타월을 깔고, 그가 누울 수 있게 접힌 곳을 판판하게 편다.

그가 그녀 옆에 앉는다.

그녀는 화강암 바위에 놓인 그의 손을 바라본다.

바닷물 때문에 손가락 끝마디에 오글오글 주름이 잡혀 있다.

자신의 손바닥을 쫙 펴서 살며시 그의 손등에 얹는다. 시몽이 화들짝 고개를 돌리지만 손을 빼내지는 않는다.

그는 몸을 떨고 있다.

"내일은 방학 마지막 날이잖아. 우리 같이 해수욕하러 갈까."

그가 긍정으로 여겨지는 말을 웅얼거린다.

"네가 가고 싶은 데까지 멀리 가보는 거야." 클레르가 말한다.

클레르는 시몽의 손가락을 어루만진다. 학교 생각을 하고 있는데, 얼핏 수영 팬티 속에서 그의 성기가 힘차게 천을 들어 올리는 게 보인다. 그녀가 손을 거두고 일어나며 말한다.

"춥겠다."

그녀는 서서 말한다.

"너 옷 입어야지."

그가 대꾸한다.

"더 있다 가자."

하지만 그녀는 팔을 잡아끌어 그를 일으켜 세운다.

"가자, 앉아 있는 게 싫증 나."

그는 서 있다. 시무룩하다. 다가온다. 그녀를 끌어안는다. 아직도 몸이 흠뻑 젖은 상태다. 그녀는 단단해진 그의 성기가 두 사람의 배 사이에서 꿈틀거리는 걸 느낀다. 그가 그녀의 입술에 자신의 입술을 포갠다. 입을 맞춘다. 입맞춤이 처음은 아니지만 이렇게 오래 입을 맞추는 건 처음이다. 그녀도 그를 껴안는다. 다시 입맞춤을 하는데, 갑자기 그의 호흡이 멎는 것이 느껴진다. 숨결이 고통스러운 신음이 되어 입술 위에서 부서진다. 그녀는 몸을 밀착시킨 채 잠시 그대로 있다가 불쑥 뒤로 물러선다. 그는 그녀를 바라보지 않는다. 그녀도 그의 손을 놓는다. 그를 외면하며 말한다.

"기다릴게."

그는 바다로 돌아간다.

*

1977년 7월 초에 그들은 둘 다 바칼로레아[4]에 합격했다. 시몽은 7월에 부모님과 함께 바캉스를 떠났다. 8월에는 조부모님 댁으로 갔다. 두 사람은 9월 말에 다시 만났다. 폴이 퐁토르송에서 신학기를 맞은 뒤였다. 대학은 아직 학기가 시작되기 전이었다. 시

4) 프랑스 대학입학 자격시험.

몽은 약학을 공부하러 캉으로 떠났고, 클레르는 다수의 언어 자격증을 취득하러 렌으로 갔다. 디나르에서는 '클레르드륀Clair de Lune(달빛) 산책로'를 '세관원들의 길le chemin des douanes'이라고 불렀다.

"널 두 시간이나 기다렸어!" 시몽이 클레르드륀에 있는 메종드라칼[5] 앞에서 말한다.

"폴이랑 있었어." 클레르가 말한다.

"그래서?"

"미안해. 폴하고 함께 있었거든."

"내가 널 기다리는 줄 몰랐단 말이야?"

"그런 줄은 알았지만, 폴이 오늘 오는 건 몰랐어. 걔가 고속버스로 왔더라. 중학교 3학년이 되었어. 내 동생은 여기 석 달에 한 번 오잖아. 혼자 집에 내버려두고 싶지 않았거든. 넌 부모님 집에 우리 둘뿐이라는 걸 지금처럼 잊어버리더라."

"내가 너희 집에 가는 걸 네가 싫어하니까 그렇잖아."

그녀는 대꾸하지 않는다. 등에 무게감이 전해지는 아주 따스한 그의 손이 느껴진다. 두 사람은 바람을 피해 순찰로 모퉁이에 있다. 그가 자신의 목 가까이 그녀를 끌어당긴다. 그녀의 입술이 그의 파카의 금속 지퍼에 닿자 그녀는 두 눈을 감는다.

"나 내일 캉으로 떠나." 그가 말한다.

---

5) maison de la Cale: 일종의 쇼핑몰.

"편지 할 거지?"

"물론."

렌에서 그녀는 그에게 편지를 썼다. 캉에서 그는 그녀에게 편지를 썼다. 그 후에 그들은 편지 쓰기를 그만두었다. 그들은 사라졌다.

제2장

"네가 날 보러 오는 게 내겐 얼마나 큰 기쁨인지 넌 모를 거다."

클레르는 거실 안쪽의 테이블 앞에 서 있다. 이제, 라동 부인이 오면, 그녀가 구입한 새 영화들이나 클레르 자신이 생말로 DVD 가게에서 빌린 영화들을 볼 생각이다. 멀리, 주방에서, 주전자가 갑자기 가릉가릉 소리를 내더니 이내 요란하게 으르렁거린다. 쟁반에 사기 그릇을 올려놓는 소리도 들린다. 찻숟가락 두 개가 딸그락거린다. 한쪽 신발이 바닥을 긁는 소리가 들린다. 라동 부인이 나타난다. 그녀가 쟁반을 소파 앞의 낮은 탁자에 놓는다. 몸을 구부리고, 차를 따르고, 갑자기 찻주전자를 천천히 쟁반에 소리 없이 내려놓더니 설탕 그릇을 내민다. 클레르는 자리에 앉으며 싫다고 고개를 젓는다. 라동 부인은 하얀 각설탕을 하나 집어 사기 찻잔에 부딪치지 않게 조심해서 차에 담그고, 설탕이 녹기를 기다렸다가 손을 떼고, 오렌지색 안락의자에 털썩 주저앉는다. 몸을 앞으로 숙여 뻣뻣한 아픈 다리를 치마 위로 끌어당긴다.

마침내 몸이 편안해진다.

그러자 두 눈을 감는다.

눈을 감은 채 라동 부인이 이렇게 말한다.

"피우고 싶으면 담배를 피우려무나."

"나가서 피우면 돼요."

"여기 있으렴."

"정말 괜찮으시겠어요?"

"그럼. 난 담배 냄새가 늘 좋았단다. 어디 냄새뿐이냐, 담배 피우는 제스처도 좋아하는걸."

그녀가 눈을 뜨며 말한다.

"그건 묘한 춤이란다, 아니?"

그녀가 다시 눈을 감으며 말한다.

"아주 고요한 춤, 참으로 아름다운 춤이지. 연기가 올라가는 게."

그녀는 반쯤 눈을 뜬다.

"그러니까, 얘야, 피워. 담배를 피우라고!" 노부인이 부드럽게 명령한다.

클레르가 담배에 불을 붙인다. 그러자 라동 부인이 말한다.

"난 머지않아 죽을 거야, 느껴져."

"선생님……"

라동 부인은 무뚝뚝한 어조로 대꾸한다.

"암말도 하지 마라, 얘야. 제발, 내가 말하게 놔두렴. 말할 때가 됐단다. 내 건강은 좋아. 편안해. 앞으로도 그럴 거야. 한 달, 아마

두 달 뒤에 난 생말로 병원 옆의 양로원으로 가게 돼. 이미 방도 예약해놓았거든. 비용도 이미 지불했고. 창문에서 저수지가 보이더라. 지척에 DVD 가게도 있고. 이 모든 게 고려 사항이었나 봐. 내가 몸을 움직일 수 없거나 아프게 되면 즉시 모든 대책이 마련될 테지."

클레르가 자리에서 일어난다.

"아주 잘 지내고 계시잖아요, 라동 선생님. 계속 이런 말씀을 하실 거라면, 전 갈래요."

"네가 전혀 알고 싶어 하지 않은들 무슨 소용이냐. 알래스카나 페루로 떠나도 소용없을 텐데. 네가 모른다고 내 건강 상태가 크게 달라지지도 않을 거잖니." 라동 부인이 대꾸한다.

"맙소사Mon Dieu!" 클레르가 부르짖는다.

"신이 내게 무슨 소용이 있는지 모르겠구나."[6]

"제가 선생님을 도울 수 있나요, 제가요?"

"있다마다. 넌 날 도울 수 있어. 게다가 내겐 너뿐이야."

"그런 말씀 마세요, 라동 선생님. 안 그러면 저 울 것 같아요."

"내가 다른 누굴 사랑하겠니? 내 삶의 이 순간 사랑하는 사람이라곤 너 하나뿐인걸. 그냥 그런 거야. 울고 싶으면 울어. 중요한 건 네가 여기 다시 앉는 거란다. 그리고 기분 좋게 담배를 피우고, 또 귀 기울여 경청하는 거야."

6) 클레르가 "Mon Dieu(My God)"라고 한 것에 대한 언어유희.

클레르는 앉았다. 울음을 참으며 소리를 내지 않으려고 애썼다.

"냉정하게 사태를 짚어보자. 네겐 어머니가 없어. 난 말이지, 어느 장날에 디나르 광장에서, 볼썽사나운 우체국 건물 바로 앞에서 널 다시 봤을 때, 왠지 모르게 네가 내 삶에 딸로서 들어왔다는 느낌이 들었어. 넌 지금 내 소유의 농가에 살고 있잖니. 무슨 말이냐 하면, 농가가 네 소유가 아니라서 혹시 내가 죽은 뒤 네가 계속 그 집에 살고 싶을 경우엔 모든 게 복잡해질 거라는 얘기야."

하지만 클레르는 문을 겸한 창문을 열었다. 어느새 정원으로 나갔다. 날이 무척 덥다. 바람 한 점 불지 않는다.

*

미세한 바람이 커다란 푸른 수국 위로 살짝 스쳐가는 듯싶다. 하지만 바람은, 올여름엔, 추억 같은 것이었다. 먼지가 신발 주위에서, 신발 가장자리에서 풀썩 일어나려다가 이내 가라앉곤 했다. 바람이 부는 일은 아주 드물었다. 바람이 불면 사람들은 이렇게 말했다.

"오! 바람이 부네."

사람들은 나뭇가지를 바라보고, 나뭇잎을 바라보고, 널린 빨래를 바라보고, 거미줄을 바라보았지만, 아무것도 움직이지 않았다. 바람이 떠나버린 거였다.

귀가할 때도 그녀는 바위들을 타 넘었다. 움켜잡고 매달리며 힘겹게 산언덕을 올라왔다.

　어두운 밤이 되면 지독하게 더웠다.

*

　그녀는 잔털이 보송보송한 어린 히드가 무성한 바위들 사이의 은신처에서, 따스한 화강암 바위에 얇게 깔린 황금색 이끼팡이에 볼을 댄 채로 있었다. 토요일이었다. 아침 9시밖에 안 되었는데도 이미 무척 더웠다. 해안을 따라 움직이는 안개 장막 때문에 시몽과 그의 아내와 어린 아들이 다가오는 모습이 겨우 보였다. 그들은 몸을 숙이고 선착장을 올라왔다. 아이의 손에서 축구공이 떨어졌다. 아이가 달려갔다. 시몽이 아이를 붙잡았고, 선착장에서 몸을 굽혀 낡은 포석 위에 무릎을 꿇고는 팔을 뻗어 물에 떨어진 공을 움켜잡았다.

*

　더위는 훨씬 지독해졌다.

　새들은 더 이상 노래하지 않았다.

　그러자 곤충들이 콧노래를 부르기 시작했다.

　그녀는 아침 9시나 9시 반에 돌아왔다. 관광객과 산보객 들에게 자리를 내주었다. 그들은 모두 일렬종대로 시끌벅적하게 걸었

98

다. 오솔길이 좁은 탓에 줄은 끝없이 이어졌다. 그들은 어디서나 먹고 마셔댔다. 도처에서 지린내가 풍겼다.

*

안락의자와 긴 의자의 가죽이 몹시 뜨거웠다. 그녀는 카트르 L의 베이지색 좌석에서 맨살인 엉덩이를 떼려고 2분마다 몸을 들썩이지 않을 수 없었다.

*

"광장에 있는 인디언 식당에서 보자." 시몽이 그녀에게 말했다.
"좋아."
그녀는 휴대폰을 닫았다.
그녀가 먼저 도착했다.
작은 창문마다 조그만 노란색 나일론 커튼이 있었다.
그녀는 땀에 젖은 맨살 엉덩이를 보드라운 쿠션에 얹고 조각으로 장식된 안락의자에 푹 파묻혀 앉았다.
휴대폰의 화면을 보았다. 라클라르테의 시장이 5분 늦는다는 문자였다.
푹푹 찌는 더위에 모락모락 김이 나는 찻주전자에 손바닥을 올려놓았다. 그리고 일어섰다.

"얼마예요?"

그녀는 떠났다.

차에 올라타기 전에 카트르 L의 문 네 개를 활짝 열어젖혔다.

손에서 다시 휴대폰의 진동음이 울렸는데 시몽이 아니었다. 앙드레 아줌마의 전화였다. 라동 부인이 더위 때문에 실신했다는 거였다.

*

병원의 입원실 창문에서, 부베 연안 너머로 항구의 수문이 보였다.

라동 부인이 그녀에게 주문했다.

"편하게 말을 놓지 그러니."

클레르도 마음속으로 그러려고 했다.

한데 도무지 그럴 수가 없었다.

클레르가 말했다.

"못 하겠어요."

라동 부인이 재차 말했다.

"날 '엄마'라고 불러보렴."

클레르는 도저히 입이 떨어지지 않았다.

라동 부인이 세번째로 채근했다.

"'엄마'라고 해보라니까."

"못 하겠어요." 클레르가 실토했다.

아무런 토도 달지 못했다. 침대 아래로 늘어진 손을 잡았을 뿐이다. 라둥 부인의 손가락들을 어루만졌다.

갑자기 환자가 담배를 피우고 싶다고 했다.

"안 되는 거 아시잖아요?"

"알아."

"그래도 피우고 싶어."

클레르는 부인의 손목 어귀에 도드라진 뾰족한 손목뼈와 몹시 가녀리고 까칠한 손가락들을 바라보았다. 담배 한 개비를 그녀의 손가락들 사이에 끼웠다.

손으로 성냥을 그었다.

떨리는 손으로 불붙은 성냥을 내밀었다. 죽어가는 라둥 부인의 땀으로 번질거리는 충격적인 얼굴 앞으로. 성냥불이 더위에 열기를 보탰다.

제3장

그녀는 아래층 타일 바닥 위로 의자를 잡아끄는 소리에 잠이 깼다.

잠시 뒤 계단을 올라오는 희미한 발소리가 들렸다.

곧이어 지척에서 우지끈거리는 다른 소리가 났다.

2층에서 누가 걸어 다니는지 마루가 삐걱거렸다.

감지되는 소리들이 정말로 예사롭지 않았다.

그녀는 눈을 떴다.

일어나서 침대에 앉았다. 날이 엄청나게 더운 데다가, 어쩌랴 싶어 홑이불도 덮지 않은 알몸이었지만 그대로 달려나갔다.

방문을 열자 복도는 어둠에 잠겨 있었다.

그녀는 꼼짝도 하지 않았다.

왼쪽 방에서 새로운 소리가 들렸다. 맨발로 발꿈치를 들고 앞으로 나아갔다. 그런데 계단에서 커브를 돌려는 순간, 그러므로 아직 계단을 벗어나지 않은 상태에서, 폴의 방에서 나오는 어두운 형체가 보였다.

클레르는 다시 옴짝달싹하지 않았다.

어두운 형체가 그녀를 보지 못한 채 다가왔다. 클레르보다 키가 작은 여자였다. 진한 색깔의 스카프로 얼굴을 가렸고, 손에는 뭔가를 들고 있었다.

클레르는 못 박힌 듯 서 있었다.

누군지 알 것 같았다.

몸매가 좋은 호리호리한 여자는 묘하게 그웨나엘 클랭을 닮았는데, 계단을 내려가 도망쳤다.

클레르는 알몸이라 망설이다가 여자를 쫓아갔다.

라동 농가의 문이 어둠 속에서 덜그럭거렸다. 클레르는 다시 문을 잠글 수가 없었다. 자물쇠가 부서져 있어서였다. 문을 활짝 열어놓았다. 문밖을 바라보았다. 사위가 고요했다.

*

카트르 L 안에서는 숨을 쉬기도 힘들었다. 차에서 고무 냄새가 났다. 그들은 차에서 나와 부두 위쪽의 생브리아크 카페의 테라스에 앉았다. 생선 경매장의 진열대는 비어 있었다.

시몽은 지금 클레르가 하는 말을 한마디도 믿을 수 없었다.

해가 뉘엿뉘엿 넘어가고 있었다. 해수면이 어찌나 반짝이는지, 망망대해를 바라보며 우물쭈물하다가는 눈이 타버릴 것만 같았다.

103

왼쪽에서 트랙터 한 대가 해변의 젖은 모래 위로 통발들을 끌면서 냉동 트럭을 향해 갔다. 만조였다. 검은 모래톱이 약간 남아 있을 뿐이었다. 모래톱은 까만 자갈투성이였다. 굉장한 더위로 인해 대기에 파형(波形)의 일렁임이 생겨나더니 희끄무레한 왕뱀들처럼 전진하면서 모래톱과 현무암 자갈들 위로 보이는 것들의 형태를 일그러뜨렸다.

그해에는 가을조차 없었다. 더위가 계속되었다. 암벽들 위의 아름다운 풍경도 지속되었다. 바다는 매일 황금처럼 반짝였다.

*

앙드레 아줌마가 클레르에게 전화했다. 라동 부인이 렌에 있는 소생실로 이송되었다고 알렸다. 클레르는 즉시 차를 타고 외르의 고목[7]으로 달려갔다. 그리고 어릴 때 그랬던 것처럼 기도를 드렸다. 고목 두 그루와 루토의 올빼미, 이것만 있으면 어떤 액운도 물리칠 수 있다고 믿었다. 얼마 뒤 라동 부인은 생말로에 돌아왔다.

클레르는 날마다 병원에 갔다.

매일 자동차를 타고 가 디나르에서 내렸고, 섬들을 오가는 순환선에 승선해 생말로 부두에서 내렸다. 라동 부인은 피골이 상접

7) 오트노르망디 지방 외르의 작은 마을인 루토(La-Haye-de-Routot)에는 천년이 넘은 거목이 두 그루 있다. 큰 나무의 지름이 11.50미터, 다른 나무의 지름은 9.60미터에 이른다.

해 있었다. 손가락들도 바싹 말라붙었다. 피부는 올리브나무의 털이 많은 작고 부드러운 이파리나 라벤더 이파리를 연상시켰다.

*

폭풍우의 무시무시한 회오리바람에 더러워지고, 돌아가는 승용차나 캠핑 트레일러 바퀴에 깔려 납작해진 장미꽃들이 땅바닥에 들러붙어 있었다.

그들은 카트르 L의 차 문을 양쪽에서 동시에 쾅 하고 닫았다.

한마디 말도 없이 주차장을 빠져나왔다.

여전히 입을 다문 채 새로 생긴 자연 생태 공원으로 들어섰다. 호숫가에는 파란색으로 칠해진 주철 벤치들이 있었다.

그들은 벤치로 걸어갔다.

모든 오리가 갈대숲을 떠나 그들에게로 다가와 말을 건넸다. 먹을 것을 달라는 거였다. 하지만 클레르와 시몽에겐 오리에게 줄 만한 게 아무것도 없었다.

암컷 오리와 수컷 오리 모두가 돌연 무시하는 눈빛으로 그들을 바라보았다. 자기들에게 던져줄 게 없음을 알아차린 거였다. 오리들은 말없이 돌아갔다.

그러자 클레르와 시몽은 함께, 서로 마주 보고 섰다. 클레르의 키가 시몽보다 컸다. 서로 손을 잡아 네 개의 손을 들어 올렸고, 말을 했고, 몸짓을 했고, 입을 다물었다.

그들은 팔을 내렸다.

젖은 벤치에 앉았다. 물 위에 떨어지는 물을 바라보았다.

*

2007년 10월 28일 일요일은 서머타임이 해제되어 시간이 바뀐 날이었다. 10월 28일 일요일은 클레르와 앙드레가 10시에 라동 부인을 생테노가의 집으로 데려온 날이었다. 10월 28일 일요일은 성인 시몽과 성인 유다의 축일[8]이었다.

집에 돌아와 집 안의 기분 좋은 온기와 친숙한 냄새를 접하게 되자 라동 부인의 얼굴에서 고통스러운 표정이 사라졌다. 삶이 평온하게 느껴졌다.

"시장에 플리옹[9]이 나왔더라고요."

앙드레 아줌마가 타파웨어를 낮은 테이블에 놓으며 말했다.

"데워 드실 면도 놓고 가요. 전자레인지에 넣어 돌리시면 돼요."

"앙드레, '플리옹'이란 게 대체 뭔가?"

"어떻게 설명해야 할지 모르겠네요."

라동 부인이 몸을 굽히더니, 떨리는 두 손으로 타파웨어의 뚜

---

8) 로마 교회력에 따르면 365일이 날마다 특정 성인의 축일이다. 자신의 이름과 동일한 성인의 축일에는 생일날처럼 축하를 받기도 한다.
9) 조개의 일종. 모시조개와 흡사하다.

껑을 여는 데 성공한다.

"아, 이거로군. 툴롱에서는 '트뤼유'라고 부르는 거야."

"드셔보세요. 면에 넣어 먹으면 맛이 참 좋거든요."

"왜 아니겠나. 앙드레, 자넨 완벽해."

*

앙드레 아줌마가 설명한다.

"해마다, 성인 시몽의 축일인 10월 28일 저녁때, 식구들이 모두 귀가하면 첫 수확한 밤을 우유에 삶아 먹어요. 밤은 포크로 짓이기는데 그게 꽤 힘들어요. 다음 날 새벽에, 화로의 불기운을 돋우거나 혹은 종이 상자나 시장에서 주워온 고리 바구니 부스러기로 불을 지필 시간이 되면, 밤들을 장작 옆에 놓아두어요. 일단 밤이 구워지면 성당으로 가져가 성당 영지의 가족묘에 밤들을 놓는 기랍니다."

*

"마침내 갔구나!"

라동 부인이 지팡이를 짚고 소파에서 일어선다. 삐쩍 말랐다. 복도를 걸어간다. 지팡이의 뾰족한 끝을 신중하게 앞으로 내밀며 걷는다. 지팡이로 이중문을 가리킨다.

107

"클레르, 이리 와봐. 이것 좀 보렴. 칠을 해줄 수 있겠니?"

클레르가 다가간다. 칠이 벗겨진 곳이 보인다.

"물론이죠."

라동 부인은 왼쪽 다리를 끌면서 느릿느릿 주방에서 돌아온다. 길쭉한 접시에 대추토마토가 달린 가지를 담아 가지고 온다.

클레르는 그녀를 비켜 돌아간다. 유리잔과 차가운 샤블리가 담긴 쟁반을 낮은 탁자에 놓는다.

"아프세요?"

"이놈의 다리가 이젠 영 말을 듣지 않는구나."

그녀가 천천히 앉는다. 한쪽 다리를 잡지꽂이 위에 얹는다. 두 여자는 각자의 잔을 들어 올린다. 건배한다.

클레르는 라동 부인에게 대추토마토가 담긴 갸름한 접시를 내민다.

라동 부인은 대추토마토를 씹는다. 슬며시 눈이 가늘어진다. 마치 토마토 맛이 좋다는 듯이.

그러더니 눈을 감는다.

눈을 감은 채 말을 시작한다.

"얘야, 내 말 좀 들어보렴. 네게 부탁할 게 있어. 언젠가부터 내 마음을 괴롭히던 일이란다. 내 말 듣고 있니?" 라동 부인이 아주 나지막한 목소리로 묻는다.

"네."

"내 딸이 되어주지 않으련?"

라동 부인이 갑자기 눈을 치켜뜨고 클레르를 뚫어지게 바라본다.

그리고 이렇게 말한다.

"난 혼자야. 너도 혼자고."

"제겐 남동생이 있잖아요."

"나도 남자 형제들이 있어. 모두 고인이 되었지. 한데 난 그들을 사랑하지 않았어."

"전 폴을 사랑해요."

"아무렴. 어쨌든 그것과는 무관한 문제야. 이 집을 조카나 시집 식구 누군가에게 물려준다는 것은 있을 수 없는 일이야. 친정아버지에게서 물려받아 내 손으로 일군 집이거든. 참, 그런데 고원 위의 농가에는 가봤니?"

"제가 거기서 산 지 적어도 넉 달은 되는걸요! 라동 선생님, 기억 안 나세요?"

"그렇다니 기쁘구나. 그래 어떠냐?"

"아주 좋아요, 라동 선생님. 벌써 말씀드렸는데요. 집이 아주 단순하고 수수하면서 깔끔해요. 앙드레 아줌마랑 바닥부터 천장까지 말끔하게 청소했어요. 본채는 참 시원하더라고요. 여름 내내, 여기 햇살이 그렇게 뜨거운데도 늘 그늘이 져서 놀랄 만큼 시원해요. 여름이 오기 전에, 앙드레 아줌마하고 일주일 동안 그 집을 치우고 쓸고 닦아 새 집으로 만들었는데, 기억 안 나세요?"

"물론 기억나. 다리가 너무 아파서 내가 자네들과 함께 가보질 못했잖니. 일들이 한꺼번에 닥쳐서 말이야."

"네."

"클레르, 난 네가 아주 어렸을 때부터 널 알고 있지."

"네."

"내가 말을 좀 할 테니, 막지 말거라."

"네."

"넌 '체르니'와 '하농' 교본을 마치고 '클래식 선집' 교본을 치기 시작했을 무렵 고아가 되었지."

"네."

"포레[10]의 바르카롤[11]을 칠 때 네 큰어머니가 돌아가셨고."

"정확히 그래요."

"봐라, 내 기억이 아직 멀쩡하잖니."

"네."

"단도직입적으로, 넌 정말 혈혈단신이고 난 정말 늙었어. 넌 상황을 전부 이해했고. 그러니 우리 둘이서 서류 몇 장에 서명을 해야겠다."

클레르는 서 있다. 침묵한다. 이 제안이 무섭게 느껴진다. 갑작스런 모녀 관계가 왜 이토록 두렵게 느껴지는지 그 이유를 알지 못한다. 라동 선생님의 제안에 감사조차 표하지 못할 지경이다.

---

10) Gabriel Fauré(1845~1924): 프랑스의 작곡가.
11) 뱃노래. 원래 베네치아의 곤돌라 사공이 부르는 뱃노래에서 유래한 기악곡이나 성
    악곡을 말한다. 쇼팽이나 포레의 피아노곡 바르카롤이 유명하다.

*

방파제에서 어린 여자애 여섯이 롤러스케이트를 타고 있다. 찌푸린 이마, 젖혀진 입술, 부풀어 오른 치마, 말없이 전속력으로 잇달아 달린다.

클레르는 몇 시간이나 바라보았다. 여자애들은 달리고, 춤추고, 위치를 바꿔가며 파도처럼 일렁이고, 길을 되돌아왔다가 다시 빠져나간다. 애들의 어머니가 그만 돌아와 간식 먹고 숙제하라며 소리쳐 부를 때까지.

*

그녀는 바람 때문에 몸을 숙인 채 머리만 내밀고 되도록 절벽에 비싹 붙어 걸어간다. 아주 뻣뻣해진 새하얀 머리칼이 눈앞으로 흘러내린다.

날이 춥다.

지금은 해가 하늘 저 멀리 사라졌다.

지금은 하늘의 피륙이 놀랄 만큼 다양한 색채를 띠었다. 지금은 하늘을 보아도 눈이 멀거나 부시지 않았다. 이따금 현실이 복귀했다. 때로는 낮이 짧아지고 차츰 밤이 길어졌다. 때로는 아스팔트가 굳어 단단해졌다. 때로는 여름의 행복이 잊혀졌다. 때로는

111

다시 바람에 맞서 싸우며 추위에서 자신을 지켜야 했다.

*

만성절(萬聖節)[12] 다음 날이었다.

그녀는 안개 속에서 군데군데 모래밭과 진흙탕과 해초와 자갈밭과 조개껍질이 널린 곳을 걸었다.

동이 트면서 이슬이 맺혔다.

이제 새벽이 되면 일종의 싸락눈이 암석들 위로 내려앉았다.

그러면 길이 마치 수정처럼 반짝거렸다.

그녀는 시몽을 만나고 돌아오던 길이었다. 황야를 가로지르는 아름다운 길에 매료되었다.

*

그날 저녁이다. 황야 한복판의 개암나무숲에서 곧장 위로 피어오르는 연기가 보인다.

그녀는 연기를 바라보며 감탄한다.

기다란 검은 연기가 바람에 밀려 별안간 옆으로 기울면서 지는 해 쪽으로 방향을 튼다.

---

12) 가톨릭교에서 모든 성인의 기일로서 기념하는 날. 11월 1일이다.

그녀는 길에서 황급히 자동차를 세운다.

달려간다.

눈앞에서, 라동 농가를 에워싼 작은 숲이 불타고 있었다.

작은 숲 한복판의 본채가 타고 있었다.

소방대원들, 해수 테라피 센터 사람들, 수많은 사람이 그곳에
있었지만, 대부분 속수무책으로 바라볼 뿐이었다.

제3부 **폴**

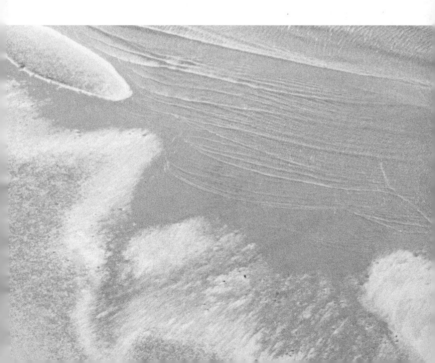

제1장

나는 세 살부터 서른 살까지 여섯 차례나 신경쇠약을 앓았다. 의기소침 상태가 점점 더 잦아질 뿐 아니라 더 길어지고, 고통도 심해지고, 점점 더 심각한 장애 요인이 되는 바람에, 나는 정신분석 요법으로 뛰어들었다. 8년간의 정신분석 치료를 받은 끝에 가까스로 일단 지옥에서 올라왔고, 그럭저럭 살아남았다. 그런데 빛 속에는 날 기다리는 사람이 아무도 없었다. 더욱 혼자가 되었지만 두려움은 훨씬 덜했다. 거의 자유롭게 느껴졌다. 온갖 걱정 근심과 그때까지 나를 사로잡았던 무력감이 단번에 떨어져나가고 무너져 내렸다. 모조리 사라졌다. 그러자 꽤 단단하고 꽤 윤기 나는 일종의 지면에 발을 디디게 되었다. 그 땅은 아름다운 빛에 휩싸여 있었다. 투명한 빛은 소위 외적으로 그리고 무한으로 확장되었다. 나의 뇌는 유연하고 다각적이며 의외의 방식으로 신속하게 사고했다. 여전히 두려웠지만, 더 이상 두려움이 두렵지 않을뿐더러 오히려 의지가 되었다. 나는 있는 그대로의 세계를 바라볼 수 있었고, 추위를 사랑하고, 억수 같은 비가 내려도 외출을 즐기고, 낮게 뜬 구름을 사랑하고, 체념을 사랑하고, 고독을 사랑하고, 불면을 가상하게 여기며, 밤을 좋아하고, 한밤중의 정처 없는 보행을 열렬히 사랑하게 되었다. 일단 세계가 광대무변한 존재로, 마구 쳐들어오는 불가해한 존재로, 완전히 초연한 존재로 별안간 바뀌게 되면, 우리 앞에 펼쳐지는 해변은 얼마나 놀라운가! 그때 세계는 출생과도 흡사해진다. 다시 동이 틀 때마다 다가올 하루를 떠올리며 느닷없는 불안에 사로잡히지 않는 것은 얼마나 행복한 일인가! 어느 날, 6개월간 내게는 휴식처였던 진료소─그곳에서 몇 시간 수면을 취하는 방법을 터득했다─부근의 공원으로 가보았다. 공원이 끝나는 도로변의 철책 옆으로 꾸불꾸불 흐르는 실개천까지 갔다. 너무 먼 데다 매서운 추위 탓에 아무도 갈 엄두를 내지 못하는 곳이었다. 일단 가기 시작하자 여러 번 가게 되었다. 그곳에 머무르며, 나는 낙엽과 이끼 위에 무릎을 꿇기도 하고, 개천을 따라가며 소리도 질렀다. 차가운 대기 속에서 내 목소리는 물길을 따라가며 점점 커지다가, 급기야 목청껏 질러대는 고함 소리로 바뀌었다. 그러다가 문득 달팽이나 개구리 들이 불안에 떨지도 모른다는 데 생각이 미쳤고, 그 즉시 소리 지르기를 멈추었다. 어쨌든 나의 외침으로 목 놓아 부를 대상도 이 세계에는 별로 없었다. 내게는 이제 어머니도 아버지도 일정한 친구도 없었다. 나는 독신이었다. 곡물 중개인이라 수입은 넉넉했다. 근무 시간에 필요한 기본 도구들을 운반하는 데도 불편함이 없었다. 단지 소형 휴대폰들과 소형 노트북, 그리고 USB만 있으면 되었으니까. 그 모두를, 여행 가방에 넣어도 별로 자리를 차지하지 않을 만큼 방수 처리된 작은 가방에 넣어 가지고 다녔다. 그게 내 사무실 전부였다. 바퀴 달린 여행 가방 안에 사무실이 몽땅 들어 있는 거였다. 그것은 나의 영원한 동반자였다. 나는 집, 진료소, 호텔, 동료의 집, 지인의 집, 어디서나 업무를 처리했다. 상품거래소의 영업시간과 시장들의 다양한 상황을 충실하게 따랐다. 불면증도 다른 일을 함으로써 수월하게 다스릴 수 있었다. 사회성이 상당히 결여된 나 같은 위인도 음악을 들으면 늘 감동했다. 음악이야말로 나날의 슬픔과 퇴적된 감정과 그 기억을 달래주는 유일한 것이었다. 적어도 내 안에 둥지를 틀어버린 다소 넘쳐나는 고독을 이토록 위로해주는 다른 것을 나는 전혀 알지 못했다. 하루에도 몇 시간씩 음악을 들었다. 그러던 어느 날 낮 혹은 저녁이었다. 이미 주먹을 쥔 채로 잠들어 있다가(자는 시간이 일정하지 않았으므로), 전화벨 소리에 화들짝 잠이 깼다. 우리 누나 마리-클레르의 전화였다. 누나는 번역가이고, 최소 열다섯 개 언어를 구사했다. 나는 여섯 개 언어밖에 하지 못했다. 누나가 울먹였다. 정말이지 누나답지 않은 일이었다. 게다가 한술 더 떠서 내게 도와달라고 전화까지 하다니. 나는 거칠게 콧숨만 내쉬다가, 이윽고 누나의 목소리에서 예사롭지 않은 무슨 일이 바야흐로 일어나고 있다는 사실을 알아차렸다. 나는 침대에서 나와 옷을 입고, 차에 올라타 파리를 가로질렀다. 누나가 원하는 도움을 주려고 달려갔다. 빗속에서, 기메 박물관 맞은편, 그리고 뤼베크 거리와 부아시에르 거리 모퉁이의 나무에 기대고 선 누나를 보는 순간 내 삶이 전복되면서 구원받았다는 생각을 나는 전혀 하지 못했다.

*

나는 키가 작고 머리색이 까만데 누나는 키가 크고 늘씬한 금발이었다. 훌쩍 큰 키에 가냘픈 몸매였다. 엄마도 누나처럼 호리호리했어도 머리색만큼은 나처럼 까맸다. 엄마는 그리스인이었다. 교육을 받진 못했지만 누나 마리-클레르, 혹은 클레르, 혹은 클라라 혹은 카라처럼 언어에 대한 천부적 재능을 지닌 분이셨다. 누나는 자기 이름에 만족하지 못해 얼마나 많은 이름을 끊임없이 지어냈는지 모른다. 어미변화마다 제가끔 나름의 의미가 있겠으나, 나는 전혀 알지 못했고 알려고 애쓰지도 않았다. 카라Chara는 흔히 쓰이는 그리스어로 '은총grâce'이라는 의미를 지니고 있다. 그런데 누나는, 내가 부시맨이 아닌 만큼이나 그리스인이 아니었다. 몸은 장대처럼 기다랗고, 은총 받은 여인처럼 우아하지gracieuse도 않고, 상체는 구부정하고, 얼굴은 영락없는 맹금류 새였다. 나이가 들어도 갈대 같은 모습은 여전했다. 늙은 갈대였다. 손만은 세월의 흐름에 망가지고 투박하게 변했다. 정원 일을 할 뿐 아니라 바닷가와 늪지를 철벅거리며 쏘다니고, 화강암 바위를 움켜잡은 탓에 온통 붉어졌다.

누나의 목소리로 말하자면, 늙어갈수록 고음으로 바뀌면서 점점 더 하이 톤으로 변했다. 입술은 점점 얇아지고 코도 날렵해졌다. 보드라운 금발에 새하얀 굵은 머리칼이 대거 섞여들었다.

누나는 우리가 유년기를 보낸 마을로 나를 데려갔다. 그때까지 내가 페스트처럼 끔찍하게 꺼리던 곳이었다.

무슨 일이든 누나는 항상 뜬금없이 그리고 매우 강렬하게 하곤 했다. 자신이 내린 결정에 따라서가 아니라, 돌연 솟구친 에너지가 누나를 덮치거나, 이끌거나, 멈추게 하거나, 황폐하게 만들었기 때문이다. 그럴 때면 뺨에서 핏기가 사라지며 입아귀가 바르르 떨렸다. 내가 물었다.

"무슨 일이야?"

"아무 일도 아냐." 누나는 무조건 그렇게 대답했다.

그러면서 길을 건너 약국으로 들어가는 시몽 클랭이란 남자를 바라보았다. 그는 누나의 어린 시절 친구였다. 부유층 마을인 작은 항구의 약사였다. 내가 말했다.

"또 저 남자를 보는 거지."

"넌 이해 못 해."

낚시와 스포츠를 무척 즐기고 이 마을을 사랑하는 남자, 선거 때마다 시장으로 당선되는 그가 누나의 강박관념이 된 거였다. 더이상 할 말도 없다. 사실 사랑을 해보지 못한 나로서는 누나의 감정을 도무지 헤아릴 수 없었다. 나는 아무도 사랑했던 적이 없다. 사랑이란 이름에 합당한 그 무엇과도 맞닥뜨린 적이 없는 내가 대체 그게 뭔지 짐작이나 할 수 있겠는가.

*

그렇게 해서 2007년, 마흔여섯 살에, 정확히 마흔일곱 직전에, 클레르 누나는 상하이, 스톡홀름, 런던 등지로 세상을 누비고 다니던 여행을 그만두고, 번역에서도 손을 뗐다. 자신이 소유한 베르사유의 고급 소형 빌라를 매각했다. 생활에 필요한 액수보다 훨씬 많은 금액을 챙길 수 있었다. 사실 브르타뉴에서의 새로운 생활 방식이라면 돈 쓸 일도 거의 없었다. 누나는 온종일 걸어다니고, 늘 밖에서 살았다. 책 한 권, 음반 한 장, 신문이나 잡지 한 권 사는 일도 없었다. 시뻘건 고기를 사는 일은 절대 없을뿐더러, 고급 식료품도 마찬가지였다. 옷도 거의 구입하지 않았다. 카멜, 필터 없는 체스터필드, 페테르 스튀브상, 로트망 블뢰 같은 담배나 포도주, 채소, 올리브 오일만은 많이 구입했다. 곡물 빵이나 스펠타밀 빵 하나면 이틀이나 사흘 먹었는데, 뱃살이 붙어 배가 볼록해지는 게 싫어서였다. 과일은 장날에 샀다. 생선은 부두 카페에서 헐값에 팔아도 사는 일이 드문 반면에, 대체로 대게나 작은 새우, 갑오징어는 샀다. 생활비에서 가장 많은 비중을 차지하는 것은 물론 담배였다. 그래서 내가 여행을 갈 때면 누나가 부탁하는 오직 한 가지는 연한 빛깔의 외국산 담배 몇 보루였다. 담배가 외국산이고, 낯설고, 미지의 것이고, 예측이 불가하고, 메스껍고,

그럴싸하지 않고, 이상야릇할수록 누나는 더욱 행복해졌다.

우리 누나는 이런 사람이었다.

누나가 늙어갈수록 나는 누나를 더 이해할 수 없었다.

밖에서, 야외에서, 바다가 내려다보이는 곳에서 지낼수록 누나의 삶은 더 수월해졌다.

나는 누나가 불안에 사로잡히면 대번에 알아챘다. 누나가 단박에 축축해졌기 때문이다. 길고 앙상한 몸이 진땀으로 번들거렸다. 두 눈도 커다래졌다. 내면이 낱낱이 드러나 보였다.

누나의 영혼은 불안해지면 약간 취기와 흡사한 기미를 보였다.

누나의 눈이 갑자기 반짝이면, 시몽과 관련된 무슨 생각을 하는 거였다.

시몽을 생각할 때만 얼굴에서 빛이 났다.

그토록 그를 생각하기 때문에 누나는 결코 혼자가 아니었다.

*

어릴 때 누나와 나는, 아무튼 거의 서로 보지 못하고 지냈다. 1년에 한 번 한 달간 만날 수 있었다. 내가 므뤼앵 큰아버지의 농가에서 여름방학을 보낸 8월 한 달이 1년 중 우리가 함께 지낸 유일한 시기였다. 누나는 나보다 시몽과 훨씬 더 많은 시간을 보냈다. 부활절에는 내가 기숙사에 남았다. 텅 빈 기숙사에 둘—동급생과 나—뿐이었다. 우리는 몰래 서로를 만지기도 하고, 숨어서 담배도 피우고, 둘만 있다는 사실에 안도하며 선 채로 꿈을 꾸기도 하고, 공부도 많이 하고, 다른 삶을 갈망하기도 했다. 그 결과 미셸과 나의 학업성적은 우수했다. 여름엔, 8월 한 달에 불과했지만, 마리-클레르 누나와 늘 붙어 지냈다. (시몽의 여름방학은 두 달인데, 한 달은 부모와 함께, 또 한 달은 조부모와 함께 지냈다.) 물론 누나는 자기가 손위라고 날 심하게 괴롭히고, 놀리고, 어르고, 가르치고, 몰아붙였다. 한 달 동안 줄곧, 재능이 자기만 못하다는 이유로 모욕하고, 키가 자기보다 훨씬 작다는 이유로 업신여겼다. 그럼에도 우리는 스물네 시간 온종일 붙어 지냈다. 고아에겐 누군가가 무슨 짓을 할지라도 자신을 받아주기만 하면 그것이 최상의 가치였기 때문이다. 내가 무슨 말을 하든, 무슨 짓을 하든, 누나는 내 편을 들었다. 퐁투로드에 팽배했던 분위기와 사촌들의 역력한 악의 따위는 아무래도 좋았다. 우리는 누나 방의 커다란 구리 침대에 나란히 누워서 잤다. 방에서 몹시 고약한 냄새가 났다(곰팡이 슨 옷가지들, 마룻바닥에 핀 버섯들, 화장실 변기의 물, 우리의 투박한 신발들). 실개천 같은 작은 강이 농가를 가로질러 수문으로 흘렀다. 날씨가 더워지면 우리는 밭에서 멀리 떨어진, 과일나무들이 드물게 그늘을 드리운 강물에서 절벅거리며 놀았다. 브르타뉴의 여름은 굉장히 덥다. 우리는 수문에서 미역을 감았다. 누나가 수영을 가르쳐주었다. 우리는 철조망 밑으로 빠져나가, 아르멜 큰아버지가 이웃 농가의 밭을 지나다니지 말라고 했지만, 두 농가의 밭을 가로질러 해변(하구로 향한 일종의 갯벌 해변)으로 가곤 했다. 그러면 캠핑장이 나왔다. 거기가 마레 백사장이었다. 내가 아는 얼마 안 되는 그리스어는 그곳에서, 해질 무렵 카라 누나에게 배운 거였다. 그리스어는 우리 어머니의 언어였다. 큰아버지의 주된 관심사는 어떻게든 우리와 마주치지 않는 데 있었다. 그는 내가 나타나는 즉시 피했다. 큰아버지의 자식들은 마리-클레르 누나와 나보다 훨씬 나이가 위였다. 우리는 저녁 식사 때까지 우리끼리 재량껏 지냈다. 마르그리트 큰어머니가 후견인에게서 받아 건네준 2프랑씩을 각자 지니고, 우리 둘이서 시장에 가곤 했다. 기트 큰어머니가 사망하면서 시몽의 부모가 후견인이 되었다. 그래서 마리-클레르 누나는 주중에는 시몽과 함께 학교에 가고, 저녁에도 시몽과 함께 지내고, 잠은 생테노가의 약국 2층에 따로 마련된 방에서 잤다. 그러다가 나중에 후견 임무가 생테노가 시청 관할로 넘어가게 되자, 우리는 마침내 집으로 돌아올 수 있었다.

그러니까 내 말은 우리 누나가 시몽 클랭에게 '연정'을 느낀 적이 결코 없었다는 거다.

시몽 클랭에게 어떤 '감정'을 품었다고도 말할 수 없다.

일생 동안 누나가 그를 안아본 것은 어쩌다 몇 번에 불과했지만, 60년 넘게 그를 사랑했다는 생각이 든다. 그것은 절대적 관계였다. 시몽의 생애 마지막 몇 년 동안 누나는 매일 그를 엿보았다. 그가 끔찍한 죽음을 맞을 때까지 날마다 그를 바라보았다. 그의 죽음—누나 자신의 죽음이기도 한—을 목도하는 순간 누나는 지극히 행복했을 거라고 생각한다.

처음엔 어린 소년이었는데 청년이 되고, 뒤이어 남자로 변해버린 그에게 누나는 뜻밖에도 엄청난 힘이 내재된 격한 노여움을 느꼈을 테고, 그로 인해 자신을 조난자처럼 여겼을 수도 있다.

그 점이 바로 누나에게서 가장 불가사의하고, 가장 끔찍한 문제였다. 그런 감정에 휩싸이자 누나는 꼼짝도 하지 않았다. 극도의 무력감에 빠져들었다. 마치 전혀 낯선 해안으로 밀려와 부유하는 나무토막 같았다.

누나는 자신과 도저히 끊을 수 없는 애착 관계로 맺어진 이 남자가 동의했을 법한 드문 기쁨을 짐짓 뿌리쳤던 스스로에게 이따금 저주를 퍼부었다.

낮 동안 내내, 그리고 밤을 지새우며 며칠씩, 그렇게, 덤불 뒤에서 미동도 하지 않으면서 그를 엿보았다.

그가 해변을 걸어가서 배를 끌어내 바다로 밀어 넣고, 모터를 작동시키는 모습을 지켜보았다. 그가 낚싯배를 탔을 경우엔, 바다에서 돛을 올리고 던질낚시를 하거나 가재 잡는 그물이나 어망으로 낚시하는 모습을 지켜보았다.

그를 보겠다는 한 가닥 희망으로 누나는 동이 트는 즉시 내려와 암벽들과 바다와 해변을 끊임없이 살피며 그의 모습을 찾았다.

제2장

　전화를 건 사람은 파비엔 레 보세(디나르의 집배원)였다고 기억된다. 용건은 클레르 누나가 실종되었고, 또 누나가 살던 브르타뉴의 농가가 화재로 소실됐다는 소식을 전하기 위해서였다. 즉시 나는 랑스 연안의 농장을 물려받은 퐁투로드의 사촌 형들에게 전화를 걸었다. 그들은 아무 소식도 모르고 있었다. 결국 나는 비행기를 탔다. 플뢰르튀이(므튀앵 농가에서 지척인)에는 소규모의 리아네르 비행장이 있다. 파비엔이 마중을 나왔다. 우리는 디나르에 가서 경찰을 만났다. 그들은 난처해하며 파비엔에게 질문을 했고, 누나의 건강 상태가 얼마나 나쁜지 알게 되자 우리의 불안을 이해했다. 그들은 무슨 도움을 주어야 할지 알지 못했다. 그러자 파비엔이 라동 부인에게 물어보자고 제안했다. 부인이 입원 중이라 생말로 병원으로 가야 했다. 파비엔과 나는 부인의 병실로 들어갔다. 나는 누나가 어디 있느냐고 물었다. 부인은 몹시 쇠약한 탓에 내 질문을 전혀 알아듣지 못했다. 하지만 내가 클레르란 이

127

름을 입에 올리자마자 눈을 뜨며 물었다.

"내 딸은 어디 있나요?"

"아뇨, 댁의 따님이 아니고요, 라동 부인. 제 누나에 대해 말씀드리는 건데요, 누나가 어디 있는지 아시나요?"

부인은 기력이 없음에도 시몽 클랭에게 전화를 걸었다. 내가 휴대폰을 부인의 입 근처에 대고 있었지만, 어쨌든 말은 부인이 했다. 라클라르테의 시장은 우리에게 오라고 했다. 누나가 있는 곳을 아는 듯했다.

다시 랑스를 가로질렀다. 곧장 생뤼네르로 갔다. 그런 다음에 시몽의 안내로 걸어서 바닷가를 따라온 길을 되짚어 갔다. 절벽을 거슬러 올라갔다. 허리까지 잠기는 저수지를 건너야 했고, 너덜너덜한 캠핑 트레일러를 지난 뒤에는, 절벽 꼭대기에서 떨어진 커다란 원통형의 철조망 꾸러미 아래를 지나갔고, 그런 다음에 헛간의 방수포며 잔해들과 짚더미 밑으로 빠져나갔다.

마침내 황량하고 미끄럽고 이끼와 진흙에 뒤덮인 아주 좁다란 길이 나타났다. 무척 가파른 비탈길은 안쪽으로 휘어지며 매우 작은 골짜기로 이어졌다. 그곳의 타이어 위에서 자고 있는 누나가 보였다.

시몽은 파비엔과 즉시 떠났다.

그는 누나에게 가까이 가려 하지 않았다.

구급대원을 부르러 가겠노라고 했다.

클레르 누나는 저체온증에 걸려 있었다. 구급대원들이 반짝거리는 여러 장의 모포로 누나를 감쌌다. 그런 다음 즉시 그곳에서 아주 가까운, 디나르의 어느 해수 테라피 센터로 이송했다. 의사는 진찰을 한 다음에 강장제와 수면제를 비롯해 많은 약을 처방했다.

마리-클레르 누나는 다시 잠들었다.

한 시간 뒤, 앰뷸런스에 실려 생테노가의 라동 부인 댁으로 갔다. 가사 도우미 앙드레 아줌마가 누나를 보살폈다.

*

칼레브 영감과 경찰들의 도움을 받아 나는 화재가 발생한 밤에 일어났던 일의 자초지종을 꽤 신속하게 재구성해보았다. 누나는 본채의 잔해 앞에서 아연실색했다. 개암나무숲은 소실되었지만 농장의 나머지 부분은 그다지 피해를 입지 않았다. 소방대원들이 떠났다. 소형 모터로 늪의 물을 퍼 올려 화재를 진압한 뒤였다. 자욱한 수증기 너머로 벽돌들이 보였다. 클레르 누나는 어느 누구의 도움도 달가워하지 않으면서, 혼자 물끄러미 바라볼 뿐이었다.

사람들이 차로 가라고 부추겼지만 누나는 내켜하지 않았다(연기를 보는 순간 누나는 차를 황야에 버려두고 달려왔다).

누나는 거기, 타버린 농가 앞에서, 두 팔을 흔들며 어찌할 바를 몰라 망연자실 서 있기만 했다.

이웃 농장주 칼레브 영감이 자기 집에 가서 저녁 식사도 하고 그날 밤 묵어가라고 권했다.

누나는 거절했다.

그러자 영감이 말했다.

"감기 걸리겠어요, 므튀앵 부인. 당신 사촌인 필리프에게 전화할게요."

누나가 중얼거리듯 말했다.

"그건 안돼요, 칼레브 영감님! 절대 그러지 마세요."

그리고 강렬한 눈빛으로 그를 바라보았다.

누나는 침대 ─ 2층에서 앞마당 바닥으로 내던져진 ─ 의 철제 뼈대 위에 앉아 있었다.

맞은편에, 눈앞에, 녹아내린 요리용 화덕의 골조에서 모락모락 김이 피어올랐다.

대형 안락의자는 완전히 불에 타버렸다.

과수원 모퉁이는 정원에 있어서 불길에 휩싸이지 않았다. 모퉁이에 있는 것들, 그러니까 외양간이며 돼지우리는 불길을 피할 수 있었다.

한 경찰관이 말했다.

"불은 오늘 아침, 아주 이른 시간에, 주방에서 시작된 게 틀림없어요."

누나가 그의 말을 막았다.

"그럴 리가요. 제가 생말로 병원에 가느라 9시에 떠났거든요. 집을 나설 때 모든 게 평소와 다름없었고요."

"그럼 떠나신 직후에 불이 난 거로군요. 해수 테라피 센터 위쪽

130

에 있는 로크 농장의 주인이 소방서에 알렸답니다."

"칼레브 영감님이요?"

"네. 그분이 연기를 보고 소방서에 신고했어요. 테라피 센터 사람들은 불이 난 직후에 도착했고요. 모두들 우릴 도와주었죠."

그의 말이 맞다고 농장주(칼레브 영감)가 확인해주었다.

"불은 정오에 무서운 기세로 타올랐어요. 소방대원들이 1시에 도착했으니 너무 늦은 거죠. 그땐 이미 불구덩이였으니까요. 가스통이 폭발했나 보다 하고 생각했어요."

클레르 누나가 말했다.

"우리 집엔 가스통이 없어요. 전기 플레이트와 장작 때는 화덕밖에 없는걸요."

사람들이 본채 둘레에 아주 가벼운 양철을 맞물려 끼워가며 울타리를 쳤다. 밤이 이슥해서야 누나는 떠났다.

나중에 누나는 시몽을 보았노라고 내게 털어놓았다. 얼굴이 창백해진 그가 몸짓으로 누나에게 신호를 보내왔다. 피에르쿠셰 주차장과 길이 교차하는 지점에 렌트 트럭을 세우고서였다. 차 문은 열려 있었다. 누나가 차에 올라탔다.

"내 아내야."

"뭐라고?"

"내 아내가 그런 것 같아."

"확실해?"

"아니, 확실하진 않아."

"그럼 아닐 수도 있잖아."

"아내가 어제부터 제정신이 아니었어."

"시몽?"

"응."

"줄곧 아내라고 그만 좀 우길래?"

"증거는 없어. 아무 증거도 없지만, 그웨나엘이 정말 이상해."

"그렇다면 고발해. 그녀를 버려. 우리 여기서 멀리 떠나자. 너가고 싶은 데로 가. 네가 가는 곳으로 나도 갈게, 시몽."

"안 돼. 상황이 이 지경인데 아들을 버릴 순 없어. 안 돼. 아내도 버리지 않을 거야. 가족을 떠날 순 없어도 널 도울게. 내가 도와줄게. 얼마가 들더라도 전부 보상하겠지만 아내를 고발하진 않겠어. 설사 증거가 있더라도, 난 그러지 않을 거야, 클레르. 그러기 싫어. 우리 잘못이잖아."

"정말 어처구니가 없네. 네 아내가 방화범이 된 건 우리가 사랑하기 때문이 아니야."

"아니, 맞아."

"그만해."

"내 아들의 엄마야."

"그만하래도! 넌 네가 무슨 말을 하는지도 몰라. 그럼 네 아내도 아니고, 네 아들의 엄마도 아닌, 나는, 너한테 대체 뭐니?"

*

이튿날 경찰이 누나의 휴대폰으로 전화해 파출소에 급히 들러 달라고 요청했다.

누나는 간밤에 차에서 잤다.

즉시 파출소로 갔다.

"부인, 이건 우연한 화재가 아니에요."

그녀는 문짝을 움켜잡았다.

"계속하세요."

"부인, 앉으시죠."

"그럴 필요 없어요. 계속하세요."

"주방에 휘발유 통이 있었어요."

"주방에요?"

"승마 장화가 있으신가요?"

"아뇨."

"부인의 집에 불을 지른 사람은 승마 장화를 신은 여자예요."

"제 집이 아니라 라동 부인의 집이에요."

"라동 부인에게 승마 장화가 있나요?"

그러자 클레르 누나가 소리 내서 웃기 시작했다. 갑자기 너무 웃어서 눈물이 났다. 누나가 웃는 이유를 설명하자, 두 경찰관도 슬며시 따라서 웃기 시작했다. 휠체어를 탄 늙은 할머니가 생말로 병원에서 나와 승마 장화를 신고, 황야에 있는 자기 집에 휘발유를 뿌리고 나서 불 지르는 광경을 떠올리자니 웃지 않을 수 없었다.

*

누나는 다시 황야로 돌아갔다.

누나의 말에 따르면, 렌트 트럭이 전속력으로 달려오더니 피에르쿠셰의 주차장으로 가는 길에서 미친 사람처럼 클랙슨을 울려댔다는 것이다. 운전석에 시몽이 있었다. 누나는 자신의 낡은 카트르 L을 조심스럽게 갓길에 세웠다. 트럭이 카트르 L과 동일선상에서 난폭하게 멈춰 섰다. 미친 사람 같았다. 시몽이 큰 소리로 말했다.

"얘기 좀 해야겠어. 디나르에서 보자. 정오에 발라퐁으로 와."

그는 다시 출발했다.

*

그들은 점심 식사를 했다.

그가 탁자에 두 팔을 괸 자세로 누나에게 몸을 굽혔다. 누나의 머리칼에 입을 묻고서 귓속말로 이렇게 말했다.

"앞으론 널 만나지 않겠어."

누나는 대답하지 않았다. 말할 수 없이 고통스러웠을 것이다.

"우린 절대 다시 만나면 안 돼."

"나 귀 안 먹었어."

그들은 오래 침묵했다.

그러고 나서 누나가 그에게 사랑한다고 말했다.

그가 대꾸했다. "나도 널 사랑해. 하지만 이젠 널 보러 가지 않을 거야, 클레르."

"알았어, 시몽."

그는 주먹을 꽉 쥔다. 그 주먹을 누나가 움켜쥔다. 그가 불현듯 제 손을 빼낸다. 누나에게 등을 보인다. 카페의 문을 밀고 나간다. 바람을 맞으며 걸어간다. 뒤돌아보지 않고 걷는다. 시장의 천막들을 따라 걷는다. 어떤 사람이 소리쳐 부르는데도 대답하지 않는다.

클레르 누나는 도망친다. 숨는다. 암벽 틈새의 작은 골짜기, 고작 실개천 수준의 작은 강기슭으로 간다. 아무도 누나를 보지 못한다. 누나가 시야에서 사라진다. 파비엔이 내게 전화를 걸어 어쩌고저쩌고 등등. 그동안의 자초지종이란 게 필시 이렇지 않을까 싶다.

*

아무튼 시몽과 클레르 누나는 한 번 더 만났고, 그것이 마지막이었다. 우리가 누나를 찾아낸 다음에 누나는 해수 테라피 센터 의사에게 진찰받고, 치료받고, 수면제 과다 복용으로 녹초가 되었다. 그리고 생테노가의 라동 부인 댁에 기거했다. 앙드레 아줌마와 함께였다. 밤이 돼도, 누나는 여전히 잠을 이루지 못했다. 앙드레 아줌마는 자기 집으로 돌아가고, 라동 부인은 아직 병원에 있었다. 클레르 누나는 밤을 틈타 해변을 마음껏 쏘다니다가 아침이 돼서야 돌아오곤 했다. 어느 날 아침, 누나가 클레르드뤼 산책로를 거쳐 디나르 부두까지 내려와 있었는데, 그때가 6시 무렵이었다. 누나는 시내를 통과해 돌아갈 작정이었다.

누나는 전속력으로 언덕을 내려갔다. 뒤에서 바람이 불어왔다. 바람에 떠밀려 거의 뛰다시피 달리다가 바람에 몸을 맡겨버렸다. 발밑으로 인도 위의 낙엽들도 바람에 휩쓸렸다. 낙엽들은 시장의 광장을 향해 날아갔다. 누나는 디나르 시장의 광장에 있는 작은 식당 발라퐁 앞으로 지나가고 싶었다. 그들이 마지막으로 만난 장소였으므로.

발걸음을 재촉하는데, 낮에 본 바로 그 렌트 트럭이 나타났다.

그가 누나 쪽의 차 문을 열었다. 누나의 머리칼을, 두 뺨을, 손을 어루만졌다. 그리고 다시 출발했다.

그들은 시내를 가로질렀다. 만(灣)의 반대편 해안으로 갈 작정이었다. 랑스를 가로질러 캉칼까지 달렸고, 그곳에서 아침 식사를 했다. 그들은 보험금에 대해 말했다. 그는 누나가 함구해줘서 고맙다고 했다. 수사는 하지 않게 될 거였다. 그가 수표에 서명했다.

"첫날부터, 클레르, 우리 둘이 사람들 앞에서 포옹했지. 그러지 말았어야 했는데……"

"이미 늦었어, 시몽."

"즉시 신중을 기했어야 했는데."

"내가 왜 신중했어야 해?"

"나는, 어쨌든 난 그랬어야 했다고."

"너? 어떻게 너보다 더 신중할 수 있는데?"

클레르는 탁자 위의 수표를 집어 들었다.

"내가 데려다줄게."

"버스 타고 갈래."

"아듀."

"아듀."

하얀 블라우스 차림의 무척 가녀린 몸매. 단추를 채우지 않은 작은 밤색 더플코트가 치마 위에서 펄럭였다. 금색 머리칼이 젖어 있었다. 렌트 트럭이 밭 가운데로 멀어져 갔다.

매일 아침, 클레르 누나는 기운을 차리고, 진정제를 복용하고, 수면을 취하고, 정신과 의사의 상담을 받았다. 그동안 나는 시내에서 거리를 산책하고, 절벽을 다시 오르면서, 나 역시 유년기를 보낸 이 세계에서 차츰 나의 좌표들을 되찾아갔다. 열 살이나 열한 살 때 그랬듯이 홍합 양식지와 미역 더미와 바위들을 기어오르고, 절벽의 층계를 한 계단씩 밟아 올라갔다. 어느 날 화강암을 파고든 외줄 밧줄로 연결된 좁은 나무 계단을 올라갔다. 그런 다음 철조망 밑으로 빠져나왔다. 귀리 밭을 가로지르고, 금작화가 가득한 황야를 지났다. 랑스오주네 거리를 따라 걸었다. 놀랍게도 내가 생테노가 중심부에 들어서 있었다. 홀로 소도시를 걸었다. 기이하게도 구체적인 느낌들이 생생하게 되살아났다. 이윽고 성당의 광장에 이르렀다. 성당을 에워싼 정원에는 커다란 수국들이 가득했다. 겨울 장미 몇 송이가 아직까지 피어 있었다. 나는 즉시 이곳을 알아보고, 성당을 알아보았다. 들어가보고 싶은 마음을 참지 못해 계단을 올라갔다. 가죽으로 된 문을 밀었지만 꿈쩍도 하지 않았다. 어깨로 다시 밀어보다가, 문이 잠겨 있음을 깨달았다.

포치[1]의 그늘을 벗어나 정원의 벤치에 가서 앉았다. 니스가 칠해진 오리목 세 개가 빗물에 부풀어 오른 채 커다란 수국들 사이에 방치되어 있었다. 나는 눈을 감았다. 대기의 경이로운 냄새, 돌회향과 밑동이 썩은 수국과 흠뻑 젖은 차가운 회양목 냄새가 풍겼다. 그런데 갑자기 흑갈색 담뱃잎 냄새가 났다. 눈을 떴다. 내 앞에 검정 터틀넥 차림의 40대 남자가 서 있었다. 열쇠 꾸러미가 들린 손가락 사이에 담배가 끼어 있었다.

"성당에 들어가고 싶으세요?"

나는 고개를 끄덕였다.

신부는 웃으면서 담배 연기에 휩싸인 채 손가락 끝에 걸린 열쇠 꾸러미를 들어 올렸다. 열쇠들이 서로 부딪치며 쩔그렁거렸다. 앞장서 걸어가는 그의 모습은 마치 미사를 집전하는 것처럼 보였다. 그는 담배를 덤불 속으로 집어 던지고 나서 포치로 걸어갔다. 나도 그 뒤를 따라갔다.

"저는 신부 장입니다." 그가 말했다.

"저는 폴입니다."

---

1) 건물의 입구에 지붕을 갖추어 차를 대거나 비를 피할 수 있게 만든 곳.

"둘 다 무척 경건한 이름이군요."[2] 신부가 중얼거리듯 말했다.

"신부님을 방해하면 안 되는데요."

"방해하시는 거 아닙니다. 저는 옛 동료를 만나러 왔는데, 그가 없네요."

"열쇠는 가지고 있었군요."

"이 교구에선 우리 모두가 열쇠 꾸러미를 세트로 가지고 다녀요. 해안 교구에선 서로 임무 교대를 하거든요. 워낙 신부들이 몇명 안 돼서 말이죠."

성당 안은 무척 어두웠다. 가죽 문이 뒤에서 슬며시 닫혔다. 생테노가 광장의 온갖 소음이 일시에 멎었다.

어슴푸레한 빛 속에서, 중앙 통로 한가운데 보행을 가로막는 탁자 하나가 제일 먼저 눈에 띄었다. 그 위에 검붉은 색깔의 미사경본들이 놓여 있었다. 신부 장은 탁자를 돌아 내진(內陣)[3]으로 들어갔다.

나는 어둠 속에서, 성당 한가운데, 미사 경본들이 놓인 탁자 앞에, 축축한 습기가 느껴지는 성수반 옆에 그냥 서 있었다.

제단 부근에서 무릎을 꿇은 장의 모습이 보였다.

두 어깨가 강인해 보였다.

두 손을 모으고 있었다.

---

2) Jean은 요한, Paul은 바울의 프랑스어식 이름이다.
3) 성당에서 성직자와 성가대가 차지하는 자리.

나는 소리 내지 않고 중앙 통로를 걸어갔다.

내진에서 밀짚 의자에 앉았다. 정확히 말하자면, 두번째 줄의 오른쪽 세번째 자리에 앉았다. 바로 어릴 때의 내 자리였다. 우리는 미니이크쉬르랑스로 미사를 드리러 가곤 했다. 대성당이었다. 마리-클레르 누나는 중앙 통로 반대편인 왼쪽에, 다른 여자들과 함께, 마르그리트 큰어머니 옆에 앉았다.

나도 침묵 속에서 눈을 감았다.

조금 있다가 우리는 성당을 나왔다. 신부가 내게 손을 내밀었다. 우리 뒤쪽에 출판사의 엽서들이 꽂힌 회전식 진열대가 있었다.

내가 신부에게 말했다.

"저는 여기서 미사를 드렸었어요."

"디나르 출신인가요?"

"여기, 생테노가에서 태어났어요. 퐁토르송 기숙학교에 있었고요. 실은 미사를 드린 건 주로 기숙사에서였지만."

장이 내 팔에 손을 얹으며 말했다.

"퐁토르송에 있었다고요? 그럼 고아였나요?"

나는 고개를 끄덕였다.

"전 그 옆의 작은 항구에서 살았어요. 저 역시 고아였답니다."
신부 장이 말했다.

나는 갑자기 목이 메었다. 잠자코 있었다.

그가 물었다.

"생브리아크를 아시죠?"

"잘 몰라요."

지명이 생소했다.

"바로 그 옆이에요. 그리로 돌아가야 해요. 같이 가서 식사나 함께 하시죠."

"폐 끼치고 싶지 않은데요."

"폐를 끼치다니요, 전 혼자 식사하는 게 질색인데, 늘 혼자 식사를 하거든요. 그런 지 2년이나 됐어요. 도와주세요!"

나는 클레르 누나의 휴대폰에 전화했다.

"별일 없어?"

"없어."

"나 바람 좀 쐴게."

"알았어."

"저녁 식사 때나 들어갈 거야."

"알았어."

우리는 선착장에 당도했다. 생테노가, 랑스오주네, 플라주블랑슈, 라클라르테, 생뤼네르, 생브리아크 항구들을 도는 순환선을 기다렸다. 다음 날이 11월 11일이었다.

*

그를 두번째 본 것은 그 주 토요일이었다. 나는 저녁 미사 시간 전에 도착했다. 그는 나를 보지 못했다. 성기실(聖器室) 문 앞에 서 있었다. 스톨라[4] 위로 두 손을 모으고 있었다. 고해실로 갈 차비를 하는 중이었다. 신도 두 사람이 기다리고 있었다. 검정 양모 터틀넥에 술 장식이 달린 스톨라를 걸친 그는 참으로 아름다웠다. 그의 머리 위쪽의 성기실 창문에 빗줄기가 요란하게 쏟아졌다. 들어올린 그의 이마가 알전구 아래서 빛났다. 그는 황금 십자고상을 손 옆에 놓았다. 연기가 하느님의 벌거벗은 몸을 따라 위로 올라갔다. 중앙 홀로 들어서기 전에 피운 마지막 담배의 흔적들.

*

"사제관에서 만나 저녁 식사 해요."

"그러죠."

나는 하루 일과를 마치고 생브리아크의 사제관에서 그를 만났다.

생브리아크 슈퍼마켓에서 코르비에르 분홍빛 포도주를 한 병 사 가지고 갔다.

우리는 침묵 속에서 마셨다. 내가 식탁 위에 잔을 내려놓고 그의 손을 잡았다. 그러자 이번에는 그가 잔을 내려놓았다. 우리는 전기스탠드 빛 속에서 서로를 애무했다.

4) 겉옷 위에 목 뒤로 걸쳐서 몸 양쪽으로 늘어뜨리는 장식 천.

*

클레르 누나는 내게 빈정거렸다.

이렇게 말했다.

"넌 몰라, 폴. 넌 신부를 바라보는 게 아냐. 애걸하고 있는 거지. 네 꼴이 어떠냐 하면, 그가 하려는 말을 전부 앞질러 네가 하질 않나, 그 사람 말이라면 아무리 바보 같은 말이라도 무조건 동의하고 복종하질 않나."

"그럴지도 몰라. 그게 뭐 어때서?"

"넌 그 사람을 기다리는 거라고."

"클레르 누나, 어떻게 나한테 그런 말을 할 수 있어? 누나는 시몽에게 어떻게 하는데? 그가 헤어지자니까 누난 어떻게 하고 있지? 그를 기다리면서, 뭘."

누나는 화가 나서 어깨를 으쓱했다.

나는 재차 말했다.

"클레르 누나, 침대 머리맡 탁자에 켜놓은 휴대폰을 줄곧 들여다보면서 뭘 그래."

"라동 선생님 때문이야."

"이젠 거짓말까지 하네. 누난 그 사람을 기다리는 거야, 그건 당연해. 사랑이란 아마 기다림일 테니까."

"천만에."

"그럼 온종일 엿보기."

144

"그것과 전혀 무관해. 난 그 사람을 기다리지 않을뿐더러, 아예 내 삶에서 제외시켰어. 근데 넌 어때, 천치 같은 주임신부에게 마냥 매달리잖아."

"신앙심이 돈독한 사람이지 천치가 아냐."

"넌 그 사람이 필요하지."

"그래, 난 그가 필요해."

"그러니까 벨이 울리면 쪼르르 전화통으로 달려가는 거라고."

"그래. 그를 사랑하니까."

갑자기 누나가 소리를 크게 질렀다.

"그만 나가줄래?"

나는 고개를 숙였다. 연신 아래위로 고개를 끄덕이자, 누나가 문 쪽으로 오며 어깨를 으쓱하더니 나지막하게 말했다.

"네 맘대로 해라."

"물론 내 맘대로 할 거야."

*

눈이 내렸다.

잔설이라 쌓이지 않았다.

"사제관에서 보자." 장이 말했다.

"알았어."

"포도주가 떨어졌어."

"걱정 마. 장을 봐 갈게. 사제관에서 저녁 식사 하자."

그는 내게 열쇠를 하나 만들어주었다. 내가 먼저 도착했다. 전등불을 켜고, 전기 난방장치를 가동시켰다. 그리고 식사를 준비했다. 내가 요리하는 걸 좋아한다는 사실은 감추기 어렵다. 클레르 누나보다 장과 함께 있을 때 요리가 더 성공적이다.

*

2007년 12월 24일 장은 라클라르테 성당에 음악가들을 초청했다. 아미앵 악단은 수락했다. 하지만 장이 주관한 음악회에 청중은 많지 않았다. 생말로의 음악 애호가 몇 명과 캉칼의 식당 셰프 정도였다.

장은 마분지와 나무로 멋진 구유를 만들었다.

나는 여기저기에 난방기를 놓았다. 온도가 13도까지 올라갔다.

아미앵 악단은 바흐, 이덴,[5] 진은숙[6]의 곡들을 연주했다. 참으로 아름다웠다.

내가 그에게 말했다.

"곡들이 어려운 것 같아."

---

5) 프랑스의 피아니스트이며 작곡가. 키냐르의 소설 『빌라 아말리아』에 나오는 여주인 공이다. 이렇게 실존 인물들 가운데 슬쩍 허구의 인물을 끼워넣거나, '라클라르테' 처럼 가공의 지명을 끼워넣는 것은 매우 보르헤스적이다.

6) 독일과 대한민국에서 활동하는 작곡가(1961~). 교수이자 저술가인 진중권의 누나.

"하는 수 없지. 하느님은 좋아하셔."

"청중이 달랑 일곱뿐이네."

"음악은 희생의 예술이니까."

"주민이 150명인데 일곱이면 아무것도 아니잖아."

"한겨울에 일곱인데, 아무것도 아닌 건 아니지. 꽤 되는 거야."

"내가 소형 전단지라도 붙였어야 하는 건데."

"라클라르테의 시장이 전단지를 부치지 못하게 지시했어."

"우리 전단지를?"

"우리 전단지만이 아니라 일반 전단지 모두."

"시몽 클랭이?"

"응."

"왜? 그런 지시를 내린 근거가 뭔데?"

"음악보다 화강암이 더 소중하다는 거지. 화강암이 더 아름답고 더 소박하다는 게 정확히 그가 내게 했던 말이야. 벽에 붙이는 것도 안 돼. 더 이상 슈퍼마켓 광고는 용납하지 않겠다는 거라고. 우리는 에코 시장을 모시고 있는 거야."

*

2008년 초 나는 장이 주임사제로 부임하는 93 교구[7]로 떠났다.

---

7) 파리 북부의 교외 센생드니Seine-Saint-Denis를 가리킨다. 분위기가 매우 험한 동

망사르 스타일[8]의 호화로운 사택에는 높이가 6미터인 빈 방이 8개
나 있었다.

*

파리 아렌 거리의 건물 관리인 아줌마가 안마당을 물로 씻어내
고 있었다. 두 손에 살수용 호스를 쥐고 마당에 깔린 포석과 쓰레
기통과 담장 아래쪽에 세찬 물줄기를 쏘아댔다. 나는 안마당에서
장을 기다렸다. 그가 아파트에 오기는 처음이다. 나는 기다렸다.
아니 아줌마가 쏘아대는 물이 튈까 요리조리 피하고 있었다. 다가
오는 그의 모습을 보았을 때, 사복 차림의 생브리아크 사제 바로
옆에 있게 되었을 때, 그 앞에서 승강기 유리문을 밀 때, 내가 느꼈
던 기쁨이 기억난다.

네이다.

8) 프랑수아 망사르François Mansart(1598~1666)가 고안해낸 지붕을 지닌 집. 사다
리 형태로 상부는 완만한 경사이고, 하부는 급경사로 처리한 2단으로 경사진 지붕을
가리킨다. 급경사 부분에는 다락방이나 실내 공간의 채광을 위한 도머Domer 창(지
붕창)이 나 있다.

제4장

그와의 관계는 4개월간 지속되다 끊어졌다. 그래서 돌아왔다.
돌아온 날은 2008년 성(聖)목요일이었다. 이틀 뒤면 부활절이었
다. 클레르 누나는 여전히 디나르의 라동 부인 댁에 기거하고 있
었다. 농가는 아직 거주할 만한 상태가 아니었다. 누나는 파손된
농가를 라동 부인에게서 매입했노라고 말했다. 공사를 진척시킬
의향은 없어 보였다. 내가 소매를 걷어붙이고 나섰다. 농가의 본
채를 '복원'하는 소규모 공사에 아주 기쁜 마음으로 매달렸다. 시
몽 클랭 덕분에 수도와 전기도 끌 수 있었다. 농가 전체에 약간의
편의 시설도 갖추었다. 아래층 거실에 새로 목욕탕을 들이고 별도
의 화장실도 만들었다. 난방 설비도 했다. 2층 방들의 천장을 낮춰
다락방을 거주 가능한 공간으로 만들었다. 매일 정오에, 나는 점
심 식사를 하러 노란색으로 물든 전원풍의 생뤼네르로 가거나, 하
얀색보다는 회색이나 분홍색에 가까운 플라주블랑슈로 가거나,
혹은 근엄하고 고상한 생브리아크(장이 사라진 곳)로 갔다. 봄이

라서 날씨가 포근하고 후덥지근했다. 해수면은 반짝임은 없었지만, 회색빛 하늘 아래서 환하게 빛났다. 파도는 새하얗고, 약하게 철썩였다. 돌아갈 때는 배를 탔다. 파랑(波浪)은 전혀 일지 않았다. 저녁 무렵에 계단으로 피에르쿠셰까지 올라갔다. 수평선이 하얗게 보였다. 백악의 하얀색, 밀가루의 하얀색, 가루 설탕의 멋진 하얀색이었다. 기상천외한 전망이었다. 옛사람들이 왜 이곳에 세 개의 거석을 세웠는지 알 것 같았다.

멀리 떼 지어 있는 구름도 희미하게 출렁이는 파도처럼 느리게 움직였다.

어느 날 계단을 오르다가 그만 힘이 부쳐서, 나는 아무 계단에나 되는대로 주저앉았다. 그때 덤불에 가려진 바위에 웅크린 누나의 모습이 눈에 들어왔다.

시커멓고 커다란 화강암 암벽인 절벽 꼭대기의 은신처에 웅크린 누나는 아주 작은 점에 불과했다.

봄기운이 완연한 무성해진 덤불숲의 노란색 작은 잎사귀들 사이로 이따금 움직이는 머리와 노란 머리칼이 흘끗흘끗 보이지 않는다면, 그것이 살아 있는 존재라고 누구도 생각하지 못했을 것이다.

나는 시몽의 동정을 살피는 누나를 바라보았다.

요란한 바닷소리에 녹초가 될 지경이었다. 갑자기 황금빛 싹들 사이에서 머리가 불쑥 솟아올랐고, 갈색 모래톱에서 맥없이 부서지는 하얀 파도를 향해 숙여졌다. 태양 광선에는 갈색이 없다고 한다. 하얀색도 없을 것이다. 누나는 아마 다른 세계에 있는 듯했다.

*

　절벽으로 올라가는 도로는 자동차로 가더라도 지극히 가파르
다. 게다가 구불구불해서 위험했다. 새벽이었다. 나는 클레르 누
나와 함께 생말로에 갔다. 공사 중인 농가를 보여주었다. 누나의
생각이 어떤지는 확실히 모른다. 누나가 운전대를 잡았다. 이제 누
나는 라동 부인의 병문안을 가려고 했다. 마침내 지금껏 달려온 포
장도로가 돌연 희끄무레한 자갈길로 바뀌었다. 기어를 1단으로 변
속했다. 계속 비가 내렸다. 봄비였다. 하얀 빗줄기로 빠르게 쏟아
지는 비였다. 누나는 도로를 벗어나 잠시 풀숲을 달리다가 시동을
껐다. 차 문을 열었다. 그러자 바다의 우렁찬 포효 소리가 들렸다.

　"바로 여기야, 폴. 기억나니?"

　누나는 내게 가드레일을 손가락으로 가리키며 자기도 유심히
바라보았다. 나는 누나가 무슨 말을 하는지 알지 못했다. 기억이
나질 않았다.

　질문을 해봤자, 늘 그렇지만, 아무 소용도 없었다. 내가 특별히
물어보는 어떤 질문에도 누나는 늘 묵묵부답이었으니까. 모든 게
부유하기 시작했다. 일체의 연결 고리가 끊어졌다.

　누나는 그렇게 살았다.

　중단, 멈춤, 느닷없는 정지, 평평한 바위, 덤불숲, 벽 모서리나

성당의 모퉁이, 포치의 구석, 그런 게 누나의 삶이었다.

누나는 부두의 모퉁이에 있는 포치 아래 숨어서 약국의 불이 꺼지기를 기다리곤 했다.

밤에 라클라르테에서 그런 누나를 본 게 한두 번이 아니다.

공증인 사무소에 갈 것. 의사에게 진료받으러 갈 것. 라클라르테의 시장 선거에 투표하러 갈 것. 채혈하러 갈 것. 약속이 잡히는 순간부터, 그리고 정해진 날짜와 시간이 다가올수록, 누나는 고조되는 두려움의 덩어리에 지나지 않았다.

어느 날 라동 부인의 체중계에 알몸으로 올라선 누나를 보았다. 누나는 전날 저녁 식사 때문에 체중이 5백 그램 내지 2백 그램은 족히 불었다며 몹시 언짢아했다. 하지만 다리는 분홍빛 홍학의 긴 다리였고, 엉덩이 살은 이미 사라진 상태였다.

*

은신처에서 보아도 그가 보이지 않으면, 누나는 헤엄을 쳐서 돌아왔다. 얼굴과 목으로 땀이 흘러내렸다. 땀을 닦았다. 아무리 닦아도 소용이 없었다. 바짝 말라붙은 가슴에 흐르는 땀도 닦아냈다. 속옷까지 흠뻑 젖어 있었다. 나는 새로 만든 목욕탕 욕조에 물을 받았다. 누나는 물로 들어가면 되었다. 그런데 욕조에서 나와 물기를 닦아낸 뒤에도, 온몸이 또다시 땀으로 번질거렸다. 평생그랬다. 불안이 엄습하기 시작하면 흘러내리는 두려움으로 등줄기가 번질거렸다.

누나는 몹시 허기가 지는지 고개도 가누지 못했다.

"진정해." 내가 말했다.

수프가 일부 식탁으로 떨어졌다.

내가 당부했다.

"천천히 먹어. 식탁을 세낸 거 아니니까."

*

어릴 때, 누나—나보다 다섯 살 위였다— 에게서 내가 유난히 강한 인상을 받았던 것은 집중력이었다. 별안간 누나는 아무 소리도 듣지 못했다. 이 세계와의 접속이 완전히 끊어진 상태에 돌입한 것이었다. 어릴 때 나는, 누나가 누구의 말도 듣고 있지 않다는 사실을 즉시 알아차렸다. 누나는 평생 그렇게 살았다. 그럴 때면 누나의 작은 눈이 고정되면서 가느스름해졌고, 더 이상 까만색이 아니라 황동이나 미나리아재비꽃처럼 노란색으로 변했다. 등도 구부정해졌다. 내면세계에 침잠하면 더 이상 현상을 눈으로 파악하지 않았다. 눈빛이 엄격해지면서, 눈에 심술궂은, 사나운, 타오르는, 반짝이는 물이 가득해졌다. 반대로 동공이 아주 부드러워지며 흑단이나 세장브르 섬의 바위 색으로 돌아오면, 누나가 이 세계로 귀환한 거였다. 누나는 자신의 외부에 살고 있는 무엇인가를 엿보았다. 그럴 경우 누나의 차분함은 당혹스러운 호의로 변했다.

참 복잡하기 그지없는 여자였다. 누나의 어떤 움직임에도 일종의 굼뜸이 스며 있었다. 아무튼 누나의 대답에는 언제나 일종의 느림이 스며 있었다. 누나는 오랫동안 침착하게 생각에 잠겼다. 그러고 나서 불현듯 왜가리의 긴 다리를 펴고 일어나 잠시 비틀거리다가 가까스로 날아올랐다. 그리고 돌연 갈대밭으로 처박힐 듯하다가 갑자기 나무 위를 지나고, 구름 위를 날았다.

*

반대로 청소년기에는 가난과 외로움과 클랭 집안의 풍요 때문에 굴욕감을 느낄 때에도 누나는 소리를 지르거나 불평하거나 울지 않았다. 아무 말도 입에 담지 않았고, 눈물을 보이는 일 따위도 일체 없었다. 그저 갑자기 쭈그려 앉아 두 팔로 무릎을 감싸 안고 팔뚝에 이마를 댄 채 치마폭에 머리를 묻었다. 몸을 둥글게 말아 웅크린 자세로 몇 시간씩 바위처럼, 화강암 바위만큼 압축된 상태로 꿈을 꾸었다. 아니 꿈을 꾼다기보다는 자신의 깊은 내면에서 영위되는 삶을 바라보았다. 누나는 시몽과 결혼하지 않을 거라고 늘 확신했다.

*

더 이상 밤이 안식처가 되지 못했다. 점차 낮이 길어졌기 때문이다. 저녁에, 누나는 부두가 내려다보이는 계단에서 점점 더 높은 계단으로 올라가 앉았다. 그리고 약국의 차양을 내리는 시몽을 지켜보았다. 멀리서 그를 뒤쫓았다. 라클라르테의 계단에서는, 어느 높이에 있는 형체이든 암벽의 그늘에 따라, 그리고 자신이 어느 높이에 있든 빛에 따라 대상을 엿보기에 안성맞춤이었다. 시몽은 시청에 갔다. 시의원들(미레유와 장-이브)과 시청에서 나오면 함께 어울려 한잔할 셈으로 부두로 왔다. 혹은 혼자 부두로 내려올 때도 있었다. 그는 자신의 낚싯배를 탔다. 예전에 구입한 작은 모터보트도 있었다. 누나는 그가 생뤼네르로 돌아가거나 디나르를 향해 가는 모습을 바라보았다.

눈으로 그를 뒤쫓거나, 선착장에 순환선이 있으면 배를 타기도 했다.

생말로 왕복선을 탈 때도 있었다. 그가 누나를 보지 못할지라도 그의 보트와 엇갈리는 한순간의 기쁨을 위해서였다.

*

그가 살아 있는 내내 누나는 고통을 겪었다. 사람이 그렇게 지속적으로, 그렇게 오랫동안 고통스러울 수 있다는 사실을 나는 믿을 수 없었다. 그가 죽자 누나는 행복해졌다. 자신이 사랑하던 남자의 육신이 사라지자, 감히 말하건대 기적처럼 고통 또한 사라졌다. 어쨌든 고통이 멎으면서 애도로 바뀌었다. 수년간 고통의 세월을 보낸 다음에, 슬퍼하는, 단지 슬픔에 잠긴 누나를 보는 것은 거의 경탄스러울 정도였다. 육신은 믿을 수 없을 만큼 견고하다. 죽음 저편의 그를 여전히 사랑하는 일이 누나에겐 행복인 것 같았다. 그들은 흔히 '서로 만난다'고 말하는 의미에서 서로를 볼 수도, 말을 나눌 수도, 만질 수도, 입을 맞출 수도, 껴안을 수도 없었다. 하지만 그들은 멀리서 서로를 지켜보았다. 누나는 드러내놓고 약국의 유리창 모서리에서, 창문 앞에서 기웃거리며 그를 찾았다. 약국 집무실과 창고의 전등이 꺼질 때를 기다렸다. 생뤼네르의 빌라 창문 위쪽의 돋을 장식에 보란 듯이 앉아 있을 때도 있었다. 그곳은 저녁이면 그가 곧장 바다로 나가 새로 장만한 모터보트로 귀가하던 그의 집이었다. 시몽은 일단 좋은 아버지로, 좋은 남편으로, 좋은 시장으로, 좋은 약사로 돌아오자, 낚시 대회며 바다 산책 등으로 배를 타는 일이 부쩍 잦아졌다. 낡은 어선의 선체도 새로 도색했다. 아침이면 바닷길로 출근해서 약국 문을 연 다음에 생말로에 가서 전날 주문한 물품들을 찾아왔다. 저녁에도 바닷길로 퇴근했다. 하지만 그 역시, 바위들 위로 걸어 다니는 그녀를 바다에서 올려다보았다. 그 역시, 헤매고 다니며 자신을 지켜보는 그녀를 바라보았다. 그 역시, 하루 온종일 시간대별로 그녀를 눈으로 뒤쫓았다. 누나도 마찬가지로 바다에 있는 그를 내려다보았다. 바다가 지겨운데도 낚시를 하는 척하고, 제자리에서 맴돌고, 그녀를 바라보고, 그녀를 생각하고, 그녀를 사랑하면서도 맺어지길 원치 않는 그를.

2008년 5월 말과 6월 초, 우리는 라동 농가에 다시 입주할 수 있었다. 클레르 누나는 불안해서 안절부절못했다. 새로 칠한 페인트 냄새가 싫다며 리모델링된 농가에서 틈만 나면 나갔다. 누나 취향으로는 지나치게 개축된 듯싶었다. 사실 그웨나엘이 또 무슨 짓을 저지를지 몰라 누나는 새삼스럽게 불안해했다. 게다가 다시금 자유와 바람과 추위와 자연, 그리고 난방장치의 온기 사이에서 찢기고 갈라지는 갈등마저 느꼈다. 누나에겐 난방열이 보호 기능 이면에 불안스러운, 감금하는, 느닷없이 겁에 질리게 하는 측면이 있었기 때문이다. 아마도 내가 지나치게 쾌적하고 지나치게 인간 위주의 집으로 고쳐놓았나 보다. 저녁이 되면 누나의 불안은 흥분 상태로 바뀌었다. 당분간 누나를 혼자 집에 둘 수 없겠다는 생각이 들었는데, 누나의 두려움 때문이 아니라 자기 스스로 무엇을 해야 할지 판단할 능력이 사라졌기 때문이다. 가령 밖에 나가 돌아다닐지, 집에서 쉬어야 할지, 누나는 알지 못했다. 누나에겐 거름망인 체가 없었다. 나는 파비엔 레 보세를 찾아갔다. 그녀는 누나를 맡을 수 없다고 했다. 식구들도 있는 데다, 마흔여덟(실은 파비엔이 마흔여덟이고 누나는 아직 마흔일곱이었다)이나 된 여자를, 그것도 좀 특이한 상태의 그녀를 집에 들인다는 게 어렵겠다고, 아직 어린 자식들 생각을 해서라도 곤란하다고 말했다. 누나가 자식들의 미래에 나쁜 본보기가 될 것이라고도 했다. 나는 어깨를 으쓱했다. 별수 없이 내가 얼마간 더 머물기로 했다. 중개 업무에 완전히 전념할 수 있도록 다락방을 진짜 사무실로 개조했다. 디나르의 전기 기사와 함께 여기저기에 콘센트며 안테나, 그리고 수동식의 천창들을 설치했다. 여러 개의 서가(書架)와 텔레비전과 칸막이를 늘어놓자 다락방은 아름다운 나무 터널로 변했다. 내친 김에 지붕에 새로 태양 광선 유도관[9]을 두 개나 뚫었더니 방이 아주 환해졌다. 하늘에서 사는 기분이었다. 클레르 누나도 누그러졌다. 혹은 나의 존재가 누나를 진정시켰을 수도 있다. 누나는 자신을 위해 내린 나의 결정에 순순히 따랐을 뿐 아니라, 반응도 훨씬 차분해졌다. 들판을 휘저으러 나가기에 앞서 아침마다 이따금 아래층 거실에 머물렀다. 머리를 감고, 빗고, 옷을 입었다. 약간은 나를 기쁘게 하기 위해서였다. 저녁에도 돌아와서 꼼꼼하게 몸을 씻었다. 나를 기쁘게 하기 위해서였다. 혼자 있을 때도 요리(라트랑블레 농가인 칼레브 영감 댁에 가서 골라온 달걀들로 만든 요리)를

9) 일명 Sun Tunnel(프랑스어로는 Velux), 태양 광선을 이용한 자연 채광 장치.

좀 했다. 처음엔 내가 억지로 누나를 식당에 데려가곤 했는데, 누나는 사람들 앞에서 정말로 불안해했다. 부질없는 불안이었다. 다른 사람들의 시선을 거북하게 느끼고, 특히 식당 홀의 창문이 닫혀 있으면 공포에 사로잡혔다. 금방 숨이 막힐 것처럼 굴었다. 식당의 천박한 음악도 누나를 불편하게 했다.

*

누나가 내 손을 잡았다.

"폴, 아듀."

"아듀, 우리 누나."

"나, 가야 해."

"알아, 누나, 알고말고."

나는 어떻게 생각해야 좋을지 몰랐다. 또다시 누나의 말이 무슨 의미인지 이해할 수 없었다.

"설사 그가 이혼을 했던들 무슨 소용이 있었겠니. 나랑 살면서 그들을 생각했을 텐데. 어느 한쪽의 결핍에 신경이 쓰였을 거란 말이지. 그쪽의 고통이 내 탓이라고 비난했을 거야. 그건 나와 함께 있는 게 아니지. 내가 지금 그의 곁에 있는 것보다, 함께 있다는 느낌이 훨씬 덜했을 거야."

누나는 되도록 두려움을 떨쳐내려고 애썼다. 우리는 선창가로 갔다. 나는 신문을 사고, 누나는 담배를 샀다.

우리는 테라스의 격자형 디딤판에 앉아 커피를 마셨다. 오래 있기엔 다소 지나치게 선선한 날씨였다. 누나는 바다를 바라보았다. 하지만 그곳에 그는 없었다. 우리는 다시 방파제를 따라 걸었다. 누나가 소리 없이 울기 시작했다. 나는 누나의 어깨를 감싸 안았다. 누나가 내 팔을 밀어내더니 시멘트 난간에 기댔다. 누나 뒤쪽으로 작은 항구와 회항하는 저인망 어선 한 척이 보였다. 배는 등대 앞을 지나기 전에, 새로 세워진 작은 탑 앞을 지나고 있었다.

*

"폴, 네가 아주 힘들었을 때, 정신과 상담을 시작하기 전에, 넌 이런 말을 했지. 자신의 고통과 맞서지 못하는 자들은 끝없이 고통을 겪는다고. 기억나?"

"내가 그런 말을 했어?"

"물론이야."

"아마 어떤 잡지에서 읽은 말일 거야."

"정말 기억 안 나?"

"좋아, 그럼 말할게, 그건 말도 안 되게 바보 같은 말이야. 첫째, 자신의 고통과 맞서지 못하는 자들은 끝없이 고통을 겪게 돼. 둘째, 자신의 고통과 맞서는 자들도 끝없이 고통을 겪게 되거든."

*

클레르 누나는 거의 매일 밤 새벽 3시쯤 잠에서 깼다. 적막 속에서 일어났다. 눈에 눈물이 고였다. 자살을 할 게 아니라면 뭘 해야 할지 알지 못했다. 욕실에서 홀딱 벗은 알몸으로 의사가 처방해 준 약들을 보자 마음이 끌렸지만, 망설였다. 선택을 해야만 했다. 하루를 멍한 상태에서 나른하게 보낼 것인지, 끔찍하게 명석한 정신 상태로 밖에서 돌아다닐 것인지를. 그래서 몸속 깊은 곳에서 생겨나 온몸으로 퍼지는 소위 야릇한 힘에 의한 급격한 충격과 불안을 느낄 것인지를. 대체로 누나는 비우기(空)와 신비한 효과가 있는 땀 흘리기에 동의하곤 했다. 티셔츠를 입었다. 밖으로 나가 파도를 따라 달리거나 수영을 했다. 뛰어서 돌아와 델 듯이 뜨거운 물이 가득한 욕조로 들어갔다.

누나가 내게 말했다.

"엄마는 날 사랑하지 않았어."

누나를 안심시키려고 내가 대꾸했다.

"엄마는 나도 사랑하지 않았는걸."

"엄마는 아주 예뻤어. 근데 우리 중의 누구도 사랑하지 않았어. 애들이 싫었나 봐."

"그렇게 믿어?"

"말할게. 우리를 싫어했던 거, 엄마가 옳았어."

161

*

　라동 부인의 병세가 호전되었다. 입원한 지 거의 1년이 되었다. 부인이 클레르 누나를 병원으로 불렀다. 나를 데리고 오지 말라는 의사를 전화로 분명히 밝혔다. 누나는 아리송해하는 표정으로 카트르 L을 몰고 혼자 생말로로 갔다. 누나는 가끔 부인을 찾아가 카트르 L로 함께 드라이브를 하곤 했었다. 2008년 여름휴가가 시작될 무렵인 7월 초에 부인은 생테노가의 당신 집으로 돌아왔다. 친구를 맞이하기 위해서였다. 9월에, 앙드레 아줌마가 생테노가 정원의 테이블에 우조[10] 한 병, 얼음 조각이 가득한 주발, 피스타치오를 담은 파란 사발, 그리고 두툼한 입양 서류를 올려놓았다. 라동 부인은 더 이상 걷지 못했지만, 정원에 나와 마음대로 접고 펼 수 있는 접이식 전동 안락의자에 몸을 쭉 펴고 누울 수 있는 게 자못 행복한 듯했다. 하지만 포도밭의 붉은 포도를 바라보던 중에 발작을 일으켰다. 다시 입원했고, 생테노가로 영영 돌아오지 못했다.

*

　라동 부인의 장례식이 끝난 뒤에, 부인이 누나를 입양했다는

10) 그리스와 키프로스에서 널리 마시는 아니스 향의 식전용 술.

사실을 알게 되었다. 나는 모멸감뿐만 아니라 질투심으로 넋을 잃었다는 것을 고백해야겠다.

마치 내가 더 이상 누나의 동생이 아니라는 것 같았다.

우리는 더 이상 같은 어머니를 가진 게 아니었다.

마치 누나가 나를 영원히 배신한 것 같았다.

누나는 적어도 부인 시댁 쪽 자식들이나 친정 쪽 조카들보다 내게 먼저 귀뜸을 했어야 한다.

*

클레르 누나가 잠시 라동 부인 곁에서 지내기 위해 생테노가로 떠났을 당시, 누나가 황야와 농가를 알기 전에, 나는 아렌 거리의 아파트를 독차지하게 되어 기뻐했던 기억이 난다. 수주일 동안 누나가 다시 집을 떠나면 내 차지가 될 고독을 '탐내기'까지 했었다. 그런데 누나가 브르타뉴로 떠난 뒤에도 내가 귀가할 때면, 놀랍게도 누나가 집에 있는 것처럼 느껴지는 저녁들이 많았다. 문을 열면 아주 길고, 아주 거대하고, 나보다 훌쩍 키가 큰 누나가 보일 것만 같았다. 나를 기다리는 사람이 있다는 느낌이 순간적으로 들었다. 나는 이미 기쁨에 들떠 엘리베이터를 탔고, 층계참에 당도했다. 문을 열자마자 방들마다 모조리 불이 꺼져 있는 것을 보면서 왠지 모르게 실망감이 들었다.

드디어 되찾은 자유와 더불어 나를 엄습한 혼자라는 사실은 기뿜이 아니었다.

그것은 두 어깨로 달려든 압축 상태의 침묵이었다.

게다가 누나의 어머니는 더 이상 고인이 된 우리 어머니가 아닌 다른 여자였다.

나로서는 이해하기 무척 힘들었다.

더 나쁜 점은, 이미 일어난 일이라는 것.

그 상태가 계속된다는 것.

화재로 소실된 황야의 농가를 누나가 라동 부인에게서 구입했다는 건 거짓말이었다. 미사에서 기트 큰어머니 옆자리에 앉아 있던 누나가 떠오른다. 둘 다 머리에 바레주 천[11] 미사보를 쓰고 있었다.

어릴 때 마리-클레르 누나는 성당 제단 앞의 맞은편 자리에 제 이름이 쓰인 의자를 가지고 있었다. 나는 무척 부러웠다. 벨벳 천을 씌운 아름다운 안락의자였다. 기트 큰어머니가 마르그리트 므 튀앵이란 이름이 적힌 작은 안락의자를 누나 몫으로 기도대 옆에 놓아둔 거였다. 주일이면 누나는 기트 큰어머니 오른쪽의 벨벳 의자에 앉았다. 반면에 나는, 기숙사에서 어쩌다 외출 허가를 받아 고향에 돌아오는 드문 주말에도, 그녀들과 함께 미니이크 대성당에 갈 수는 있어도, 중앙 통로 반대쪽의 남자 신도들 구역에 혼자 있어야 했다. 그곳엔 나무에 나사로 고정한 자그만 마름모

11) 가벼운 모직물의 일종.

꼴 동판에 내 이름을 새겨 넣은 안락의자는 고사하고 나무 의자 조차 없었다.

큰어머니는 누나에게만 이름 새긴 의자를 마련해주었다.

큰어머니는 몹시 추위를 탔다. 어깨에 자주 작은 모피를 걸쳤다. 목에 두른 다음 턱밑에서 단추로 여미는 목도리였다. 성당에 갈 때면, 자신의 '카디건'과 그 위에 걸친 '코트' 사이에 '모피 목도리'를 끼워 두르곤 했다.

큰어머니가 거실에서 바느질을 할 때면 머리는 보이지 않고, 대나무 전등 불빛 속에 앞으로 쏠린 모피 목도리만 보였다.

*

"만일 또 나를 마리-클레르라 부르면 죽여버릴 거야."

"그게 누나 이름인걸."

"날 좀 가만히 내버려둬."

"카라, 이건 완전히 가짜 이름이야."

"진짜야. 엄마는 날 카라라고 불렀어."

"이젠 누나 엄마도 아니잖아. 돈 몇 푼에 엄마를 팔아먹었으면서!"

클레르 누나는 매서운 눈초리로 나를 노려보았다. 울기 시작했다.

"누난 엄마보다 피아노 선생을 더 좋아했잖아!"

누나에게 악을 쓸 정도로 화를 낸 것은 평생 그때 한 번뿐이었다. 겨울이라고 기억된다. 2008년 암울한 겨울이었다. 시장은 이미 위기였다. 나는 일찌감치 주요 계정들을 되팔아버린 뒤였고, 아마존이나 베트남으로 도피하지 않은 몇몇 동료의 주요 고객들도 계정을 갈아타도록 유도했다. 파리의 아파트도 매각할 예정이었다. 하지만 이 모든 게 장의 결정으로 유보되었다. 그가 내게 편지 한 통을 써 보냈다. 의미를 알아차릴 수 없을 만큼 지극히 '가톨릭적인' 편지였다.

*

그러고 나서 정월(2009년 1월)의 몹시 추운 어느 날 오후였다. 새해가 되어 장이 일주일 예정으로 생브리아크에 왔다. 그가 나를 만나기를 수락했고, 사택으로 오라고 했다.

나는 농가의 문을 밀었다. 황야의 추위에 얼굴이 따가웠다. 혹한 속으로 나왔다. 하늘은 구름에 뒤덮였고, 바람은 없었다. 절벽 위에서 구름은 움직이지 않았다. 그중에 아주 검고, 짙고, 빛나는 작은 구름이 하나 있었다. 지켜봐줘야 할 것 같았다. 저보다 두꺼운 구름들 가운데서 길을 잃어버린 듯싶어서였다. 다른 구름들은 흐릿한 반면에, 아주 짙은 먹구름 한 점만 홀로 빛나고 반짝이며 부르는 것처럼 느껴졌다. 사제관으로 가려고 절벽을 오르는데, 얼어붙고, 말라죽고, 깎여나간 허연 풀들이 도처에서 바삭거렸다.

생브리아크의 사제관 안에는, 뒤틀린 낡은 유리창 아래에 수도사 말로와 수도사 페스티뷔스의 그림이 걸려 있었다. 그들은 상갑판의 난간 위로 몸을 반쯤 굽히고 세장브르 섬의 날개횟대를 잡으려고 그물을 치는 중이었다.

벽 중앙에 성인 말로의 화신인 검은 배가 있었다.

배 아래에서 나는 일방적으로 그의 손을 잡았다.

장은 망설이더니 이내 자기 손을 내 손에 맡겼다.

그의 등이 약간 더 구부정해졌다. 그는 이제 아예 신부복을 입지 않았다. 그저 검정 터틀넥 스웨터와 검정 진 바지에 하얀색이나 회색 운동화 차림으로 지냈다. 니코틴에 찌든 손가락 끝이 노랬다. 다소 냉담해 보였다. 나이를 짐작하기 어려웠다. 하지만 외모로 짐작되는 것보다 그는 훨씬 더 관능적이었다. 소위 신부의 사택이란 것이, 적어도 생브리아크의 사제관은 1층에 방이 두 개뿐인데, 성당 왼쪽에 있었다. 들어서면 바로 주방이었다. 있는 것이라곤 식탁 하나, 버너 하나, 벽에 바싹 붙여놓은 타부레[12] 하나, 빈 포도주 병이 든 칸막이 정리함이 전부였다. 그 옆은 서실이있다. 19세기의 아름다운 책장과 태피스트리 천 안락의자 세 개, 그리고 오래된 묘지가 바라보이는 커다란 창문이 두 개 있었다. 안쪽 창에서는 마당과 쓰레기통들이 보였다. 그는 줄곧 담배를 피웠다. 길에서 만나는 브르타뉴 할머니들은 그의 반지에 입을 맞추느

---

12) 팔걸이, 등이 없는 의자 혹은 발받침.

라 니코틴에 절은 손가락들에 입술을 포개야 했다.

그의 머리 위로 점점 더 자욱해지는 연기 속에서, 오래된 그림 한 점이 계속 눈길을 사로잡았다. 성인 말로는 친구와 함께 배에서 세장브르 섬의 날개횟대를 향해 영원히 몸을 굽힌 자세로 있었다.

그리고 사제관의 오래된 그림 아래로 수염 없는 홀쭉한 장의 얼굴이 보였다. 늘 연기에 휩싸인 훤한 이마, 진지한 푸른 눈, 말끔하게 면도한 푹 파인 두 뺨. 그것은 성인의 얼굴이었다. 그는 몸을 앞으로 숙이고, 나이 든 사람의 은근한 민첩함으로 빠르게 걸어갔다. 두 손은 층계의 난간을 붙잡지 않고 그저 스칠 뿐이었다. 정말로 아주 빨리 걸었다.

교구의 불평이 접수되자 주교가 장을 호출했다. 나는 주교관까지 장과 동행했다. 장이 앞장서서 검은색과 하얀색 타일이 깔린 바닥을 빠르게 걸어갔다. 그날은 눈에 띄게 장의 등이 구부정해 보였다. 우리는 계단을 올라갔다. 젊은 사제들, 신학생들, 신학 연구생들이 가득한 공동 침실을 통과해서 한없이 긴 도서관을 가로질렀다. 이윽고 장이 커다란 문을 활짝 열어젖혔다. 우리는 유난히 간소한 식당으로 들어섰다. 그을음이 덕지덕지 끼어 알아보기조차 힘든 대형 그림 두 점이 벽에 걸려 있었다. 식탁에는 3인분의 식기가 차려져 있었다. 우리는 손에 포도주 잔을 들고 서서 주교를 기다렸다. 그날 점심 식사의 멋진 추억이 아직도 생생하다. 주교는 우리에게 사람들 눈에 덜 띄도록 조심할 것을 당부했다. 점심 식사가 끝나자 우리를 축복해주었다.

제4부 **쥘리에트**

제1장

발밑에서 눈이 녹는다.

긴 밤색 머리칼을 쓸어 올려 포니테일로 묶은 젊은 여자가 약간 앞으로 몸을 숙이고 있다. 우스꽝스런 갈색 포니테일에서 녹은 눈이 방울져 떨어졌다. 키가 무척 크다. 클레르보다 크다.

"여기서 묵을 수 있을까요?"

"누구세요?"

"당신 딸이에요. 이름은 쥘리에트."

기겁을 한 클레르가 문을 연다.

딸이 자기 앞을 지나 주방을 가로지르고, 점퍼를 벗고, 거실에 가서 자리에 앉도록 내버려둔다.

*

"맥은 여기 주소를 어떻게 아셨어요?" 클레르가 묻는다.

"엄마, 원한다면 날 '아가씨'라고 불러도 좋아. 질문에 답하자면, 두 사람 다 전화번호부에 올라 있던걸."

쥘리에트는 파란색 안락의자에 앉았다. 클레르를 향해 고개를 들며 묻는다.

"엄마는 내가 말을 놓는 게 싫어?"

클레르는 대꾸하지 않는다.

"설마 혼자 사는 건 아니지? 내가 방해가 되겠네. 내가 창피해?"

"난 혼자야. 나랑 여기서 사는 건 폴이야. 네 삼촌 폴."

"나 때문에 불편해?"

"모르겠어."

"창피해?"

"아니, 그건 확실히 말할 수 있는데, 창피하지 않아."

"그럼 창피하진 않은데 좀 불편하긴 한 거네."

"그래, 맞아, 딸아, 너 때문에 불편해."

＊

클레르는 앞서 계단을 오르는 굵은 포니테일 머리를 한 딸을 따라갔다.

"이게 내 방이야." 클레르가 말했다.

옆방을 들여다보던 쥘리에트가 자기 어머니에게 물었다.

"나, 이 방 써도 돼?"

"맘대로 하렴."

"평소엔 이 방에서 누가 자는데?"

"내 동생이 여기서 잤어. 근데 지금은 다락방을 써."

"폴 삼촌?"

"그래."

"난 삼촌을 본 적도 없어."

"없지."

"하긴 내가 누굴 알겠어?"

"아무도."

"내가 엄마는 알았어?"

"아니."

"내가 이 방을 쓸래."

"그러렴."

"머리 닦을 수건 있어?"

"따라와. 욕실이 어딘지 알려줄게."

*

아침 6시다. 클레르가 주방으로 들어온다. 곧장 쥘리에트의 소형 알람 라디오로 다가와 라디오를 끈다.

"라디오는 안 돼." 그녀가 말한다.

쥘리에트는 말 한마디도 없이 식탁에서 일어선다. 주방문을 밀고 황야로 나간다.

*

클레르는 황야에서 딸과 합류했다. 거의 어디에나 눈이 녹아 있었다. 그저 진흙탕 길만 피하면 되었다. 차라리 침수된 풀밭이나 히드가 무성한 땅으로 걷는 편이 나았다.

안개가 노란빛이었다.

해수 테라피 센터의 여자 안마사가 조깅을 하고 있었다.

젊은 여자는 운동 중에 갑자기 멈춰 섰다. 몸을 굽혀 죽은 나무들을 그러모으고 작은 나뭇단으로 만들어 오솔길에 쌓았다. 나뭇단을 배낭에 넣어서 저녁때 벽난로에 불을 지필 작정이었다.

그녀의 머리 위로 나뭇가지의 잔설이 부드럽게 반짝였다.

"쥘리에트, 넌 뭘 하고 싶니?"

"날 식당에 데려가줘. 그럼 말해줄게."

"난 식당이 싫어."

"그럼 카페로 데려가줘."

"너 언제 갈 거야?"

"내가 가고 싶을 때. 그때 '엄마, 나 간다'라고 말할게. 난 말이지, 엄마도 알다시피 '사랑하는 내 귀여운 딸, 내 귀여운 쥘리에트, 미안하다, 나 갈게'라는 말조차 안 해준 여자와 살았거든."

                                    *

"네 언니는 어떻게 지내? 마르그리트는 어떻게 지내니?"

"애가 일곱이나 돼."

"행복하다니?"

"남편이 아빠 사업을 물려받았어."

"일은 잘돼가?"

"언니는 내가 여기 오는 걸 싫어했어."

"언니랑 그 가족, 모두 별일 없이 잘 지내?"

쥘리에트가 나지막하게 대꾸한다.

"엄마, 정 그렇게 소식이 알고 싶으면, 떠나질 말았어야지."

그녀들 앞에서 바다가 엄청나게 요란한 소리로 포효한다.

                                    *

쥘리에트가 갈매기 한 마리를 데려왔다. 주방 식탁 위에 올려
놓고 돌본다.

"너 갈매기를 잘 알아?"

"약간."

"너 수의사니?"

"아니."

                                  175

"그럼 뭐 하는데?"

"자연과학 교사."

클레르는 딸을 물끄러미 바라본다.

"네 손놀림이 섬세하구나."

"이건 등의 깃털이 푸른 멋진 갈매기야."

"먹이도 줄 거야?"

"응. 엄마는 지금 아무것도 안 하니까 나가서 뭐든 찾아와. 이제 눈도 녹았으니까 늪 근처에서 지렁이든, 괄태충이든, 달팽이든 아무거나."

*

쥘리에트의 말이다.

결국 둘이서 식당에 갔다. 엄마가 손에 집게(큰 게의 껍질을 부수기 위한 것)를 쥐고 있는데, 느닷없이 집게가 저절로 덜덜 떨리기 시작하는 게 보였다.

그러자 엄마는 집게를 식탁보 위에 살며시 내려놓았다.

흐느껴 울면서 엄마는 자리에서 벌떡 일어났다. 난 어쩔 줄 몰랐다. 영문을 알 수 없었다. 눈앞의 여자는 우리 엄마라기보다는 어린 소녀였다. 엄마가 도망쳤다. 전속력으로 식당 문을 향해 돌진했고, 바람처럼 나갔고, 사라졌다. 정말로, 엄마에겐 도망치는 게 습관이었다. 제2의 천성이라고나 할까. 그리고 나자 생테노가 식당의 다른 모든 테이블의 시선이 내게로 쏠리는 것이 느껴졌다.
나는 시선을 들 엄두조차 못 냈다. 모두가 침묵했다. 모두가 나를
바라보았다. 나는 돌아 나오다가 한 남자(사람들이 시장이라고 알
려주었다)가 아들과 아내와 함께 가족끼리 해산물이 담긴 커다란
쟁반을 앞에 놓고 점심 식사를 하는 모습을 보았다.

*

쥘리에트는 농가로 돌아온다.
"엄마, 난 엄마를 사랑하지 않아."
"그래, 딸아."
"그렇게 말을 하는 게 기뻐, 엄마."
"그래, 딸아."
"차오."
"아듀."

제2장

　2009년 초가을의 어느 날(2009년 10월 1일), 앙드레 아줌마가 클레르에게 전화했다. 라동 부인이 발작을 일으켰다고 설명했다. 지금 둘이서 생말로의 병원에 있다고 했다.

　"클레르, 부인을 바꿔드릴까요?"

　"아줌마 지금 병실에 있는 거예요?"

　"복도에 있었는데, 지금 들어가요. 자, 이제 방에 왔어요. 부인을 바꿔드릴게요."

　클레르의 귀에 가녀린 목소리가 들렸다.

　"얘야."

　"네." 클레르가 대답했다.

　"네가 와주면 좋겠다."

　그리고 라동 부인은 울기 시작했다.

*

"안녕하세요, 라동 선생님."

병실에서는 소독약 냄새, 꽃향기, 노인의 체취, 고무 냄새, 쌀가루 냄새가 났다.

클레르는 제과점의 작은 종이 상자를 내밀었다.

"생테노가의 마카롱을 가져왔어요."

"어느 제과점 거?"

"성당 옆의 제과점이요."

"잘했다. 그 집이 단연 최고지. 무슨 맛 마카롱이냐?"

"피스타치오와 나무딸기 맛이요."

"기억했구나. 넌 착한 애야. 내가 이런 대접을 받다니, 아, 난 복도 많지 뭐냐!"

그녀의 말소리는 코에 끼워진 호스 때문에 지장을 받았다. 단지 작은 튜브들 탓만이 아니고, 이상하게도 낭랑함이 사라졌기 때문에 두무지 예전 목소리 같지 않았다. 그녀는 무기력한 상반신을 베개에 기대고 있었다. 이제는 고개조차 돌리지 못했다. 클레르는 침대에 앉아 부인의 두 손을 잡고, 그녀를 똑바로 마주 보았다. 그녀는 하고 싶은 말을 우스꽝스럽게 입술을 움직여 분명하게 발음했다. 본인의 귀로 듣기 위해서였다.

라동 부인이 클레르에게 대꾸할 때, 그녀의 양쪽 입가와 늘어진 볼살이 동시에 떨리기 시작했다.

"난 복도 많지 뭐냐!"

그녀는 거듭 말했다.

"복이 터졌지 뭐냐. 봐라, 마치 루이 14세 왕이 된 거 같구나. 휠체어며 부르고뉴산 포도주라니!"

"난 자식을 원치 않았어. 정말로 원치 않았단다. 전혀 후회한 적도 없고."

그녀는 다시 울먹이기 시작했다.

"근데 자식을 낳을 걸 그랬나 봐."

"저도 자식이잖아요, 라동 선생님."

"아니, 넌 내 새끼가 아냐."

클레르는 갑자기 입을 다물었다. 다시 플라스틱 안락의자 깊숙이 몸을 웅크렸다.

라동 부인이 말을 이었다.

"내게는 늘 음악이며 솔페지오, 노래, 피아노 레슨을 받으러 오는 애들이 넘쳐났거든. 그런데 내 생각이 틀렸던 거야. 자식을 하나쯤은 낳았어야 했어. 우리의 몸은 참 알 수 없는 거야! 가임기가 시기적으로 참 걸맞지 않게 오니까 말이다!"

*

클레르 므뤼앵은 접견실 오른쪽에 있는 식당에서 휠체어에 앉은 라동 부인을 바라본다. '휠체어용 식탁'에서 식사를 하는 중이

180

다. 간병인이 작은 숟가락으로 이따금 떠먹인다. 클레르는 차라리 기다린다. 접견실 데스크 옆의 칸막이 뒤에 선 채, 부인의 식사가 끝나기를 기다린다.

라동 부인이 클레르 므튀엥에게 청한다.

"금붕어 연못까지 밀어주렴."

노부인의 안색이 창백하다. 얼굴에도 표정이 실리지 못한다. 입 왼쪽이 마비되어서다. 손이 뼈끝에 붙은 차가운 새의 발톱 같다.

클레르는 분홍색 포석 위로 휠체어를 민다.

"더 앞으로."

그녀는 금붕어들을 바라본다.

분수를 바라본다.

"내가 아직 이 세상에 살아 있다는 게 이상하게 느껴져."

클레르의 머리칼이 예전보다 길다. 앞 머리칼은 새하얗고 뻣뻣 하다. 눈까지 흘러내린 머리칼이 눈물을 감춘다.

*

클레르 므튀엥이 돌아왔을 때, 라동 부인은 더 이상 숨을 쉬지 않았다.

그러자 젊은 여자는 플라스틱 의자를 침대 머리맡으로 끌어당 겼다. 라동 부인의 시신 바로 옆에 앉아 몸을 숙였다.

손을 내밀었다.

자신의 손으로 무척 가볍고 차디찬 손을 잡았다.

꺼풀만 남은 손의 가느다란 뼈들을 쓰다듬었다.

얇은 크레이프처럼 아주 부드럽고, 무척 부서지기 쉬운 죽은 손가락들의 꺼풀을 쓰다듬었다.

몹시 가냘픈 죽어버린 손가락들을 하나하나 쓰다듬었다.

*

"여보세요? 폴, 너니?"

"응."

"클레르야."

"응."

"클레르라고, 네 누나."

"알아들었어. 누난 줄 알았다니까. 근데 왜 그래? 무슨 일 생겼어?"

"그래, 일이 생겼어. 라동 부인 알지?"

"그럼."

"그거야."

"그게 뭐?"

클레르는 대꾸하지 않는다.

"돌아가셨어?" 폴이 묻는다.

"응."

"부인 옆에 누나 혼자야?"

"그래."

"내가 갈까?"

"그래줘."

*

성당에서 치러진 라동 부인의 장례식에서 클레르는 사람들의 눈에 띄지 않는다. 라동 부인에게서 빌린 세모꼴 숄을 두르고, 늘어선 긴 의자들의 맨 뒷줄 오른쪽 끝에 서 있다. 고통이 투명하게 드러난다. 폴 므뤼앵의 친구인 장 신부가 미사를 집전한다. 라동 부인의 의붓자식들과 조카들이 맨 앞줄에 일렬로 앉아 있다.

*

폴의 날이다.

라동 부인의 장례식을 치르던 날, 날씨가 무척 궂었다. 무덤가에서, 파헤친 구덩이 앞에서, 장은 복음서의 이 말만 낭송했다. "하느님이 말씀하셨습니다. Salvum facere quod perierat(내가 온 것은 잃어버린 자를 찾아 구원하려 함이더라)."[1] 그의 얼굴에 빗

---

1) 『신약성서』, 「누가복음」 제19장 제10절 참조.

줄기가 쏟아졌다. 비는 하루 온종일 엄청나게 퍼부었다. 장은 라동 부인의 의붓자식들과 조카들을 빙 돌면서 조의를 표하고 난 다음, 제일 먼저 클레르 누나에게 비에 젖은 장미 바구니를 내밀었다. 누나는 완벽하게 처신했다. 자신이 할 바를 다했다. 바구니에서 장미 한 송이를 집어 파헤쳐진 구덩이에 던져 넣었고, 차례를 기다렸다가 라동 부인의 의붓자식들과 조카들에게 돌아가며 조의를 표했다. 그런 다음에 장미 바구니를 앙드레 아줌마에게 건넸다. 바구니가 내게로 오자, 나는 빗물과 장미가 가득한 바구니를 장에게 떠넘기고 누나의 손을 잡았다. 누나를 우산 속으로 끌어들였고, 우리는 떠났다.

클레르 누나가 부인의 양녀라는 사실은 아직 아무도 모르고 있었다. (나도 다른 사람들과 마찬가지였다.)

아무도 (앙드레 아줌마를 제외하곤) 늙은 피아노 선생이 거의 전 재산을 누나에게 상속했으리라고 짐작조차 하지 못했다.

클레르 누나가 핸들을 잡았다. 카트르 L이 힘겹게 오솔길을 오르는데, 때마침 눈보라가 몰아쳤다. 비가 온 뒤에 눈이 내리자 온통 미끄러워지기 시작했다. 우리는 가까스로 피에르쿠셰 주차장에 차를 세우고 따뜻한 곳으로 가려고 황야를 달려갔다.

*

며칠 뒤 클레르 누나가 내게 말했다. 라동 부인이 남긴 재산을 거의 다 상속받았노라고. 우리가 소형 슈퍼마켓에 다녀오던 길이었다. 나는 도무지 알아들을 수 없었다.

내가 물었다.

"마리-클레르 누나?"

"응."

"알아듣게 좀 말해봐."

"뭘?"

"난 누나가 서서 꿈을 꾸는 게 아닌가 걱정돼서 그래. 누나의 옛날 피아노 선생님이 왜 당신 제자를 상속인으로 지정했을까?"

"날 사랑하셨거든."

"하지만 왜 누나가 다 물려받았어? 유족이 소송을 제기할 텐데."

"천만에. 난 선생님 딸이야."

"누나가 무슨 딸이라고 그래."

"선생님이 날 입양하셨으니까."

"입양하셨어?"

나는 아연실색해서 입을 다물었다. 도무지 정신을 차릴 수 없었다. 지독하게 고통스러웠다.

"라동 부인이 대체 누군데 갑자기 나타나서 누나를 입양하고 재산까지 물려줬다는 거야? 40년이 넘도록 누나가 내게 부인 얘기를 한 적이 전혀 없잖아."

"넌 퐁토르송에 있었고 난 큰아버지 농가에서 지냈잖니. 기트

185

큰어머니의 피후견인이라서, 난 들볶아대는 큰아버지와 귀찮게 집적대는 사촌들과 함께 살았는걸. 기트 큰어머니가 돌아가시자 후견이 중단되었어. 그래서 난 생테노가의 부모님 집에서 혼자 살게 된 거고. 오후엔 수업이 끝나면 클랭가(家)에서 지냈어. 저녁이면 다시 혼자가 되었지만. 그때가 내 평생 가장 세속적인 시기였단다. 클랭가에서 돌아오면 저녁 식사는 노부인이 차려주었지. 기트 큰어머니의 친구들이 모두 나서서 돌아가며 교대로 날 돌봐줬거든. 내가 여왕이었다니까(이 말을 하면서 누나는 눈물을 흘렸다). 자그만 파이, 크레이프, 크레이프 당텔,[2] 페드논,[3] 웨하스, 작은 와플, 마카롱, 딱딱한 비스킷을 먹었어. 내겐 전부 별로였지. 라동 부인은 내 피아노 선생님이었는데, 과자를 기막히게 잘 만드셨어. 목요일마다 우린 함께 과자를 만들곤 했어. 난 언제나 우리 부모님 이름의 첫 글자로 과자 모양을 빚었지. 또 P나 L 모양으로도 빚고."

누나가 묘한 태도로 나를 바라보았다.

내가 물었다.

"라동Ladon의 L 말이지?"

누나는 망설였다.

"그럴지도 몰라. 빚은 글자들을 내가 끓는 기름에 던져 넣는 동

<hr />

2) 시가 모양의 얇은 크레이프.
3) 튀김 과자의 일종.

안 라동 선생님은 당신이 제일 잘하는 요리인 나폴리식 제폴라[4]를
만드셨어. 내게 그림을 가르쳐준 분도 피아노 선생님이야. 바느질
을 가르쳐준 분도 피아노 선생님이고. 그분의 손은 세상에서 가장
아름다웠어. 길고 섬세하고 유연하고 민첩하고 비범한 명인의 손
이었지. 체구는 왜소했지만 손놀림은 무척 유연했어. 정말이지 우
리들 손보다 훨씬 더 유연했는걸. 선생님은 대단한 연주가처럼 피
아노를 치셨단다. 나는 항상 선생님이 어떤 곡의 '시범 연주'를 보
여주실 때를 기다리곤 했어."

누나의 얼굴 위로 눈물이 흘러내렸다.

"네가 운전해라."

"주차했는걸, 클레르 누나."

누나가 차에서 내렸다.

바다는 짙은 검은색으로 희미하게 반짝였다. 겨울 해는 회색빛
안개 속에 일체를 묻어버렸다. 빛을 받은 안개는 매끄럽고 경이로
웠다.

누나는 바다를 바라보았다.

검정 네오프렌[5] 콤비네이션 차림의 서핑객 한 사람이 회색 파
도에 몸을 맡겼다가 바위투성이 갑의 난바다로 소리 없이 미끄러
져 내렸다.

---

4) 튀기거나 굽는 일종의 도넛. 나폴리, 로마, 시칠리아에서 생겨난 요리.
5) 미국의 듀폰 사가 개발한 합성고무의 일종.

나는 누나가 서평객을 주시하게 내버려두었다.

나는 카트르 L을 몰고 장을 만나러 생브리아크로 떠났다.

소나기가 내린 뒤라, 하늘처럼 음울한 생브리아크 해변의 대로 끝에서는 일종의 안개가 피어오르기 시작했다.

필로티[6] 위에 세워진 생브리아크의 식당 난간에서는 해변이 수직으로 내려다보였다. 그곳에서 나는 장을 만났다. 그는 난간에 기대서서 담배를 피우고 있었다.

*

"나 다시 그 사람 만나. 일요일마다 그의 강론을 들으러 가."

"어디로?"

"소교구 중 하나로."

"너 때문에 창피해!" 클레르 누나가 소리쳤다. "동생 때문에 부끄러워 죽겠네!"

하지만 동생이 행복하다니 결국 누나도 기뻐했다.

"장은 야고보의 말에 대해 아주 멋진 강론을 했어. '너희 재물은 썩었고, 너희 옷은 좀먹었으며, 너희 금과 은은 녹이 슬었으니.'"[7]

---

6) 기초 말뚝을 뜻하며, 르코르뷔지에가 제창한 근대 건축의 한 방법이다. 1층은 기둥만 세우고 2층 이상에 방을 짓는다.

7) 『신약성서』, 「야고보서」 제5장 제2~4절 참조.

그런데 이 강론 뒤에 장은 아예 농가에 들어와 살았다.

*

클레르는 라동 부인 침실의 커다란 옷장 앞에 서 있다. 수북하게 쌓인 카디건을 파비엔 레 보세에게 건넨다. 파비엔이 새 여행용 가죽 색에 집어넣는다.

그녀는 욕실의 유리 선반 두 개도 비운다.

"넌 뭘 가질 건데?" 파비엔이 묻는다.

"난 아래층 한구석 전체를 장식한 파피루스면 돼. 언젠가 좋아질 것 같아. 선생님이 좋아하셨던 거니까. 레슨하시던 피아노가 놓였던 자리야. 피아노가 있었다면 난 피아노를 가졌을 테지."

"나라면 말이야, 영화 DVD와 플레이어를 가졌을걸."

"가져가."

"안 돼. 네가 라동 선생님과 보던 것들이잖아."

"선생님을 즐겁게 해드리려고 그랬던 것뿐이야. 난 걷는 세 너좋아. 영화 같은 이미지를 보는 건 따분하거든. 너 가져."

"싫어."

"가지라고 내가 말하잖아. 왜 이렇게 직설적으로 말하는지 나도 모르겠다. 사물들의 이미지조차 싫다는 생각이 들어."

"그럼 앙드레 아줌마는?"

"아줌마는 원하는 것을 이미 다 가져갔고, 은행 잔고를 인출하면 돈도 받게 돼. 그 점에 관해 우린 합의를 봤단다. 참, 사실 난 평생 단 한 번도 영화관에 혼자 영화 보러 간 적이 없었어. 열세 살 때, 그리고 스무 살 때 가긴 갔었지. 근데 키스하려고 간 거였다니까. 이미지 감상의 즐거움을 위해서가 아니고 말이야. 문제의 핵심은 영화관에서 보는 게 내게는 죄다 거짓으로 느껴진다는 거야. 배우들도 하나같이 연기를 지지리도 못해. 한심하다니까. 이런 허위 때문에 마음이 괴로워."

"그렇다면, 친구야, 내가 가져갈게."

*

관광버스의 문들이 동시에 열린다. 순례자 일행이다. 합장한 어린 소녀들이 기도하는 시늉을 하면서 한 줄로 늘어서 묘지 안으로 들어간다. 유니폼을 껴입어 불편해 보인다.

클레르는 뒤로 물러선다.

소녀들에 뒤이어 어느 성직자 그룹이 들어간다.

"참 아름답다!"

음산한 묘지들 앞에서 어린 소녀들이 말한다.

클레르는 일단 라동 부인의 묘지에서 멀어진다. 그러고 나서 생각한다. '애들 말이 맞아. 나무들은 아름답고말고.'

그녀는 어느 묘지 위에 앉는다. 자기 앞으로 줄지어 지나가는 소녀들을 바라본다. 눈길을 들어 머리 위의 나뭇가지들을 바라본다. 갑자기 일어나 나뭇가지로 두 손을 뻗는다. 가지 하나를 흔든다. 농익은 열매와 씨들이 우수수 떨어진다. 윗옷 주머니에서 손수건을 꺼내 펼치고, 씨앗들을 올려놓는다. 라동 부인의 집으로, 생테노가의 정원으로 가져갈 작정이다. 돌아가서 정원에 뿌릴 것이다. 봄이 오면 싹이 틀 것이다.

그러면 몰래 황야에 옮겨 심을 것이다. 그녀는 그렇게 꽃들과 덤불에 열중한다. 황야 전체가 그녀의 정원으로 변한다. 그녀의 산책 일주로가 모두 황야 주위로 퍼져나간다. '여기로 가야지. 저기로 가야지. 여기서 생각 좀 해보자. 저기서 생각 좀 해보자. 이곳의 아름다움을 좀 누려야 해. 저곳의 아름다움도 좀 누려야 해.' 이 모든 아름다움은 생생하게 살아남을 것이다. 아름다운 모든 것은 살아 있으므로. 그녀는 이렇게 혼자 중얼거렸다. '살아 있는 것들은 언제나 추억이다. 우리는 누구나 아름다웠던 것의 살아 있는 추억이다. 삶은 이 세계를 만들어낸 시간의 가장 감동적인 추억이다.'

제3장

봄이 지속되는 동안 황야와 절벽에는 줄곧 악천후가 몰아쳤다. 어둠과 억수 같은 비와 가장 낮게 뜬 먹구름을 몰고 왔다.

더 이상 아무도 바다에 나오지 않았다.

더 이상 아무도 계단을 오르거나 테라스에 나가는 위험을 무릅쓰지 않았다.

2009년은 클레르에게 악몽처럼 지나갔다.

*

폴의 말이다.

경제 위기의 여파로 내 직업은 사라졌다. 게다가 누나가 옛 피아노 선생에게서 상속받은 작은 농가에 정이 흠뻑 들은 터였다. 나는 농가의 방습을 위해 온 힘을 기울였다. 대나무와 버드나무를 함께 심었다. 물기를 흡수하는 동시에 불에 타버린 개암나무숲을 다시 증식시킬 계산에서였다. 그런데 대나무로 인해 버드나무가 말라 죽었다. 텃밭을 일궈 샐비어[8]와 탱[9] 소목 들과 까치밥나무 덤불에 꽃들을 섞어 심었다. 클레르 누나는 꽃을 꺾는 걸 싫어해서 꽃병도 아예 치워버렸다. 나는 돌판을 구입했다. 보조판을 붙여 돌판의 길이를 늘였다. 그리고 정원 테이블에서 낙지나 가리비 조개를 구웠다. 뜨거운 돌판에 꼭 1초만 놓아두면 그것들은 펄쩍 뛰다가― 울부짖다가― 죽었다.

클레르 누나가 말했다.

"기트 큰어머니는 장작이나 석탄 화덕 위의 불판을 쇠꼬챙이로 뒤집곤 했어. 큰어머니 역시 회전식 불판에 그대로 고기를 구웠지."

내가 대꾸했다.

"기트 큰어머니는 바보였어. 난 큰어머니가 싫었어. 누나만 좋아하고, 내겐 뭐든지 못 하게 했거든."

"오늘 저녁 메뉴는 뭐야?"

"쌍각조개 수프."

"기트 큰어머니는 대합조개를 모시조개라고 불렀어."

"살짝 구운 나무딸기 한 팬."

"행복이 따로 없네." 누나가 말한다.

---

8) 꿀풀과의 여러해살이 풀.
9) 백리향속의 식물.

"우리 누나 입에서 나온 모처럼 성의 있는 말인걸."

*

늪 부근에 축사가 있었다. 나는 축사를 허물었다. 울창해지는 대나무숲의 경관을 즐기기 위해서였다.

클레르 누나는 라동 부인이 소유했던 생테노가의 주택을 세놓 았다.

이곳에서 누나는 더 이상 두려워하지 않았다. 밤이면 즐겨 산 책을 나갔다. 어둠에 잠기는 즉시 안도감을 느꼈다. 선선한 밤공 기가 얼굴을 스치고, 옷깃으로 스미고, 머리칼을 들추는 게 좋았 다. 어둠에 감싸여 바닷소리가 들리고 바다 냄새가 풍기는 가운 데, 어둠에 감싸여 연인 옆에, 연인의 생각 옆에 있는 게 좋았다.

*

폴이 와플 틀을 열었다. 클레르가 말했다.

"너 못됐다. 체중이 얼마나 더 늘까? 한 4킬로그램?"

그는 와플 굽는 틀 내부에 세심하게 버터 칠을 했다.

"뭘 할 건데?"

"오얏을 넣은 플랑."

"8킬로그램은 찌겠네."

194

"뭐 어때서? 지금 누나 몸무게가 그거잖아." 폴이 중얼거렸다.

"해변에서 그 사람에게 예쁘게 보이고 싶은 내 맘을 넌 몰라."

"피골이 상접한 해골. 해변 위의 하얀 유령."

"그는 바로 그런 날 사랑해."

"하얗기 때문에?"

"아니, 유령이라서."

*

폴은 어느 날 저녁 약국 옆의 포치 아래서 후드를 눈까지 내려
오게 쓴 그녀를 발견한다. 후드에 눈(雪)이 소복하게 쌓였다.

"여기서 뭐 해?"

클레르는 그에게 몸을 바짝 붙인다.

"아직도 여기 있는 거야?"

"조용히 해!"

그녀는 매우 불안한 상태다. 턱으로 불 켜진 창문을 가리킨다.

"그게 뭐 어때서?"

"그 사람이 있는 창문이야."

"그는 생뤼네르에 살잖아."

"늘 그런 건 아냐."

"가자."

그가 그녀의 팔을 잡는다.

그녀는 팔을 빼낸다.

"날 내버려둬, 폴."

그녀가 그를 떠밀며 말한다.

"가라니까."

화가 난 폴이 떠난다.

*

클레르의 말이다.

겨울에 가장 아름다운 것은 바로 '해'다. 라동 선생님이 '양지바른 곳'이라 부르던 것이다. 청명하게 빈 하늘 아래로, 겨울의 혹한에서도 양지바른 곳을 걸어가기, 폐에는 가혹할망정 맑은 공기를 몸으로 통과시키기.

날씨가 맑아 해가 뜨면, 그는 보트를 꺼낸다.

햇빛을 받아 빛나는 그를 몰래 지켜보기.

*

어느 날 모든 나뭇잎이 불시에 우수수 떨어져 모래사장에 쌓였다. 바람이 휘몰아칠 때마다 낙엽들은 토치카로 이어진 시멘트 계단이 시작되는 내포로 휩쓸려가 산더미처럼 쌓였다. 그러고 나서 사라졌다.

*

2009년 12월 24일 쥘리에트가 다녀갔다. 피곤해 보였다.

"엄마 때문에 마르그리트를 보러 갔었어. 다들 잘 지내더라. 여전히 부자고, 식구들로 북적대고, 아무 문제도 없어. 애들도 공부 잘하고……"

"넌 걔들을 별로 안 좋아하는구나."

"응. 자주 못 보거든. 있잖아, 아빠는 돌아가셨어."

"그럴 거라 짐작했어."

"어째서?"

"아니면 네가 여기 올 수 없잖아."

클레르가 딸을 얼싸안는다.

다음 날 섬들을 오가는 순환선을 타고 딸을 생말로까지 배웅한다.

섬에 따라 배의 정박 시간이 다르므로 1회 운행에 거의 한 시간이 소요된다. 비가 내린다. 쥘리에트는 추워서 선실로 들어간다.

하지만 선실에 있으면 불안해지는 까닭에 클레르는 그냥 갑판에 남기로 한다. 얼굴에 염분이 함유된 축축한 바람이 휘몰아친다. 빙빙 선회하며 울부짖는 갈매기들의 소리가 들린다. 그녀는 밤색 후드를 뒤집어쓴다. 멀리 라클라르테가 보인다. 해변이 보인다. 새하얀 파도가 해변으로 밀려가 부서진다. 그녀는 자신이 지나온 모든 여정을 거꾸로 바라본다. 길들, 계단들, 내포들, 새들, 새의 둥지들.

*

2010년 부활절, 그녀는 밖에, 생테노가의 광장에 있었다. 식당 창문을 통해 그를 바라보았다.

시몽이 식당에서 나왔다.

그의 눈앞에 그녀가 있었다. 신문 가판대 바로 옆의 떡갈나무 몸통에 손을 얹은 자세로. 그녀가 손을 앞으로 내밀어 살며시 그의 팔을 잡았다. 그는 무슨 말을 할 듯하다 그만두고, 그녀의 머리칼 속에, 목덜미에 얼굴을 묻으며 그녀를 와락 끌어안았다.

잠시 뒤 한마디 말도 없이 시몽은 떠났다. 멀어져 갔다. 쥘베른 분수대 앞을 지나 해변 쪽으로 내려갔다.

*

봄볕이 들자 폴은 어부들의 오솔길에서부터 북쪽의 시트로엥 트럭 차체가 있는 곳까지 잔디를 심었다. 폴은 트랑블레의 농장주를 모셔왔다. 채소밭에 화차 한 대분의 새 흙을 붓고, 피폐해지는 그곳의 과수원을 어떻게 회생시킬지 설명을 듣고 싶어서였다. 그들은 둘이서 흙을 갈아엎었다. 칼레브 영감이 가지치기와 휘묻

이 방법을 가르쳐주었다. 과일이 열리자 새들이 돌아왔다. 클레르는 채소밭이 무척 마음에 들었다. 매일 아침 채소밭에 나가 정성을 쏟았다. 황색 토마토, 세르푀유,[10] 파슬리를 재배했다. 농가 담장의 바깥쪽에 수도를 설치해달라고 폴에게 부탁했다. 노란색의 기다란 살수용 호스가 토마토 밭까지 이어졌다. 칼레브 영감은 암벽에 배나무들을 심는 일을 맡았다. 암벽 위에 심어진 배나무들은 과수원의 울타리가 되었고, 만에서 수직으로 치솟은 절벽 끄트머리인 그곳에서 50미터 떨어진 바다로부터 불어오는 폭풍우를 막아주는 역할도 했다.

*

어느 날 아침, 그녀가 문을 열었다. 여름이 와 있었다.

그녀는 햇빛을 받으며 어린 당(唐)종려나무[11] 옆에 쭈그려 앉았다.

보트에 올라탄 그가 내포를 가로지르는 모습을 지켜보았다.

---

10) 파슬리류. 잎을 향로나 샐러드에 쓴다.
11) 중국산 종려나무. 코코넛 열매가 열리지 않는다.

*

그녀는 바위 위에서 그를 지켜보았다.

그가 약국의 하얀 보트를 매어놓은 생테노가 해변의 아래쪽을 가로질러 갔다. 보트를 밀었다. 움켜잡고 매달렸다. 모터를 작동시켰다. 선외(船外) 발동기 보트처럼 배는 파도와 파도를 타 넘으며 전속력으로 달려나갔다.

그녀는 몸을 암벽의 어둠 속으로 최대한 들이밀었다. 암벽의 화강암 덩어리에 몸을 숨긴 채 그가 몸을 굽히는 모습을 바라보았다.

그는 낚시를 했다.

얼마 뒤, 그는 어두운 물속에 내려진 닻 주변에서 소용돌이치는 검은 흙탕물에 시선을 고정한 채 쇠사슬을 잡아당겨 닻을 올렸다.

그녀는 고개를 들었다.

절벽으로, 서쪽으로 이어지는 고원의 능선을 따라 해바라기가 만발했다. 저녁이면 길게 늘어선 해바라기의 대열이 멋진 장관을 연출했는데, 그야말로 황금의 경계선이었다.

선체가 오렌지색인 거대한 컨테이너 운반선이 세장브르 섬을 지나갔다.

비가 왔다. 대기는 완전히 투명하지 못했다. 짙고 희끄무레했다. 날씨는 무척 서늘했다. 모든 것이 빛을 발했다.

　　모터보트의 손잡이를 쥐고 햇빛 속으로 들어가는 시몽의 등 위에서 차츰 안개가 걷혔다.

제4장

2010년 8월 26일, 바다에 떠 있는 빈 보트.

소재 불명의 클레르.

2010년 8월 29일 일요일, 물고기에 약간 뜯어 먹힌 채 해변 늪지로 밀려온 시신.

*

2010년 8월 29일 일요일.

폴의 말이다.

내가 문을 열었다. 경찰 두 명이 날 알아보았다. 안됐다는 표정으로 나를 뚫어지게 바라보았다.

"클레르인가요?"

그들은 고개를 저었다.

"라클라르테 시장 일입니다."

"시몽이요?"

"예."

"므시외 클랭의 시신을 굴 동굴 앞에서 건졌어요."

*

폴과 장은 뤼미에르 형제의 청석돌 기념비 높이에서 비를 맞으며 앉아 있는 클레르를 찾아냈다. 그녀를 부축해 일으켰다. 폴이 그녀를 억지로 집까지 걷게 했다. 그가 그녀의 팔을 잡았다. 그녀는 흠뻑 젖어 있었다.

"시몽은 자살한 거야."

그녀가 몸을 떨며 말했다. 그는 그녀의 손을 잡아끌어 욕실로 데려갔다. 장은 떠났다(일요일이라 해안의 소교구 두 곳의 미사가 아직 더 남아 있었다). 폴은 욕조에 물을 받았다. 그녀의 스웨터를 위로 잡아 뽑았다. 브래지어까지 흠뻑 젖어 있었다. 브래지어를 벗겼다. 속옷에서 바지만 잡아당기려 했는데, 잔뜩 물을 먹어 바지에 착 달라붙은 슬립이 함께 딸려 나왔다. 그는 그녀의 음모가 제거된 것을 보고 놀랐다. 아주 기다랗고 하얀 몸뚱이였다. 하루 온종일 황야를 걸어 다니는 그녀를 보면서 떠올릴 수 없는 그런 아름다움이었다. 아주 순박하고, 물기로 번들거리고, 꾸밈없고, 새하얀 아름다움. 그는 욕실에서 타월을 찾아왔다. 그녀의 얼굴을, 빛나는 작은 젖가슴을, 늑골을, 쑥 들어간 부실한 배를 닦았다. 그

203

녀가 참으로 아름답다는 생각을 떨칠 수 없었다. 그는 침대 시트를 평평하게 하고 모포를 덮은 뒤에, 가장자리를 매트 밑으로 밀어 넣었다. 침대맡의 전등은 끄고, 대신 복도의 불은 켜둔 채 방문을 열어놓았다. 그런 다음에 자신이 지붕 밑에 마련한 '거실 – 사무실 – 침실'인 방으로 올라갔다. 헤드폰을 썼다. 음반을 넣었다.

*

사람들은 사고라고 믿고 싶었다. 시몽은 조수에 휩쓸린 거였다. 그의 낚싯배는 노후 선박이었다. 그래서 부서졌고, 알 수 없는 방식으로 전복되었던 것이다. 물살 때문에 시신은 그토록 빨리 랑스오주네 연안으로 떠내려왔던 것이고, 등등. (사실 그가 탄 배는 모터보트였다.)

*

폴의 말이다.

그 뒤로 아주 오랜 시간이 흘렀을 때였다. 저녁 식사를 마친 지 한참 뒤였다. 누나가 아무것도 먹지 않은 데다, 저녁나절 내내 눈물이 그렁그렁한 채 울지 않으려고 애써 참는 모습을 보았던 터라, 나는 이런저런 쓸데없는 말들을 늘어놓았다. 누나의 말문을 막을 속셈에서였다. 그런데 누나가 턱을 앞으로 내밀며 나를 바라

204

보았다. 누나의 내면에서 솟구치는 감정의 동요가 느껴졌다. 감정이 폭발해서 그 여파가 내게 미치는 것을 막으려면 어떻게 하면 좋을지 난감했다. 속내 이야기가 몹시 싫어서였다. 나는 감정 표현이라면 아주 질색이었다. 몹시 가늘고 파리해진 누나의 입술이 고통으로 바르르 떨렸다. 두 눈이 엄청나게 커졌고, 눈빛에서는 약간의 광기마저 느껴졌다. 누나는 '내가 다 봤어'라고 읊조리듯 말했고, 내게 달라붙어 마침내 펑펑 울기 시작했다.

"자기가 물속으로 빠져든 거야."

"무슨 헛소리야."

"내게 살짝 신호를 보냈는걸."

내 목을 타고 흘러내리는 누나의 눈물이 느껴졌다. 나는 그 말을 믿지 않았다. 내 누나의 노쇠한 등을 한없이 쓸어주었다.

제5부 황야에 울리는 목소리들

제1장

장 Jean

폴을 사랑했지만 클레르에게 질투심은 전혀 느끼지 않았다. 그녀의 세계는 폴의 세계에서 아주 멀리 있었다. 나는 폴은 사랑했고, 남매 커플에겐 감탄했다. 둘을 결합시킨 결속 관계에 매료되었다. 하나가 무슨 짓을 해도 그로 인해 서로의 애정에 금이 가는 일 따위는 없었다. 동생이나 누나나 서로의 직업, 결혼, 사직, 이혼을 통해 알게 된 어떤 허물도 전혀 문제 삼지 않았다. 특히 여하한 경우에도 평가하지 않았다. 둘 사이에 흐르는 감정은 사랑이 아니었다. 일종의 자동적인 용서도 아니었다. 그것은 신비한 결속이었다. 어떤 구실이나 사건을 계기로 어떤 순간에 그렇게 결정된 것이 아니라는 의미에서, 그것은 기원이 없는 관계였다. 물론 그들은 어릴 때 끔찍한 광경을 목격했고, 초상의 슬픔을 겪으며 곁에서 함께 눈물을 흘렸다. 하지만 둘 사이에 어떤 계약이 계획적으로 체결된 것은 절대 아니었다. 심지어 성인이 되어 독립생활을 하게 된 초기에는 서로에게 거의 무관심했을 뿐 아니라, 각자 다른 선택을 했다는 이유로 유년기에 비해 다소 적대적이기까지 했다. 하지만 수년이 지나면서 공모 관계가 나타났다. 그리고 강화되었다. 그것은 그들이 스스로에게 부과한 충직성으로서, 세월이 흘러감에 따라 자존심이 복잡하게 뒤얽히는 것을 방지하고 비난을 유보하고, 상대를 전혀 자극하지 않는다는 특성을 지니게 되었다.

그들은 비록 이해가 되지 않더라도 상대의 모든 것을 수용했다.

이유 따위는 찾으려 애쓰지도 않았다. 서로 도우면 그만이었다. 심지어 자신의 갑작스런 욕망보다 상대의 변덕스런 기분에 더욱 자발적으로 호응했다.

*

성당에서 미사를 집전할 때마다 시작에 앞서, 나는 눈을 들어 좌중을 바라본다. 나는 시장이나 부두에서 장을 보는 그들을 한 번도 보지 못한다.

그것은 늘 수수께끼이다.

어디서도 볼 수 없는 사람들이 성당에 모여 있다.

라클라르테의 노트르담 성당 안에는 '보이는visible 어린애'를 안은 아름다운 성모마리아상이 있다. 브르타뉴 방언을 알아둘 필요가 있다. '보이는visible'이란 '벌거벗은nu'을 의미한다.

이따금 남매는, 서로를 미워하지 않을 때에는 연인들보다 서로를 더 사랑한다. 욕망으로 격앙될 때보다 분명 더욱 항구적이고 더욱 믿음직하다. 게다가 연인들보다 훨씬 더 많은 추억을 공유하고 있다. 동생이나 누나는 상대의 가장 오래된 추억, 가장 어릴 때의 추억, 가장 미숙한 추억, 가장 우스꽝스런 추억, 가장 본래적인 추억, 가장 나쁜 추억까지 두루 알고 있다. 그들은 가장 열렬한 사랑에 참여했다. 가장 쓰라린 상처가, 그런 것의 존재에 무지한 우리가 예견할 수 없는 탓에, 그것으로부터 자신을 지킬 방법이 전무해서 생겨나는 것과 마찬가지로, 그것은 최초의 사랑이므로 가장 알아보기 힘든 사랑, 기원의 경계선에서 솟아오르는 사랑이다.

*

2009년 여름 어느 날, 폴은 내가 주관했던 생브리아크 성당 앞 중고품 장터에서 용마루용 낡은 청석판을 구입했다. 8월 26일 생일날 클레르에게 그것을 선물했다.

꾸러미를 내밀며 그가 말했다.

"자, 빈아. 누나를 위해 내가 찾아낸 진리의 화신[1]이야."

그녀가 받아 들었다. 물건을 포장한 신문지를 풀고 바라보았다.

"폴, 이건 진리의 화신이 아냐."

그녀는 낡은 청석판을 어루만지면서 말을 이었다.

"멋지구나. 정말 고마워. 하지만 진리의 화신은 아닌걸."

1) 거울을 들고 우물에서 나오는 우의적(寓意的)인 벌거벗은 여인상.

"그렇담 우물에서 나오는 이 여인은 대체 뭐지?"

"이건 우물이 아니라 무덤이야. (그녀는 청석판의 돋을새김 아래쪽에 파인 선을 손가락으로 가리켰다.) 최후의 심판의 날이야. 부활한 여인이 자기 무덤의 묘석을 들어 올리고 있잖아."

폴이 대꾸했다.

"이게 아닌데, 그런 생각은 하지 못했어……"

"천만에 그 반대야, 멋지다, 폴. 기발해. 내가 부활하는 거잖아."

*

그녀는 너도밤나무의 하얀 작은 열매를 주교관(冠) 모양의 껍질을 벗겨서는 날것으로 먹었다. 싱싱하고 톡 쏘는 맛이 일품이었다.

그것은 이 세상에서 그녀가 제일 좋아하는 거였다. 대게보다 더 좋아했다. 하지만 대게도 무척 좋아했는데, 대게를 '투르토 tourteau'가 아니라 '우베houvet'라 불렀다.

나이가 들면서 클레르는 나무 열매를 줍기 시작했다. 요리용 화덕(폴은 더 이상 사용하지 않았다. 그의 관심이 일본 요리로 넘어갔기 때문이다) 위에 신문지를 깔고 그 위에 열매들을 쌓아놓았다. 주철 화덕의 한 끝에서 다른 끝까지 호랑가시나무의 빨갛고 동그란 열매들이 보였다(브르타뉴 방언으로 '클랭quelen'은 '호랑가시나무houx'임을 언급할 필요가 있겠다).

밤나무의 엉글어서 벌어진 가시투성이의 밤송이들,

무화과나무의 헬리콥터 모양의 건과,

물푸레나무의 주머니처럼 생긴 불그스레한 열매들,

호두의 단단한 껍질과 상아처럼 희고 기름진 알맹이들,

모과나무의 팽이 모양의 모과 열매들,

연녹색 팡이 무리에 에워싸인 개암나무의 개암 열매들,

갈색 깍정이가 달린 약간 진홍빛 떡갈나무의 도토리들,

새로 조성된 데콜레 묘지에 심어진 사이프러스 두 그루의 검은
열매들.

노간주나무의 흰 가루와 잔털에 뒤덮인 원추형의 푸른 열매들.

이것이 그녀의 내면 일기였다. 걸어 다닌 길이었다.

*

폴은 아버지를 거의 알지 못했다. 아버지에 대한 아무런 기억
도 없었다. 그래서 괴로워했고, 아버지 이야기를 하지 않는 편이
지만, 내게는 꽤 자주 말했다. 므뷔앵 일가의 본(本)은 생-카스트-
르-길도였다. 그들은 시조인 존 므뷔앵의 자손이었다. 폴의 증조
부와 증조모는 뤼미에르 형제[2]가 이곳에 머물던 여름에 그들 형제

2) Auguste Marie Louis Nicholas Lumière(1862~1954)와 Louis Jean Lumière
(1864~1948)는 발명가 형제로서, 기계 제작자인 동시에 제작, 흥행, 배급 등 현재
의 영화 제작 보급 형태의 선구적 역할을 한 영화의 시조이다.

와 알게 되었다. 자신들이 지은 빌라들 중 한 채를 그들에게 임대했다. 루이 뤼미에르와 오귀스트 뤼미에르가, 1877년 여름 동안 세계 최초로 총천연색 사진을 만든 곳이 바로 라클라르테 아래쪽 굴오페Goule aux Fées 동굴이었다. 나도 생테노가 위쪽의 절벽을 지나던 길에 친구의 권유로 동굴에 들어가본 적이 있다.

2010년 여름 어느 날 썰물 때, 바로 이 부근에서 라클라르테 시장이 바다가 아니라 늪에 좌초된 시신으로 발견되었다. 게들에게 뜯어 먹히고, 바위에 부딪혀 찢기고, 물고기들에게 빨아 먹힌 후였다.

브르타뉴 전설에서는 여자 흡혈귀들goules이나 마녀들fées이 불행했던 여자들로 묘사된다. 마녀는 죽은 자를 파도 속에서 망가뜨리고 찢어발기며 애도하는 바위이다. 바위가 파도를 일으키며 울기 시작할 때 아직 이 세상 사람인 운 좋은 자가 있다면, 즉시 바닷길에서 멈춰 서야 한다. 울부짖는 바위를 주의 깊게 바라보면서 인사를 건네고 이름을 물어야 한다. 그러면 차츰 울음소리가 잦아든다. 아니 고통이 누그러진다.

비로소 파도 소리가 약해진다.

그것은 성신강림대축일[3]의 영(靈)이다.

격렬한 아우성에게 이름을 물어주면, 고통이 빠져나가며 울부짖음이 가라앉은 것 같다.

3) 부활절로부터 일곱번째 일요일.

폴이 말한다. "거의 기도prière나 다름없는 거야."

"그래. 우리가 '기도oraison'라 부르는 게 바로, 정확히 그거야." 폴이 대꾸한다.

"'마녀fée'라고도 할 수 있지. 난 마녀 쪽이 더 맘에 드는걸."

나는 그의 의례적인 농담에 더 이상 귀를 기울이지 않는다.

바람 속에서 하얀 머리칼을 휘날리는 폴의 누나를 보면서, 관광객들이 이따금 의아해하리라는 생각이 문득 든다. '파도에게 말을 걸고, 파도가 대답하는 듯한, 저 할머니는 대체 뭐야?'

*

폴 므뛰앵의 누나는 바위에서 읽히는 아주 오래된 시간을 느끼는 것을 좋아했다고 믿는다. 그것은 태양 안에서 활기를 띠는 시간, 삶에 선행하는 시간, 바다의 파도를 일으키는 시간이다. 예수가 끊임없이 말하는 시간, 즉 대림절[4]의 시간, 도래하고 있으므로 이곳에는 분명 부재하는 시간, 자신을 빌어내는 별들의 방위 안에서 우왕좌왕하는 시간, 무한히 소멸하는 시간이다. 시간이 산정되기 훨씬 이전에, 그 속도가 예측되기 훨씬 이전에, 그 흔적이 축적되기 훨씬 이전에 표출되는 상실이다. 무한으로 사라지는 지평선 없는 전망이다. 시간의 야릇한 부스러기가 하늘에서 끝없이 요동

4) 크리스마스 전 4주간을 포함하는 시기.

치게 만드는 황홀경이다.

　신은 참으로 오래되었다.

　신은 이끼팡이의 지극히 작은 조각 안에서, 그것을 들추는 손톱 안에서, 태양의 열매 같은 동그란 눈동자 안에서 참으로 오래된 까닭에 그것들과 흡사하다.

*

　신은 점점 더 늙어간다.

　신은 일종의 안개 속에서 일어나는데, 안개는 새벽에 더 자주 낀다.

　신은, 아주 오래전부터 높은 파도로 해수면이 움푹 팬 곳에서는 우묵해진다.

　망망대해의 바닷물 전체와 바다의 습한 안개가 짐승의 몸에 덮인 털이나 나무를 감싼 껍질보다 훨씬 더 시원적(始原的)이라는 것은 사실이다.

　하물며 인간의 언어보다는 얼마나 더 오래되었으랴.

　내 생각에, 클레르에게는 바위들 안에서 무릎을 꿇고 명상을 하고 사랑하는 과거와 함께 지내는 것이, 과거를 불러들이고 횃불에 점화하듯 과거에 불을 붙이는 일이라고 믿는 것 같았다.

　그녀는 덤불과 뒤섞여 황금색과 백색의 불길이었다.

　그녀는 자신의 내면에서 과거가 불타오르게 했다. 마치 불타는

216

과거에 다름 아닌 별들이 그렇게 타오르듯이.

그것은 마음속 깊은 곳에서, 도래하는 모든 것을, 하늘 한복판에서 전진하는 더욱 옛날의 타오름[燃燒]에 재편입시키는 일이다.

*

하느님의 말씀이다.

"Exsultatione colles accingentur(언덕마다 즐거움에 휩싸였다)."[5]

남매는 금작화와 산사나무와 뽕나무 들 사이로 나아갔다.

모든 아침은, 어느 것이나, 결코 본 적 없는 멋진 아침이었다.

황야 전체, 덤불숲, 귀리 밭, 금작화 밭, 우거진 나무, 대나무 줄기들 사이, 어디서나 기쁨과 빛과 신선한 공기와 햇빛에 도취되어 몹시 들뜬 새들이 노래를 불렀다.

*

하늘은 구름 한 점 없이 깊고 파랬다.

라클라르테 위쪽, 피에르쿠셰 부근의 하늘은 참으로 무한해 보였다.

5) 『구약성서』「시편」제65장 제12절 참조.

*

    클레르가 10여 개의 언어를 안다 한들 무슨 소용이랴, 꽃을 말
하는 게 전부여서, 고작해야 '벼랑가의 꽃들' 혹은 '검은 바위의
꽃들'이라는 말을 할 뿐이었다. 모범생인 폴은 학술 용어, 라틴어
명, 영어 명칭을 줄줄이 읊어댔다. 나도 폴처럼 말은 해도 그처럼
박식하지는 못했다. 클레르의 딸 쥘리에트는 그것이 무엇이든 정
확한 명칭은 물론이고, 누구나 알기 쉬운 일반 명칭으로 바꿀 줄
도 알았다. 그녀는 arménie,[6] jasione,[7] silène[8]이라고 말했고, 또
prunellier,[9] bourrache,[10] églantier,[11] troènes[12]이라고도 말했
다. 회색 암석들에 대해서는 orpin jaune[13]이라고 말했다. 내게
모두 보여주고, 모조리 가르쳐주었다. fétuque rouge,[14] ajoncs,[15]

---

6) 정확한 명칭은 'Aethionerma d'arménie.' 진분홍꽃이 피는 관목.
7) 초롱꽃과의 초본(草本)식물.
8) 끈끈이대나물.
9) 야생 자두나무.
10) 서양지치(꽃과 잎을 달여 발한제, 이뇨제로 사용하는 식물).
11) 찔레나무.
12) 목서과(木犀科)의 소관목. 잔가지가 많고, 향기가 진한 흰 꽃이 핀다.
13) 황색 석용황.
14) 붉은 김의털아재비류.
15) 금작화.

arroche[16]이라고도 말했다. 나는 자연과학 교사인 키다리 쥘리에트가 맘에 들었다. 아주 단순 명료한 그녀의 말이나 명명을 듣는 것이 무한히 즐거웠다. 하느님은 진실로 **말씀**이시다. 삼라만상은, 예외 없이, 지극히 비천한 것조차도, 일단 명명되면 존재가 증폭되고 독자성이 두드러지면서 화사하게 변한다.

*

클레르 므뷔앵에 대한 나의 마지막 기억? 바닷가재 양어장을 에워싼 콘크리트 담 위에서 균형을 유지하며 걸어가는 모습이다.

그녀는 끊임없이 걸었지만 걷는 것이 그녀의 고통을 '달래주지는' 못했다. 시몽의 죽음을 지울 수도 없었다. 걷는 것은 위로가 되지 못한다. 상념에 잠기게 할 뿐이다. 한 걸음 뗄 때마다 논거가 제시된다. 무릎을 들어 올릴 때마다, 무릎으로 수단[17]을 밀어 올려 공기를 가를 때마다, 머릿속에서는 의문이 떠오른다. 걷기는 '곳'인에서 무엇의 길을 트고, 시간 안에서 무엇을 구넝 낸다. 그녀는 금작화 밭에서 낮은 목소리로 중얼거렸다. 사람들은 폴의 누나가 좀 돌았다고 했지만, 실은 깊은 상념에 잠겨 있는 거였다. 내가 사랑하는 남자의 누나는 동생이 도무지 이해하지 못하는 무엇을 알

16) 갯는쟁이.
17) 가톨릭 신부의 긴 옷.

219

고자 애쓰고 있었다는 게 내 생각이다. 그나 내가, 우리 둘 다 알지 못하는 어떤 얼굴을 그녀가 찾아냈으리라는 생각이 든다. 물론 클레르 므뛰앵이 나처럼 신을 믿는다는 그런 뜻이 아니다. 그녀라면 '자신을 괴롭히는 것의 얼굴을 뚫어져라 쳐다보았다'고 말할 수도 있다. 아마도 우리가 '존재한다'고 부르는 것이 그런 것이리라. 나중에 그녀는 자신을 괴롭히는 것의 얼굴을 뚫어지게 쳐다보지 않게 되었다. 점차 물끄러미 바라보았다.

*

그녀를 보고 있으면, 여자들은 남자들(적어도 동성애자인 남자들. 물론 폴도, 나도, 하느님 당신도 포함된다. 하느님의 경우엔 최소한 반은 포함되는데, 당신이 우리 모두를 사랑하고 만드셨기 때문이다)과는 반대로, 즉 남자들이 자기들끼리 상대를 욕망하듯이 남자들을 욕망하는 게 아니라는 생각이 들었다.

여자들은 남성 성기의 도저한 아름다움을 잘 느끼지 못한다.

여자들은 게다가 남성이 장악한 권력, 그것의 은밀한 사용, 남성의 예속화, 금전의 탈취, 탐나는 무엇의 획득을 위해 남자를 유혹하는 것이 아니다.

여자들은 자신이 포옹하는 남자의 자식을 원할지라도, 남성의 증식이나 여성 자신의 증식, 혹은 자식을 내질러 세상을 얻으려는 복수의 일념에서 그러는 게 아니다.

여자들이 남자에게 기대하는 바는 그의 옆에서 지루하게 늙어
갈 집조차도 아니다.

여자들에게 남자가 필요한 이유는 설명할 수 없는 무엇인가에
그가 위안이 되기 때문이다.

*

나는 폴과 함께 클레르 옆에서 그토록 오랜 세월을 살고 난 지
금에야 비로소, 그녀가 걸어온 길이 사랑의 길이라기보다는 다른
세계의 길이라는 데 생각이 미친다.

덤불, 절벽, 내포, 바위, 동굴, 섬, 배…… 물론 이런 것들은 시
종일관 시몽 클랭과 관련된 정류장들이지만, 그곳에 더 이상 시몽
의 존재는 필요하지 않았다.

그녀가 품은 애정의 참으로 아름다운 기호들은, 아름다움 저
너머로, 공간에 일종의 길을 만들었다.

*

어느 날 나는 용기를 내서 클레르 므튀앵과 단둘이 말을 했다.

"폴과 당신에게 어린 여동생이 있었다고 파비엔이 그러더군
요."

"맞아요."

"당신 부모님께서 돌아가신 그 자동차 사고 때 사망했을 거라던데요."

"거의 그래요."

"그런데 파비엔 말로는 그게 사고가 아니라고 했어요."

"그 말도 사실이에요."

"그렇다면 어떻게 된 건가요?"

클레르는 즉시 대답하지 않았다. 자리에서 일어나 창가로 갔다.

"우리 어머니가 떠나기로 결심했었죠. 아빠는 그걸 원치 않았고, 차를 절벽 난간으로 몰아 시멘트 가드레일에 부딪혔어요. 아빠와 레나는 즉사했죠. 폴과 나는 살아남았고요. 엄마도 살았어요. 실은 엄마가 나중에 자살한 거예요. 근데 장, 폴에겐 아무 말도 하지 말아줘요. 아니 말해도 좋아요, 난 상관없으니까. 폴은 이 사실을 모르거든요. 알고 싶어 하지도 않고요. 내 생각엔 한 번도 알고 싶어 한 적이 없었어요."

*

클레르의 신은 매우 난폭했다. 바로 날씨 그 자체였다. 그녀는 그 사실을 숨기지 않았다. 사위가 어두워지고, 일체가 헝클어지고, 노호하고, 천둥이 치고, 요란하게 아우성을 치기 시작할 때 그녀가 내게 말했다.

"나와 함께 나가요. 난 폭우가, 폭풍이, 뇌우가 보여주는 광경이 좋아요. 폴의 방수복을 입도록 해요. 갑시다, 장. 폴은 늘 '겁'을 냈거든요."

*

성당에서부터 바다가 내려다보이는 절벽 끄트머리까지 걸쳐 누운 세 개의 커다란 와암은 기독교와 무관했다. 기독교 세계보다 훨씬 더 오래된 것들이었다. 그런데 와암들 중 하나에 예수 수난의 도구들이 새겨져 있었고, 다른 하나에는 뱀이나 파도에 에워싸인 도끼가 새겨져 있었다.

*

날이 저물 무렵이면 수평선이 붉은색으로 변한다.

그녀는 밖에 앉아 있었다.

성당의 의자를 성낭 앞으로 끌어다 놓았다.

나는 꽃꽂이와 관리를 구실로 라클라르테 노트르담 성당의 열쇠를 그녀에게 복사해주었다. 어느 날 부두의 아래쪽 소성당에서 미사를 마치고 다시 라클라르테의 기나긴 계단을 올라가던 중에 그녀를 보았다. 그녀는 졸고 있었다. 무릎에 스코틀랜드산 모포를 덮고 있었다. 나는 방해가 될까 봐 소리가 나지 않게 멀리서 바라보았다. 폴, 칼레브 영감, 쥘리에트, 우체국 아줌마도 대체로 나처

럼 했다. 혹시나 방해가 될까 봐 옆에 가서 앉지는 않고, 그녀가 바
닷물을, 수평선을, 이따금 바다와 하늘이 맞닿아 사라지는 신비한
경계를 살피는 모습을 바라보기만 했다.

나는 그녀의 시선을 따라가보았다. 그런데 그날따라, 주시하
는 대상이 수평선이 아니라 해수면 위로 드러난 커다란 푸른 바위
였다. 회색빛 물 밖으로 노출된 바위에는 수직으로 뾰족하게 돌출
된, 분홍색과 갈색의 자잘한 융기들이 듬성듬성 솟아 있었다.

파도는 거의 일지 않았다.

하늘은 온통 노르스름했다.

날씨가 포근했다.

나는 모포 위에서 포개지는, 햇볕에 그을리고 소금에 절고 늙
은 두 손을 바라보았다.

*

그녀는 정말로 브르타뉴 토박이처럼 되었다. 도처에 수국을 심
었다. 농가를 따라가며, 농가의 다른 쪽에도, 구멍이 지나치게 깊
게 파였다 싶으면 모랫길에도 심었다. 습기를, 비가 올 때 홈통에
서 떨어지는 빗물을, 그리고 푸른 화강암 봉우리 부근에 고여 자
그만 분지들을 형성하는 수로의 물을 흡수하려는 목적에서였다.

*

　저녁이면, 그녀는 바닷물을 따라 또 걸었다. 그런 다음에야 우리에게 돌아왔다. 해가 서서히 어두운 물속으로 미끄러져 들어갔다. 그녀는 다시 밖으로 나가 어슬렁거렸다. 잔잔하게 이는 파도의 자취를 따라 갈지자로 누비며 젖은 모래사장에서 조개껍질들 사이로 걸어 다녔다. 어느 날 그녀는 우리에게 이런 말을 했다. 갑자기 노랫소리가 들려왔다고.

　그녀는 멈춰 섰다.

　바다에서 들려오는 멜로디가 아니었다. 저 높은 하늘에서 그녀에게 말을 건네는 하느님의 목소리도 아니었다. 여인의 목소리였다. 젊은 여인, 그것도 아주 젊은 여인의 목소리였다고, 폴을 향해 돌아서며 그녀가 말했다. 게다가 목소리는 땅에서 들려왔다고 했다.

　그녀는 목소리의 진원지를 향해 결연히, 천천히, 조심스럽게 발걸음을 옮겼다. 물결이 철썩이면 파도 소리에 묻혀 목소리의 방향이 아리송해졌다. 그녀는 서쪽으로 펼쳐진 백사장과 바위들을 가로지르면서 샅샅이 살폈다. 마지막 회색 화강암 바위들로 기어 올라갔을 때였다. 제일 높은 바위들에 벌어져 생긴 틈이 있었다. 그것은 분홍빛 이끼팡이에 뒤덮인 정말로 하나의 틈새였다. 두 번의 시도 끝에 겨우 사암 내벽에 몸을 들이밀 수 있었다. 몸을 안으로 집어넣었다. 어떻게든 비집고 들어갈 작정이었다. 아주 길고 가느다란 몸매였는데도 몸을 비비 꼬지 않을 수 없었다. 마침내 틈새의 끝에 이르렀다.

틈새를 빠져나오는 즉시 절벽의 동쪽 비탈길을 오르는 구불구불한 오솔길이 나타났다.

오솔길은 협소할뿐더러 풀이 무성하고 곳곳이 덤불로 막혀 있었다. 짚과 그루터기와 자잘한 자갈 들을 밟으며 나아갈 수 있게, 그녀는 즈크 신발[18] 뒤축에 가는 가죽 끈을 둘렀다. 푸른 엉겅퀴가 무척 많았다. 그녀는 조심스럽게 엉겅퀴를 피했다. 회색 면 천의 짧은 치마를 입고 있어서 맨다리를 긁히기 십상이었다. 특히 쐐기풀의 넓적한 잎사귀의 따끔거리는 털을 조심했다. 날이 저물어갈 무렵 그녀는 서쪽으로, 노랫소리가 들려오는 곳으로, 아름다운 황금빛을 향해 걸어갔다. 그녀는 황금빛으로 물든 살문을 들어올렸다. 귀리가 살문을 옴짝달싹 못하게 포위하고 있는 탓에 살문의 다리를 들어 옮기는 데 엄청나게 힘이 들었다. 다리를 뒤쪽 구멍에 끼워 넣을 때는 훨씬 더 힘이 들었다. 구멍에 진흙이 잔뜩 들어가 말라붙었기 때문이다. 그녀는 말뚝 둘레에 다시 쇠고리를 끼웠다. 그리고 금작화가 섞인 풀들, 드러난 진흙, 늪, 그리고 눈앞에 펼쳐진 정원을 바라보았다. 앞으로, 앞으로 절벽의 집을 향해 걸어갔다. 모래 구멍투성이의 긴 잔디밭을 올라가니 집이 나타났

18) 질긴 천으로 만든 운동화의 일종.

다. 문을 겸한 창문은 활짝 열려 있었다. 노랫소리는 바로 그곳에서 흘러나왔다. 음악 소리는 점점 더 커졌다. 소리가 더 강해질수록 점점 더 아름답게 들렸다. 옆모습만 보이는 한 남자가 첼로를 연주하고, 그 앞에서 거의 뒷모습만 보이는 여자가 노래를 불렀다. 더 나이가 많은, 아주 연로한 다른 여자는 피아노를 쳤다. 음악가들은 문을 겸한 창문을 통해 그녀를 보았다. 그녀는 경사진 잔디밭을 올라오는 중이었다. 그들은 연주를 계속했다. 그녀는 그들에게 미소를 지으며 안으로 들어갔다. 첼로 주자가 고갯짓으로 소파를 가리키며 앉으라는 신호를 보냈다. 그녀는 소파에 앉았다. 두 눈을 감았다.

제2장

쥘리에트

우리 어머니는 키가 크고 깡마르고, 불거진 이마, 움푹 파인 두 뺨, 아주 작고 까만 눈을 지니고 있었다. 불안정한 눈에는 불안이 가득했다. 그녀 나름의 특이한 아름다움이 느껴졌다. 무엇보다도 꿋꿋하게 걸었다.

기개 있는 자세와 걸음걸이가 돋보였다.

화를 낼 때도 언성이 높아지는 대신 얼굴이 해쓱해졌다. 창백하다 못해 거의 파랗게 질렸다. 죽을까 봐 겁이 날 지경이었다. 그녀가 반투명해지고, 진땀으로 번질거리고, 심장병 환자처럼 돌변하면, 누구라도 그녀의 말을 따르지 않을 도리가 없었다.

검은 가마우지들은 그녀에게 거의 길들어 있었다. 어떻게 했는지는 모르겠다. 새들이 날아와 작은 회색빛 도가머리를 흔들며 그녀에게 인사했다.

엄마는 끊임없이 밖으로 뛰쳐나가려 했다. 수년 전에 당신이 살던 농가의 본채가 화재로 소실된 이후로, 닫힌 공간이라면 어디서나 불안해지는 모양이었다. 열쇠로 문을 잠그는 것만으로도 그녀를 일종의 호흡 정지에 빠뜨리기에 충분했다. 심지어 통풍이 잘 되고 빛이 있는 곳이라도 창문이 활짝 열려 있지 않다면, 엄마는 즉시 유폐된 것처럼 굴었다. 그래서 다른 사람들의 집을, 겨울에는 식당을, 계절과 상관없이 언제나 영화관을, 해수 테라피 센터 치료실을, 실내 수영장을 아주 싫어했다.

도처가 감옥이고, 어디서나 초조하고, 어딜 가든 불안했다.

*

그녀는 푸조 403이나 폴크스바겐 같은 차는 타지도 못했다.

*

신문 가판대 맞은편에 무릎을 꿇은 자세의 폴 삼촌이 떠오른다. 자전거 바퀴를 고정시킨 파란 맹꽁이자물쇠를 손바닥에 올려놓고 바라보고 있다. 자물쇠는 아주 새것이다.

내가 다가가서 무슨 일이냐고 묻는다.

"비밀번호를 잊어버렸어." 삼촌이 대꾸한다.

얼빠진 듯 보인다.

내가 말한다.

"엄마 생일로 한번 해보세요."

자물쇠가 열린다.

*

그들은 서로에게 별로 말이 없었다. (장 신부가 없을 때도 삼촌과 엄마는 그다지 많은 대화를 나누지 않았다.) 일단 어둠이 내리면 그들은 대체로 밖에서 정원 의자에 나란히 앉았다. 별다른 일을 하는 게 아니었다. 그저 바다나 구름을 바라볼 뿐이었다. 서로 손을 잡고서였다. 하나가 잠들면 다른 하나가 깨웠고, 손을 잡아끌고 함께 집 안으로 들어가 잠자리에 들었다.

*

신부가 있을 때는 '생말로의 크라클랭'[19]을 잊으면 안 되었다.
폴 삼촌이 내게 큰 소리로 말하곤 했다. "장에게 줄 로크[20]마리아의 가보트 당텔을 잊지 말아!"
폴 삼촌이 메밀 크레이프를 만들던 기억이 난다. '기름 묻힌 헝겊으로 프라이팬에 기름을 두르고, 라클레트[21]로 반죽을 펴고, 뒤지개로 전병을 떼어내기', 이상은 텔레비전 France 3 채널에서 현

19) 바삭바삭 소리가 나는 딱딱한 비스킷.
20) 가보트 당텔 제조업체의 이름.
21) 긁어내는 연장.

재도 방송되는 광고 카피다.

엄마는 설거지를 싫어했다. 장보기도 싫어했다. 슈퍼마켓에 들어가는 것도 싫어했다. 이 전부를 폴 삼촌이 도맡아 처리했다. 세탁기를 돌리고, 빨래를 너는 일도 삼촌 몫이었다. 삼촌은 그 모든 일을 기꺼이 했지만, 다림질만은 하지 않았다. 세탁기가 멈추면 빨래를 널어놓는 것으로 그쳤다. 엄마의 옷들, 신부의 옷들, 내 옷들은 하나같이, 사실 구김은 별로 없지만, 좀 까칠하고, 늘어지고, 이상하게 구멍들이 뚫려 있었다. 엄마는 떠돌아다니기만 했다. 신부가 집에 있을 때면, 폴 삼촌은 조리 시간이 몇 시간씩 걸리는 음식을 만들기 위해 기꺼이 소매를 걷어붙였다. 그들 셋 모두가 삐쩍 말랐고, 황야와 암벽들을 어찌나 걸어 다니는지, 삼촌이 준비한 저녁 식사는 먹는 즉시 소모되었다. 그들이 정말로 무엇을 먹는 것은 — 적어도 우리 엄마와 삼촌의 경우 — 저녁 식사가 유일하다는 말은 할 필요가 있을 것 같다.

*

생테노가의 해변을 거쳐, 해수 테라피 센터를 지나고, 절벽의 돌출부와 굴 동굴을 지나면, 바다에서 수직으로 솟아 있는 작은 도시가 있다는 설명을 해야겠다. 도시 아래쪽에는 소규모의 낯선 부두가 있었다. 고작 저인망 어선이나 보트 몇 척, 섬들과 항구들을 잇는 순환선만 입항이 가능한 규모였다. 절벽 위에 펼쳐진 황

231

야는 보존 상태가 별로 좋지 않았다. 라클라르테 노트르담 성당이 거대한 와암지대인 피에르쿠셰를 다소 기독교화시킨 이후로, 이 소도시는 '라클라르테'라는 도시명으로 불리게 되었다. 엄마가 늙어갈수록, 황야의 상태에 대한 엄마의 걱정도 늘어만 갔다. 엄마의 옛 연인이고, 라클라르테 항구의 시장이던 시몽 클랭도 수차례의 연임 기간 동안 도시의 자연과 생태 보호를 위한 노력을 많이 기울였다는 사실을 알게 되었다.

*

신부가 떠나 한동안 돌아오지 않았다(그는 생드니의 '예술과 역사박물관'의 관리인과 동거에 들어갔다). 신부의 이름은 장이다. 폴삼촌이 무척 힘들어했다. 그는 한참 뒤에야 돌아왔다.

*

엄마는 우아하지 않았다. 비키니 수영복 차림에 진흙이 덕지덕지 묻은 투박한 신발을 신고 불쑥 나타나는가 하면, 빈약한 엉덩이 위에서 배낭이 건들거리기도 했다. 갈고리를 내밀어 둔탁한 소리를 내며 바위들 틈새의 주름꽃게와 큰 게를 쫓아다니기도 했다.

하루는 엄마가 천천히 손가락을 치켜들더니, 조용히 내게 하늘을 가리켰다.

독수리 두 마리가 하늘 한복판에서 돌연 합류했고, 꼼짝도 하지 않다가 나선형으로 내려오기 시작했다. 어지러운 하강 중에도 두 날개를 쫙 펼치고 서로의 발톱을 움켜쥐어 마주 본 자세를 유지했다. 수면까지 3미터 남짓한 지점에 이르자, 일순간 단번에 서로 떨어졌다. 그리고 각기 홀로 비행했다.

느닷없이, 전혀 예상치 못한 순간에, 두 마리는 다시 합류했고, 전속력으로 절벽 위로 올라가더니 숨어버렸다. 그토록 관능적이고 그토록 아름다운 광경을 본 적은 거의 없었다.

*

조류학자들은 겨울을 나기 위해 매년 정확히 같은 지역의 같은 장소를 선택하는 새를 철새라 부른다. 갈매기, 왜가리, 가마우지는 모두 철새이다. 칼레브 영감은 '철새들'의 둥지를 모조리 꿰고 있었다. 그는 내게 새들의 은신처를 하나씩 알려주었다. 나도 엄마에게 알려줄 생각이었는데, 엄마는 빠짐없이 알고 있었다. 오히려 칼레브 영감이 모르는 다른 둥지들까지 내게 알려주었다. 엄마의 시선은 아무것도 놓치지 않았다.

*

엄마를 두번째로 본 것은, 레옹이 처음으로 말없이 나를 떠나

233

버리고 나서였다. 나는 여름 한 달간 농가에서 기거했다. 엄마는 나를 배려하느라 당신의 고장을 샅샅이 보여주었다.

엄마는 무엇이든 가리키며 말했다.

"저것 좀 봐."

엄마의 주된 관심사는 늘 볼거리였다.

"어때, 아름답지."

엄마는 또 나를 소도시에도 데려갔다.

엄마는 당신의 출생지인 생테노가 마을과 시몽이 시장을 지낸 라클라르테 항구를 무척 좋아했다.

엄마는 도크, 수문, 두 개의 방파제, 그리고 카페와 우체국 바로 맞은편 선착장의 잔교를 보여주었다.

해운업 협동조합, 모퉁이 건물 아래쪽의 '사진-신문-담배' 상점을 보여주었다.

높다란 계단을 보여주었다.

다른 쪽의 우체국, 부두 카페, 빵집, 신발 가게를 보여주었다.

수영복 상점, 부동산 중개업소, 크레디 아그리콜 은행 옆의 미용실을 보여주었다.

시청으로 이어지는 국민 계단—무미건조한 혹은 소름 돋는 명칭이지만—을 보여주었다.

공중전화 부스, 시의 게시판, 남성용 공중화장실, 이 모든 것의 중심에 1제곱미터의 작은 테라스가 있었다.

엄마의 연인이 시장직을 수행하던 바로 그곳이었다.

엄마는 이 항구를 무척 좋아했다. 회색과 검은색 벽들을 좋아했다. 파랗기보다는 대체로 하얀 이곳의 하늘빛을 좋아했다. 절벽에서 내려오는 계단을 좋아했다. 그것은, 소위 아득한 옛날부터, 아마도 와암 자체가 생긴 무렵부터 있어온 암석을 파내서 만든, 어지러울 정도로 높다란 계단이었다. 쇠로 된 난간만은 제3공화국 시절에 설치된 것이었다. 계단의 거의 중간쯤인 절벽의 측면에, 즉 처음 나타나는 슬레이트 지붕 높이에 이르렀을 때, 다시 말해 마을의 집들이 나타나기 시작할 무렵이 되어서야 엄밀한 의미에서 정말로 라클라르테에 도착했다고 볼 수 있었다. 화강암과 석영 담장을 따라 이어지는 계단은 알루미늄 난간이 있는 훨씬 가벼운 나무 계단이었다. 이 계단으로 사람들은 이 집에서 저 집으로, 이 테라스에서 저 테라스로 떨어질 위험 없이 옮겨 다닐 수 있었다. 돌출된 집들은 대부분 아래쪽 집들의 지붕을 테라스로 사용했다.

*

마침내 엄마는 라동 농가의 작은 정원에서 완전히 손을 놓아버렸다. 더 이상 정원을 가꾸지 않는 대신에 황야 전체를 관리하기 시작했다. 폴 삼촌이 대나무들과 맞서 싸울 수 없게 되었던 것 또한 사실이다. 삼촌은 대나무와의 전투에서 패배했다. 농가 주변 어디에나 대나무가 돋아났다. 잔디밭은 넓은 대숲 한복판에서 일종의 을씨년스런 마당으로 바뀌었다. 늪의 물도 말라버렸다. 여름이면 군데군데 벗겨진 일종의 노란 이끼가 잔디밭을 장악했다. 그런 다음에 먼지처럼 부스러졌다. 장미 나무들은, 끈질기게 꽃을 피우면서도 야릇하게 변했다. 아주 길쭉해지고, 잎도 없어지고, 각이 진 게 영 볼품이 없었다. 잎사귀는 달팽이들이 모조리 먹어치웠다. 도처에 달팽이가 있었다. 물뿌리개 속에 달팽이가 가득했다. 덧문 뒤쪽에도 달팽이 여남은 마리가, 마치 세상의 종말을 예고하는 것처럼 서로 포개져 쌓여 있었다.

마침내 엄마는 내가 오는 걸 좋아하게 되었다는 생각이 든다.

엄마는 생애 말년에 이르러 내게 애정을 느끼게 되었다고 믿는다. 이따금 내가 차를 몰고 나타나면 아주 반색을 했다.

*

폴 삼촌과 엄마의 머리칼이 희어졌다. 그들의 밤색 더플코트도 회백색으로 바랬다. 두 사람 모두 크리스털이 촘촘하게 박힌 반짝이는 튜닉을 입었다.

엄마는 늘 밖으로 쏘다녔지만 볕에 그을리지 않았다.

그을리지 않았는데도 (나이가 들수록 별로 그을리지 않았다) 얼굴에서는 더욱 빛이 났다. 두 눈의 열기도 한결 더해졌다. 두 볼은 늘어졌다. 하지만 주변의 모든 사물과 일어나는 모든 일에 대한 관심은 도무지 식을 줄 몰랐다.

늙어가면서 눈빛은 점점 더 깊어지고 까매졌다.

행복으로 빛나는 까만 눈이었다. 금발이나 노랑머리보다는 훨씬 더 백발에 가까운 희끗희끗한 머리칼에 에워싸인 작은 두 눈은 연탄처럼 새까맸다.

*

2016년, 난 레옹과 완전히 헤어졌고, 언니와도 더 이상 보지 않고 지냈다. 레옹 문제로 언니와 사이가 틀어졌기 때문인데, 언니가 레옹 편을 드는 바람에 더 이상 참을 수가 없었다. 나는 기진맥진해져 여름을 지낼 작정으로 엄마 집으로 왔다. 날이 더웠다. 먼지투성이의 나뭇잎들에 이상하게도 작은 구멍이 송송 뚫려 있다. 땅은 쩍쩍 갈라지며 색이 칙칙해졌다. 완전히 말라죽지 않은 풀은 노랬다. 나는 당황했다. 그에게 전화를 했다(폴 삼촌에게 전화하니 엄마가 있는 곳을 알려주었다). 엄마가 해변에서 올라오고 있는데 내 차가 오솔길에 먼저 들어섰다. 나를 보자마자 엄마는 차를 향해 다가왔다. 눈빛에서 긴장감과 기쁨이 느껴졌다. 단언하건대 엄마는 기쁜 듯했다. 그런데 몹시 야위었고, 머리칼은 하얗다기보다 회색에 가깝고 상당히 지저분했다. 엄마에게서 좋지 않은 냄새가 났다.

그날, 엄마는 그리 하얗지 않은 셔츠에 딱히 베이지 색도 아닌 팬츠 차림에 맨발이었다. 내게 뭔가를 가리키며 뭐라고 말했는데, 목소리가 너무 작은 탓에 알아듣지 못했다. 엄마의 작고 가녀린 손목에 작고 동그란 뼈가 불거져 있었다. 나는 엄마와 함께 바라본다. 엄마가 가리키는 뭔가를 보려고 애쓴다. 엄마가 설명한다.

"물수리들이 지난해 만든 둥지를 손보는 중이란다."

*

엄마에 대한 마지막 기억은 아니지만, 바로 이곳에서, 7월이었다. 엄마가 비탈에 앉아 있었다. 딱총나무 흰 꽃무리로 이루어진 커다란 산방화서와 같은 높이에 있는 엄마 얼굴이 새하얗게 보였다.

*

먼 바다는 아직도 캄캄한데 여기저기서 작은 빛의 섬들이 생겨나고, 수면은 점차 황금빛을 띠기 시작한다. 소리 없는 폭발처럼 돌연 나타난 초록빛 선, 그로 인해 하늘이 희끄무레 밝아진다. 도저한 아름다움에 홀연 엄마의 두 다리가 사라진다. 회색 화강암 바위에 주저앉는다. 이제 해가 솟는다.

*

엄마가 느리게 다가가도 매들은 깃털을 헝클거나 날개를 펼치지 않았다.

*

어느 날 늙은 우리 엄마가 대나무숲 한복판에 있는 '정원'의 잔
여물들 가운데로 오더니 내 옆에 쭈그려 앉았다. 날이 푹푹 쪘다.
나는 안락의자를 끌어내 문밖으로 밀었다. 거의 말라붙은 늪보다
상대적으로 시원한 곳에 있을 생각으로 수없이 많은 대나무 그늘
로 들어갔다. 의자를 앞에 놓고, 그 위에 다리를 얹은 채로 그만 깜
빡 잠이 들었을 때다. 엄마가 나지막한 목소리로 말했다.

"그 사람은 물에 뛰어든 거란다."

"확실해?"

"응."

*

죽음조차도 그들을 갈라놓지 못한 듯하다. 어쩌면 그 반대일
것이다. 그의 죽음이 그들을 결합시키지도 못했지만, 그는 여기에
있다. 늘 이곳에 있다. 줄곧 엄마와 함께 있다. 그건 서로 마찬가지
다. 엄마도 늘 그와 함께 있으니까. 엄마가 그를 돌본다. 그는 만
(灣)이 되었다.

엄마는 매일 자신의 웅달 자리, 만의 그늘진 곳에 가서 앉았다.

날마다 큰 갈매기 둥지가 있는 절벽 바로 맞은편 바위 모퉁이에 몸을 숨기고 앉았다.

엄마에 대한 마지막 기억? 농가의 담장을 따라 짧게 깎인 풀들이 약간 있었다. 그 담장은, 무성하게 번지는 대나무들 다른 쪽에 있어서 늘 응달이 졌다. 농가 쪽에서는 좋은 냄새가 났다. 담장 너머로 굵은 등나무가 솟아 있었다. 5월 말부터 생기는 그늘을 넓히려고 폴 삼촌이 심은 나무였다. 어느 것이나 좋은 냄새를 풍겼다. 6월의 더운 날이었다. 우리 둘이서 등나무 꽃송이 아래 앉아 있었다. 멀리서 깃털을 털고 난 참새들이 날아와 폴 삼촌이 땅바닥에 내려놓은 찻잔의 물을 마셨다. 사위가 고요했다. 우리 둘뿐이었다. 다른 아무도 없었다. 폴 삼촌도, 장 신부도, 시몽도 없었다. 엄마는 내 손을 잡았고, 한마디도 하지 않았다. 엄마의 숨소리가 경쾌했다. 약간 소리 나게 숨을 들이마셨다. 늙어가면서 엄마는 땀냄새, 건초, 소금, 요오드, 바다, 화강암, 이끼팡이의 냄새를 풍기기 시작했다.

제3장

폴

　우선 나 자신에게 큰 책임이 있는 줄도 모르는 사이에 내 안에
서 무슨 일이 일어났는지부터 설명해야겠다. 나 개인의 삶을 송두
리째 바꿔놓은 일이었기 때문이다. 그러니까 2008년 시몽 클랭의
아내가 저지른 농가의 화재 사건이 발생한 직후였다. 누나가 실종
되었을 때다. 파비엔 레 보세가 파리로 전화해서 내게 가급적 빨
리 오라고 했을 때다. 더 정확히 말하자면, 누나가 라동 부인 댁에
있을 거라는 파비엔의 말에 나도 그러기를 바랐지만 그곳에 누나
가 없다는 사실을 알게 되었을 때다. 파비엔과 내가 디나르와 생
테노가를 헤매고 다닐 때였다. 둑에서 배를 기다릴 때였다. 랑스
를 거쳐 생말로에서 병원을 찾아가던 때였다. 그 몇 시간 내내 파
비엔의 말을 듣고 나는 클레르 누나가 죽었다고 믿었다. 25년간
의 내 삶이 그 순간 불시에 박살이 났다. 두 조각으로 합쳐졌던 우
리의 존재가 내 안에서 둘로 갈라졌다. 두 조각으로 분리되어 해
체되었음을 느끼는 순간, 누나에게 내가 얼마나 깊은 애착을 느끼

고 있었는지를 깨달았다. 누나의 시선 없이 어떻게 살아갈지 막막할 따름이었다. 누나와 나로 이루어진 확실하고 믿음직한 공동체가 사라지자, 나는 그만 길을 잃고 말았다. 갑작스런 누나의 실종에 나는 즉시 텅 빈 껍질처럼 느껴졌다. 내 심정은 단순 명료하게 그랬다. 이럴 경우 누나가 그랬을 것보다 나는 훨씬 더 무너졌다. 돈에 대한 열정도 내심 단번에 식어버렸다. 누나의 실종이 경제 위기와 동시에 발생한 것도 사실이다. 사업도 순식간에 파국을 맞았다. 하지만 내가 파리에서의 활동을 접고 아렌 거리의 아파트를 팔게 된 것은, 금융 위기 탓만은 아니었다. 영화며 식당, 술집, 야회, 디스코텍, 친구들, 파트너의 육체적 매혹 역시 파국을 맞았기 때문이다.

우리는 타이어 위에서 잠들어 몸이 얼어붙은 살아 있는 누나를 찾아냈다.

누나의 가장 기이한 괴벽들이 등대의 불빛이 되어주었다.

누나는 도시의 대로보다 진흙탕 길을 더 좋아했다.

텔레비전보다 안개 자욱한 늪 주변의 야경을 더 좋아했다. 저 아래 바다에서 떠다니는 모터보트와 정어리잡이 배를 말없이 바라보는 걸 더 좋아했다.

마침내 약사나 관광객 들보다 갈매기와 작은 참새 들을 더 좋아하게 되었다.

누나의 광기는 불안의 발작이 거의 사라진 터라 적어도 한동안은 훨씬 덜 심각했다.

눈은 새까매지고 안정되었다. 마치 생각에, 심상에, 기억 속 풍경에, 매혹적인 꿈에 미소를 짓는 듯했다.

누나는 바위들 틈에 무릎을 꿇고 앞으로 고개를 숙였다. 하얀 티셔츠와 회색 팬츠 차림이었다. 잿빛 엉덩이가 위로 솟는 게 보였다. 나는 가까이 다가갔다. 누나의 입술이 해수면에 닿았다. 혀를 내밀어 바닷물을 핥아 마셨다. 바로 그날이었다. 점심 식사 시간에 주방에서 누나를 만났을 때 내가 물었다.

"좀 전에 누나를 봤어. 바닷물을 마시면 안 돼. 더럽거든sale. 무지하게 짜고salé."

"그래 짜. 난 좋은데. 매일 한 모금씩 마시고 있는걸."

"매일?"

"응. 날마다 점심 식사 전에."

"그 물이 지저분하다는 거 몰라?"

"딱한 내 동생 폴, 바다가 지저분하다면, 나도 지저분해지고 싶어."

*

처음에, 그러니까 시몽이 사망한 직후에, 누나는 그곳으로 나가 한두 시간씩 있었다. 우선은 고통으로 인한 탈진 상태에서 선자리에 못 박힌 듯 잠시 있다가, 이내 절벽 꼭대기로 올라가 미동도 하지 않았다. 그가 바닷물 속으로 들어가는 것을 목격했던 바

243

로 그 지점이 정면으로 보이는 곳이었다.

그가 보트를 성큼 넘어서는 것을 보았다는 누나의 말 때문에 이런 장면이 그려진다. '바다가 살짝 열리자, 시몽이 그 안으로 미끄러져 들어가서 이내 사라진다.' 이게 누나의 버전이었다. 내게만 한 말이었다. 다른 누군가에게 말했을 리 없다는 게 내 생각이다. 장에게조차도. 쥘리에트에게는 물론이고.

나중에 누나는 하루 온종일 그렇게 지냈다.

해가 떠서 질 때까지 그곳에 그렇게 있었다. 그곳에 존재했다. 바다를 바라보았다.

아침에, 아니 그 전에, 햇살이 수평선을 뚫고 나타나기도 전에, 어둠이 아직 고여 있을 때 누나는 그곳으로 갔다.

성당과 와암 뒤편으로 한 줄기 희뿌연 여명이 나타날 무렵이면, 누나는 이미 바닷가에 내려가 있었다. 완전히 새로워진 축축한 백사장을 따라 걸었다. 바닷물이 빠지면서 모래는 날마다 더욱 씻기고, 더욱 말끔해지고, 더욱 순수해졌다. 누나는 진창에 찍힌 새들의 신비롭고 가냘픈 발자국을 따라갔다. 조가비, 게 껍질, 해조(海藻) 나부랭이, 자잘한 석영들 사이로 물이 빠져나갔다. 클레르 므튀앵은 먼 곳을 바라보았다. 그곳을 주시했다.

9시가 되면 다시 올라왔다.

그 시간에 액체 운반차도 우유를 수거하러 칼레브 영감의 농가로 올라왔다.

*

어느 날 누나가 한 말에 따르면, '풍경은, 일정한 시간이 흐르면 불시에 스스로 열리며 누나에게 다가온다'고 했다. 그리고 '곳 자체가 제 안에 누나를 끼워 넣고, 단번에 품고, 보호하고, 외로움을 떨쳐버리게 만들고, 보살펴준다'고 했다. 누나의 머릿속은 풍경 안에서 하얗게 비었다. 그럴 경우 나쁜 생각들은 울퉁불퉁한 바위나 가시덤불 혹은 나뭇가지에 걸어둘 필요가 있었다. 그래야 거기 억류되어 꼼짝달싹 못 하니까. 한번은 누나가 완전히 비워진 상태에서 '곳'이 누나 앞으로 확장되었다. 내면까지 이르렀다. 잎이 우거진 잔가지들이 쑥쑥 자라났다. 나비와 파리와 벌 들은 겁 없이 팔랑팔랑 날아다니기 시작했다. 들쥐 한 마리가 불쑥 나타나서 누나의 무릎께로 다가왔다. 노란 이끼팡이로 뒤덮인 바위에 올빼미한 마리가 앉아 있었지만, 올빼미도 누나도 아무런 두려움이나 위협을 느끼지 않았다. 마치 누나는 더 이상 인간이 아닌 듯싶었다. 다른 존재들에게 더 이상 인간으로서, 포식자로서, 파괴자로서 위험을 표상하는 존재가 아닌 것 같았다. 냄새들이 누나에게까지 몰려왔는데, 전부 알 만한, 보다 풍요로운 냄새들이었다. 흙냄새, 박하 냄새, 개암나무 냄새, 고사리 냄새, 이끼 냄새.

차츰 빛이 흐려지면서 색도 칙칙해지고, 침묵은 증대되고, 누나는 석양빛에 물들고 그늘에 휩싸였다. 어둠이 내렸다. 이 모든 일이 일어나는 동시에 누나는 이 모든 것이 되었다.

그리고 누나는 밤이 되었다.

누나의 두 눈이 스르르 감겼다.

어느 날 아침 디나르의 집배원인 파비엔이, 캉칼로 전근되기 훨씬 이전에, 얼빠진 누나를 발견했다. 누나는 절벽 위의 좁은 길에 앉아 있었다. 제정신이 아닌 듯싶었지만 침착했다. 내게 전화를 건 사람은 파비엔이 아니라 부동산 중개업소의 에블린이었다.

파비엔은 클레르 누나를 디낭의 병원으로 데려갔다. 나는 누나를 보러 그곳으로 갔다.

누나는 어린애 같은 표정을 짓고 있었다.

간호사가 말했다.

"누님께서 새벽 2시에 크게 울부짖다 잠이 깨셨어요. 저는 비명 소리에 이끌려 누님 방으로 부리나케 달려갔지요. 누님께서 '여기가 어디에요?'라고 묻더군요. 병원이라고 했더니 어떤 이름을 부르짖듯 불렀어요. 미리 말씀드리는데, 므시외 므튀앵, 누님께선 좀 제정신이 아니세요."

"그 이름이 뭐였나요?"

"시몽."

침묵.

"선생님 성함인가요?"

"아뇨. 우리가 아는 분의 이름이에요. 이웃 마을에 살던 친구랍니다."

*

그 이후로, 어두워지면, 거의 사방 천지로 나는 누나를 찾아다녔다. 하지만 별로 걱정은 하지 않았다. 그 일이 내게는 산책이나 다름없었다. 그 말인즉, 저녁때 절벽 위의 피에르쿠셰에서 성당에 등을 기대고 앉은 누나를 발견하는 일이 점점 더 빈번해졌다는 뜻이다. 그다지 바람이 불지 않거나 관광객이 없을 때는 이곳이 누나가 있고 싶은 장소인 것 같았다. 장이 누나에게 열쇠를 주었다. 누나 자신도 전혀 불안을 느낀다거나 들뜨지 않았다. 나는 어둠에 잠겨 행복에 젖어 있는 누나를 발견하곤 했다. 무릎을 가슴에 꼭 붙이고 구부린 두 다리를 두 팔로 감싸 쥔 자세로, 누나는 몸을 앞으로 뒤로 천천히 흔들면서 바다를 바라보고, 또 어둠 속에서 밀려오는 파도 소리를 들었다.

클레르 누나에 관한 파비엔과 노엘과 에블린의 증언들은 누나의 내면에서 내가 감지한 바와 전부 일치하지는 않았다. 하지만 그녀들은 유아기와 청소년기를 누나와 함께 보낸 사이였으므로, 나보다는 누나를 더 잘 알 터였다. 내 경우엔, 어렸을 때부터 감탄 어린 눈길로 누나를 바라보다가도 예기치 못한 두려움에 불현듯 사로잡히곤 했다. 누나의 거동이나 침묵에서 느닷없이 솟아올라 나를 엄습하던 두려움은 이내 진정되었다. 그것은 늘 비밀이나 암호처럼 느껴졌다. 누나는 늙어가면서 장과 내게서 멀어져 갔다.

장은 아예 안중에도 없었다. 물론 그래서 나는 속상했다. 누나는
세상 사람 모두에게서 멀어져 갔다.

*

내 말은 전부 다 사실이지만, 그래도 나는 도무지 누나를 이해
할 수 없었다. 누나를 사랑했지만, 누나는 나를 주눅 들게 하고, 깊
은 인상을 남겼다. 손위이고 여자인 데다, 내게는 좀 두려운 존재
였다. 나는 자주 나 자신에게 이렇게 읊조렸다. '넌 아마 이해가 안
될 테지.'

*

누나가 비밀의 보유자라는 확신이 들었다. 만일 누나가 내 질
문을 허용했다면 그 비밀의 상당 부분을 밝혀낼 수 있었으련만.
하지만 이후로 누나는 시몽에게만 말을 건넸다.
무슨 말이든 누나가 하는 말은 전부, 라클라르테 항구의 선착
장에 있거나, 생테노가 해변에서 보트를 바다로 밀어내거나, 디나
르 유원지 부두에서 작은 배의 돛을 말고 있는, 먼 곳에 있는 시몽
의 유령에게 건네는 거였다.
그는 비록 사라졌지만, 모든 게 그에 의해 조종되었다.
누나의 몸 주위에서 무척 은밀하지만 매우 강렬한 움직임이 끊

임없이 나타나 줄곧 가볍게 떨렸다. 마치 주기적인 파도 같기도 하고, 숨 막힘과도 흡사한, 그런 움직임이었다.

누나 옆에서 몇 시간씩 걷다 보면 이런 경이로운 순환 궤도의 움직임이 감지되었다. 느낄 뿐 끼어들지는 못했다.

*

나는 신을 믿지 않았다. 우리 중 누구도, 주변 사람들 중 아무도 신을 믿지 않았다. 장이 그런 우리 모두를 위해 신을 믿었다.

*

어떤 새들은 상상을 초월하는 발성법을 지니고 있다. 라클라르테 고지대 황야의 우리 정원(내 잘못으로 일본식 대나무 숲으로 변해버린 농가의 정원)에 있는 통통한 꾀꼬리는 정말 형편없이 노래를 불렀다. 완전 엉망이었다.

그런데 피에르쿠셰의 첫번째 주차장을 지나면 바로 나타나는, 해수 테라피 센터의 쓰레기장 맞은편 암석의 돌출부 끝에는, 끊임없이 기상천외한 발성법을 찾아내가며 노래하는 까치가 있었다. 즉석에서 비길 데 없이 멋진 변주로 노래를 불렀다. 노래하는 시간은 9시였다. 나는 9시 15분 전에 울타리를 따라 난 모랫길 가장자리의 이끼 위에 앉았다. 모랫길이 축축할 때는 해수 테라피 센터의 쓰레기통이 즐비한 인도에 보란 듯이 자리를 잡고 앉았다.
그리고 녀석이 찾아내게 될 새로운 발성법을 초조하게 기다렸다.
한번은 노보텔에서 나온 나이 든 인상 좋은 투숙객이 동전을 원하
느냐고 내게 물었다. 그다음에는 내가 있어도 그러려니 하는 모양
이었다. 쓰레기통들 사이에 끼어 앉은 내 앞을 지나가며 정중하게
인사를 하기도 했다. 쓰레기통들 가운데 앉아 있는 사람은 아마도
배가 고프거나, 마실 것을 원하거나, 돌았다고 여기는 듯싶었다.
단지 뛰어난 새의 노랫소리를 들으며, 그 아름다움에 전율하는 사
람이란 생각은 절대 하지 못했을 거라고 확신한다.

*

　이따금 나 자신이 산책에서 돌아오는 길에 농가 맞은편 늪 부근
의 풀숲에서 잠든 누나를 발견하곤 했다. 움직임이 전혀 없었다.
하루는 알몸으로 덱체어에 누워 있는 누나를 보았다. 극성스런 대
나무들이 말라 죽인 개암나무 그늘에서, 약간 웅크린 자세로 누워
있는 늙은 여자의 알몸은 매우 초라했다.

*

　내가 누나의 몸을 씻길 때마다, 누나가 소금과 땀에 절고 진흙
투성이가 된 몸에 자잘한 나뭇가지나 조개껍질 부스러기까지 붙

250

이고 자신의 여행에서 돌아왔을 때마다, 마침내 물기를 닦아내고 아주 말끔해졌을 때마다, 나는 누나가 대단히 아름답다는 사실에 놀랐다. 몸매는 좋아도 확실히 너무 말랐고 가슴도 지나치게 납작했지만, 누나는 점점 더 아름다워졌다. 하루 열두 시간의 보행 덕분에 엉덩이는 무척 단단한 근육질로 변했다. 아랫배도 나오지 않았다. 음모는 제거했고 성기는 아주 작았다. 누나가 음모를 몽땅 밀어버린 이유를 나는 도무지 알 수 없었다. 시몽 말고 다른 남자와 함께 있는 누나를 본 적은 한 번도 없었다. 누나의 남편도 결혼식 날 한 번 보았을 뿐이라 얼굴도 생각나지 않았다. 누나가 많은 남자를 사귀었을까? 남자와 어울리지 않게 된 것은 언제부터였을까? 누나 방에는 이런 종류의 추억이라 여겨질 만한 것이 전혀 남아 있지 않았다. 거의 빈 방이나 마찬가지였다. 내 방에는 음반들이 가득했다(장의 서재에는 가족 관련 기념품, 성인의 초상, 철학책들이 가득했다). 누나 방에는 물건도 거의 없고 옷가지도 몇 개 안 되었다. 언어 사전조차 없었다. 벽에 그림도 걸려 있지 않았다. 큰 장롱의 선반 네 개 중에서 두 개가 비었다. 어느 날 식탁에서 내가 물었다.

"다른 남자와 사랑에 빠졌던 적은 한 번도 없어?"

누나가 놀란 표정으로 나를 쳐다보았다.

"물론 있어."

"그런데?"

"한 번 정말로 사랑에 빠졌더랬지."

"누구랑?"

"시몽이지 누구겠니."

"그렇다면 고등학교 졸업 이후에, 왜 둘이 멀어진 거야?"

"시몽은 렌으로 갔고, 난 캉으로 갔거든."[22]

"그건 나도 다 알아. 그러니까 왜 그걸로 끝났느냐고?"

"사실, 내가 관계를 끊은 거였어."

"그 새빨간 거짓말이 사실이야?"

"그래. 내가 그 사람 편지에 답장을 끊었거든."

"왜 그랬는데?"

"그 사람 편지가 유치하기 짝이 없었어. 어린애 편지 같았거든. 내가 무척 사랑에 빠져 있던 터라 그걸 받아들이기 힘들었어."

"그럼 사랑을 나누지도 않게 된 거였어?"

"아니, 그땐 그렇지 않았어. 근데 그게 너랑 무슨 상관이니?"

그녀가 일어서며 말했다.

"바보 같은 질문이 아직도 많이 남았니?"

---

22) 앞서 제2부 92쪽에서는 시몽이 캉으로, 클레르가 렌으로 갔다고 나온다. 여기서 지명이 뒤바뀐 것은 키냐르의 실수거나 클레르의 착각 때문이다. 아마도 후자일 가능성이 더 크다. 왜냐하면 작중인물의 불안정한 정신 상태를 드러내려는 작가의 의도적 장치로 읽을 수 있으므로.

*

클레르 누나가 내게 말한다.

"네게 들려줄 이야기가 있단다. 힘들겠지만, 너도 곧 환갑이 될 테니 이제 충분히 어른이잖아. 진실을 알기에 부족함이 없는 어른 이겠지. 그 일이 있은 지 곧 55년이 돼오는구나. 네가 눈을 감고 귀를 막고 산 게 무려 55년이 된다는 말이야. 우리가 아직 생테노가에 살던 때였어. 연일 비가 내렸지. 오후가 끝날 무렵 내가 합창대에서 내려오자 담임 신부님이 되슈보[23]로 우릴 집에 데려다주셨어. 봐라, 우린 진짜 브르타뉴 토박이 맞나 봐. 우리의 삶에 온통 사제들만 있는 걸 보면 그렇잖니. 집 앞에 도착하자 난 가방을 집어 들고, 자동차 문을 열고는 큰 소리로 '안녕히 가세요, 신부님' 하고 인사를 한 다음에 껑충 뛰어내렸단다. 그리고 억수같이 쏟아지는 빗속을 전속력으로 내달렸지. 정말 지독하게 고약한 날씨였어. 문까지 뛰어갔어. 이미 손에 열쇠를 쥐고 있던 터라 최대한 잽싸게 문을 열었어. 온몸이 비에 흠뻑 젖었더라. 즉시 옷을 벗어 던지곤 몸을 말리려고 욕실로 뛰어들었지. 지금도 욕실 문을 열던 내 모습이 눈에 선하게 보여. 엄마가 욕조 안에 누워 있었어. 근데

---

23) Deux Chevaux('두 마리 말'의 의미. 줄여서 2 CV라고도 한다)는 1948~1990년 사이에 생산된 시트로엥사의 대중적 자동차이다.

물이 새빨개. 엄마가 동맥을 끊었던 거야."

"엄만 교통사고로 돌아가셨잖아."

"아냐."

"사고로 돌아가신 게 아냐?"

"그래. 네가 자동차 사고로 다치고 난 이틀 뒤에 엄마는 자살하신 거야."

"엄마가 운전했어?"

"아니. 운전은 아빠가 했지."

클레르 누나가 덧붙인다.

"사고로 우리 여동생이 죽었어."

"우리 여동생이라고?"

"응. 레나."

"마리-엘렌 말이야?"

"뭐, 그렇게 부르고 싶다면."

나는 쭈그리고 앉았다. 경악을 금치 못했다.

"나한테 여동생이 있는 줄 몰랐어."

"거짓말 마. 그 증거로 넌 걔 진짜 이름을 알고 있잖니."

"거짓말 아냐."

"방금 걔 진짜 이름을 말하고선 뭘 그래."

"맹세할게. 누나 말고 다른 여자 형제가 또 있었는지 몰랐다니까."

나는 내 예순 살을 축하하려면 눈물을 흘리는 것도 좋겠다는 생각이 들었다.

"울 필요 없다. 넌 그 앨 싫어했잖아. 너하곤 한 살 터울 여동생이었거든."

"그때 난 어디 있었는데?"

"병원에."

"왜 난 아무것도 몰랐어?"

"우선 넌 사고로 모두 죽었다고 믿었어. 나마저도. 넌 나도 죽었다고 믿었다니까. 그런 네게 사람들은 자초지종을 얘기해주지 않았거든."

"왜 얘길 안 한 걸까?"

"그건 나도 몰라."

"나한테는 왜 더는 아무 말도 안 해준 거지?"

"너한텐 이 말만 했어. 내가 살아 있다고. 네가 나도 죽었다고 믿었으니까. 그게 다야!"

"근데 왜 난 여동생 기억이 하나도 안 날까?"

"네가 원치 않아서겠지."

"걔가 몇 살이었어?"

"세 살. 사실 네 말이 맞아. 원래 이름은 마리-엘렌이었어. 근데 엄마가 원해서 모두들 레나라고 불렀던 거야."

"전부, 누나가 지어낸 얘기겠지."

클레르 누나가 이런저런 잔소리를 해대는 바람에 화가 치밀었다. 예를 들어 요리에 관한 잔소리가 그랬다. 본인은 요리를 하지 않을 뿐 아니라 전혀 할 줄도 몰랐다. 그러면서 내가 직접 개발한 모든 요리에 대해서는 전적으로 부당하게 혹평들을 끝없이 쏟아냈다.

"기트 큰엄마는 꽃상추를 너처럼 요리하지 않았어."

"정말 짜증나게 하는군."

몸 상태가 별로일 때는, 누나는 상상의 동반자에게 말하듯 마르그리트 큰어머니에게 말을 건네기도 했다.

"우리 큰어머니는 네 조리법을 맘에 안 들어 했을 거다."

"날 좀 내버려둬."

"기트 큰어머니는 꽃상추에 설탕을 넣어 쓴맛을 없앴단다."

"그만해, 누나. 좀 나가주라. 바다나 보러 가든가. 애인의 보트나 바라보면서 제발 내가 저녁 식사 준비를 할 수 있게 해달라고."

*

황야에는, 시트로엥 트럭 차체 부근에 너도밤나무가 한 그루 있었다. 키가 훌쩍 크고, 약간 추레하고, 부실한 정수리를 하늘에 드러낸 채 눈에 띄게 휘청거렸다. 수명이 몇 년 안 남은 게 분명해 보였다. 그리고 특히 티티새가 두 마리 있었다. 이끼와 꿀밭에서 부산스럽게 종종거리며 노니는 이 새들은 노래에 뛰어난 재능을 보였다. 둘은 새벽이 아니라 7~8시 정도면 나무 아래에서 만났다. 우선은 노닐었다. 그러다가 나뭇가지에 올라가 함께 노래했다. '함께 노래했다concourir'는 말은 적절치 못하다. 이따금 '단독으로 노래하기se déchaînaient'도 했으니까.[24] 그러므로 녀석들은 네 가지 스타일의 즉흥적 발성으로 함께 노래했고, 또 네 가지 방식에 의거하여 서로 번갈아——각자 독립적으로——노래했다. 정말 아름다웠다.

*

클레르 누나 본인도 '대가virtuose'였다. 심지어 기상학에 관해서도 명실상부한 '전문가'였다. 누나는 시간들을 꿰뚫고 있었다. 각각의 조수와 각각의 시간 내부의 모든 순간을 알고 있었다. 각각의 빛을 계산할 줄도 알았다. 어떤 음악가들은 절대음감을 지니고 있다. 누나에겐 절대시감(時感)이 있었다. 누나는 무엇이든 곧바로 태양과 관련지었다. 분명 아름다움에 매료되어서였을 터인데,

---

24) 원래 concourir는 '협력하다', se déchaîner는 '서로의 속박에서 벗어나다'의 의미지만, 문맥상 의역했다.

그 점엔 이론의 여지가 없지만, 그래도 상당히 미심쩍은 구석이 있었다. 내가 보기엔 훨씬 더 아름다운 장소들이 부지기수였는데도, 누나가 그런 데서 멈추는 일이 한순간도 없었기 때문이다. 필시 편안함이나 앉을 수 있는 여지, 혹은 고요함, 혹은 몰입, 어떻게 말해야 좋을까, 아무튼 이런 것이 누나의 발걸음을 멈추게 했을 수 있다. 아니면 다른 이유로, 가령 초목, 양지, 응달, 냄새, 향기, 돌풍, 좋아하는 꽃들에 이끌렸을 수도 있다. 누나는 이런 특이한 장소를 지성으로 돌보았다. 화강암과 석영, 검은 현무암 광맥, 분홍빛 사암(砂巖), 이끼팡이, 이끼, 모래, 이런 것들을 닦아내고, 종이 봉지, 코르크 마개, 캡슐, 찌꺼기, 잔가지, 갈매기 깃털, 담배꽁초, 말라붙은 해초는 주워서 배낭에 쑤셔 넣었다. 지금껏 내가 본 중에 가장 지저분한 배낭이었다. 누나는 걸음을 멈추고, 배낭을 벗어서 풀고, 내용물을 담아 꾹꾹 누른 다음에, 다시 여미고 어깨에 메었다. 정말이지 미친 노파가 따로 없었다. 누나는 갑자기 주저앉았다. 물끄러미 바라보았다. 그리고 다시 떠났다. 울퉁불퉁한 다른 길로, 다른 지형으로 들어섰다.

*

하얀 머리칼, 새까만 두 눈, 볼이 움푹 들어간 홀쭉한 얼굴.

"왜 그래?"

누나는 어깨를 으쓱했다. 내게 등을 돌렸다. 한쪽 다리를 다른

쪽 다리 아래로 밀어 넣었다. 그러고는 먹는 시늉을 했다. 수프를
숟가락으로 저었다.

"아무것도 아냐."

"날 기쁘게 해주라. 좀 먹어. 누난 너무 말랐어."

"어렸을 때 학교 운동장에서 시몽이 내게 이런 말을 했어. '넌
꼭 X선 흉부 촬영 사진 같다'고."

*

시몽도 나와 마찬가지로 클레르 누나를 잘 파악하지 못했을 것
같다. 누나를 사랑했다는 건 분명하다. 그는 물론 좋은 약사였고,
상당한 물리적 담력이며 수완과 풍채를 두루 갖추었을 뿐 아니라,
건장하고 출중한 외모의 스포츠맨이면서 인명 구조원과 재난 구
조원인 동시에 시장이었다. 하지만 어쨌든 자신이 주역을 맡은 영
화를 완전히 이해하지 못했을 거라는 의구심이 든다.

*

어느 날 나는 장과 함께 생말로의 옛 조선소 작업장에 갔다가,
뜻밖에도 시몽과 그의 아내, 그리고 그들의 아들과 지척에서 조우
하게 되었다. 오리건 소나무와 모아비 나무 냄새가 풍기는 목재
골조들과 용골(龍骨) 한가운데에서였다.

장과 시장이 유럽연합 국가들 내의 어획 문제에 관해 심각하게 나누는 이야기를 나는 족히 15분이나 들었다.

*

내가 마지막으로 시몽을 본 것은 라클라르테에서였다. 그는 약국 맞은편 계단에 앉아 있었다. 안색이 좋지 않아 보였다. 담배를 피우고 있었다. 사실 조제실 앞에서의 흡연은 금지 사항이었다. 그는 부두를 바라보았다.

나는 순환선에서 내렸다. 그가 있는 쪽을 향해 부두로 올라갔다. 그는 위쪽 계단에 팔꿈치를 괴고 등은 시멘트에 기댄 자세로 저무는 해를 마주하고 앉아 있었다. 멀리, 등대 부근에서 입항하는 선박들의 뱃고동 소리가 들려왔다. 성당까지 이어지는 계단을 올라가려면 그 앞으로 지나갈 수밖에 없었다.

"안녕하세요, 시몽."

시몽은 황급히 답례하더니, 얼굴이 새빨개져서 내가 지나갈 수 있도록 자리를 내주었다.

*

시몽이 죽자, 생뤼네르의 신부는 자살 의혹을 구실로 축성을 거부했다. 내게는 무척 잘된 일이었다. 세상일은 정말 요지경이다. 아무튼 그것은 내 생애 절호의 기회였다. 이유인즉, 당장 장을 불러들일 호기가 되었기 때문이다. 그 당시 장은 내 곁을 떠나버린 상태였다.

장은 즉시 달려왔다. 그러니까 바로 다음 날 오후 1시 기차로 왔다는 말이다.

우리의 만남은 생말로 TGV 역의 콘크리트 위에서, 말없이, 열정적으로, 확고부동하게, 결정적으로 이루어졌다.

장이 시몽 클랭의 장례 미사를 집전했다(라동 부인의 장례를 매우 훌륭하게 집전했던 것처럼). 그웨나엘의 단호한 요청에 따라 장례 미사는 매우 색다르고 짐짓 성대하게 진행되었다. 하지만 늘 완벽했던 장은 묘지에서 단지 다음과 같은 말을 했을 뿐이다. 아마 이보다는 훨씬 달변이었겠지만, 아무튼 매우 간결했다.

"하느님께서 슬퍼하십니다. 슬프다고 하느님 당신께서 말씀하셨어요. Tristis est anima mea(내 마음이 슬프도다). 그런데 단지 슬픔만을 말씀하신 게 아니에요. 죽고 싶을 만큼 삶에 환멸을 느낀다는 말씀도 하셨습니다. 당신의 마음이 너무나 슬퍼 더 이상 살고 싶지 않노라고 하셨습니다. 그래서 하느님께서 거듭 말씀하십니다. '지금 내 마음이 죽고 싶을 정도로 슬프도다.'"[25]

25) 『신약성서』, 「마태복음」 제26장 제37~38절 참조.

*

    시몽이 사망하자 평화가 도래했다. 클레르 누나에게 야릇하고 총체적인 평화가 찾아들었다. 요지부동의 평화가 깃들었다. 그 이후로는 날마다 그렇게 살았다. 모든 게 완수되었고, 누나는 그저 완료된 뒤에도 살아남은 거였다. 혹은 완료에 참여하고 있는 것일 수도 있었다. 사랑이 떠나간 이 세계에서 누나는 여전히 떠돌았다. 그리고 모든 게 이미 오래전에 끝나버렸다는 듯이, 그 사랑을 멀리서 지켜보았다. 누나는 황야로 나가 거기서 자신의 여정을 마무리 지었다. 비가 오면, 마치 최후의 비를 맞으며 걷듯이 느리게 걸었다. 더 이상 무엇으로부터도 자신을 보호하지 않았다. 누나는 바다로 내려갔다. 바다는, 오래 바라보거나, 그 기원을 사람의 나이나 도시와 집이 생겨난 시기에 비하면, 거의 영원에 가까웠다. 클레르는 시몽이 되고, 그 '곳'이 되었다. 그러자 삼라만상에서 온갖 두려움이 사라졌다. 그저 숭고할 뿐이었다. 누나는 어디서나 지극히 편안해졌다. 자신이 기원 내의 시초인 양 느껴졌다. 삼라만상이 불쑥 솟아오르면서, 기포성으로 끓어오르는 평화, 근원적인 야릇한 평화에 젖어들었다. 그러자 솟구치는 흥분, 피어나는 꽃, 돌진하는 비상, 흘러가는 구름, 부풀어 오르는 기쁨, 노래하는 새의 부리, 이 모든 게 돌이킬 수 없어진다. 그때부터는 티끌만큼의 불안도 섞이지 않은 전적인 안도감이 느껴질 뿐이다. 자신이 마치 손을 뻗어 사물을 잡고, 또 그것을 처음 움켜쥐는 것이 거의 그것을 만들어내는 것과 진배없는 어린애 같았다. 마치 봄에 돋아나는 나무의 새순에 차츰 스며드는 초록색 같았다. 마치 가을에 사과 껍질을 물들이는 노란색과 적갈색 같았다. 마치 새벽에는 이슬 같다가, 낮의 대기에서는 반투명한 존재 같고, 연인들이 이끼에 물기를 닦은 손으로 들어 올린 딱총나무 꽃들의 향기 같았다.

누나는 소변이든 대변이든 생리 현상을 들판에서, 즉 특정한 바위 옆이나 어떤 식물 부근에서 해결하길 좋아했다. 나는 그 사실을 우연히 알게 되었다.

누나는 즉시 흙이나 이끼나 나뭇잎으로 재빨리 흔적을 덮었다.

누나는 다른 누군가에게 속했다.

누나는 '곳'에 속했다.

*

그럼에도 누나는 내 습관 중의 몇 가지를 따르는 데 동의했다. 잘 때는 문을 잠그기로 했다. 하지만 동이 트기 시작하자마자 문을 열고는 밖으로 빠져나갔고, 최초의 빛과 새 들의 노래를 만났고, 노랫소리를 따라 황야를 걸어갔다. 노랫소리는 점점 늘어났다. 정적 속에서 절벽의 틈새에서 여전히 뿜어져 나오는 이상한 우윳빛 공기를 바라보았다. 훤해지려면 아직 멀었다. 구름의 형태도 미처 드러나지 않았다. 누나는 추위 속에서 아직 불투명한 파라솔 소나무들의 시커먼 윤곽을 향해 나아갔다. 소나무들이 끝나자 칙칙한 가시덤불숲이 바로 이어졌다. 그러고 나서 해가 뜨기 훨씬 전인데도 바다 위로 빛이 생겨났다. 그러자 섬들이 하나씩 일종의 빛의 연무에 휩싸였다. 부르는 소리 저편에서, 잠에 취해 있던 새들이 한 마리씩 깨어나 움직이기 시작했다. 나뭇가지에서 깃털을 털어내고 날개를 파드닥거렸다. 날마다 태양은 점점 더 순화되고, 점점 더 정제되고, 점점 더 예측 불가한 가운데, 밀도 있고 소박하고 눈부시고 허약하게 떠올랐다. 특정한 지저귐이 들리는 동시에 색깔들이 나타났다. 바다의 파도가 희어지기 시작했고, 음영이 도드라졌다. 엉겅퀴의 상단부도 푸르스름해졌다. 까마귀의 깃털은 보다 윤기가 나고 새까매졌다. 클레르 누나는 우선 파라솔 소나무들을 따라 걸었다. 세관원과 어부 들의 오솔길을 걸었다. 그러고 나서 갑자기 방향을 바꿔 더 위험한 바위들을 지나고, 녹슨 고철 더미와 볼품없이 갈라진 틈새들과 폐허가 된 낚시터를 거쳐, 폐타이어들로 이루어진 은신처에 들어섰다. 한참 뒤에, 아주 오랜 시간이 지난 뒤에, 즉 8시와 9시 사이에, 누나는 이슬에 젖고 추위에 얼어붙은 몸으로 뛰다시피 돌아와 주방 문과 덧창을 열었고, 물을 데웠고, 아침 식사를 준비했다. 나는 그저 아래층으로 내려가기만 하면 되었다.

누나는 질투를 했다.(장이 나와 잘 때는 아침 식사를 차리지 않았다.)

*

누나는 대체로 아래층의 파란 소파에서 몸을 둥글게 웅크리고, 앞으로 내민 팔 위에 머리를 얹고, 주먹을 쥔 자세로 자곤 했다.

*

예전엔 어딘가로 이어졌던 길들이 이제는 밭 가장자리에서 끊어지고 없다.

다른 길들은 고원의 자갈들 틈에서 불가사의하게도 희미해졌다.

또 다른 길들은 잡목들에 묻혀 사라졌다.

나는 내 누나가 바다를 굽어보는 사라진 길이었다고 생각한다.

나는 파라솔 고목 아래 검정 터틀넥 차림의 신부 옆에 있는 게 행복했다. 그는 나무딸기 잡목 맞은편의 긴 의자에 앉아 아페리티프를 마셨다. 이윽고 대나무숲에 어둠이 몰려들었다. 나는 장의 리드오르간 위에 놓인 전기스탠드를 켰고, 장의 검정 터틀넥에 얼굴을 묻고 양모 냄새를 맡았다.

나는 브레스트 거리의 교구 피정 센터에서 열리는 종교 서적 바겐세일에서 그를 다시 만났다. 교구의 회계사인 에블린이 판매를 담당했다.

*

    권력과 돈이 몰려드는 대도시의 주민들은 지린내 풍기는 구석, 흘러간 시절의 강둑, 옛날의 병기창과 마구간의 흔적, 초라한 골목길, 창고, 낯선 공업지대, 그리고 그곳까지 자동차를 타고 들어가본 적이 없는 탓에 금시초문인, 우후죽순으로 생겨나는 미세한 정글들을 상상하지 못한다. 제방과 해수욕장의 호화 빌라들 저 너머에, 제방과 빌라에 가려 보이지 않는 무엇, 가령 상점들의 대형 외관 뒤쪽의 밭, 후배지(後背地)의 소규모 공장들과 자동차 정비소들이 있음을 의식하지 못한다. 또 해수욕장과 식당과 통로와 관찰초소가 사라지고 없을 때의 긴 해변을 상상하지 못한다. 마찬가지로 우리는 빈곤의 자유, 불가사의한 배출의 홀가분함, 있음 직하지 않은 보물, 자연과 삶이 진솔하게 드러나는 빈민 구역을 상상하지 못한다. 절벽 끄트머리에 타이어 하나와 노란 덤불과 마른 해초가 약간 있다.

    누나는 저녁마다 변함없이 그의 곁에, 노란 덤불 옆에 앉아 꿈을 꾼다. 매일 저녁 같은 꿈이다. 그와 함께 사는 꿈을 꾼다. 그날 하루를 그에게 이야기한다. 그날 일어난 일들을 말하고, 그의 생각이 어떤지 묻는다.

*

    누나에 관한 마지막 기억? 바로 마지막 저녁의 기억이다. 하긴 비 내리는 모든 저녁의 기억일 수도 있다. 우리는 주방에서 식사 중이다. 창밖에 어둠이 내린 지는 이미 오래다. 밖에는 비가 억수같이 쏟아진다. 누나는 담배나 와인 잔을 들고 있다. 와인 한 모금을 들이켜자 마음이 차분해진다. 자리에서 일어선다. 선 채로 있다. 이마를 유리창에 갖다 댄다. 밖으로 나가고 싶지만 비가 내린다.

제4장

사촌 오빠 필리프 므뮈앵

'매물'이라고 쓰인 나무 표지판을 보자 '마리-클레르가 죽었든
가, 라동 가의 농가를 팔고 몰디브쯤 가서 살려나 보다'라는 생각
이 들었다. 우리 동생과 내가 청소년기였을 당시에, 사람들은 그
녀가 아랍인이라고 했다. 그 애 어머니가 이슬람교도였기 때문인
데, 사실 이슬람교도였던 것이 맞다. 그리고 그리스인이었다. 그
땐 터키인이거나 그리스인일 거라는 소문도 있었다. 이름은 데파
스타스였다. 상당한 미인인 데다 언어란 언어는 전부 구사할 수
있었다. 그런데 그녀가 작은아버지의 아이를 임신하게 되었다. 삼
촌은 당시에 디나르의 건축가 겸 석공 명인이었다. 그녀는 삼촌과
결혼을 했지만 나중에 헤어지려고 했다. 그러자 작은아버지가 자
살을 했고, 뒤이어 그녀도 자살을 하고 말았다. 그녀가 마리-클레
르보다 훨씬 더 미인이었다.

"이름이 클레르인가 카라인가?"

둘 다 아니다. 진짜 이름은 마리-클레르다. 이름 이야긴 그쯤

하고 화제를 바꿔보자. 우리 어머닌 청소년기의 우리에게 줄곧 그 애를 맡겼다. 그녀는 아주 키가 컸는데, 언제 봐도 다리가 엄청나게 길었다. 차림새는 늘 볼품이 없었다. 주야장천 큼직한 스웨터와 검정색 진 바지 차림에 고무장화를 신고 다녔다. 그녀는 나름대로 재량껏 우리에게 복수를 했던 셈이다. 좋은 성적을 받아 우리를 열받게 했으니까. 그녀는 금시초문인 이상야릇한 언어들도 읽을 줄 알았다. 여름이면, 우린 두 사촌 동생에게 거추장스럽다는 눈치를 주곤 했지만, 그들은 아랑곳도 하지 않았다. 그래도 진짜 자식들은 바로 우리라는 걸 늘 명심하는 눈치였다. 그래서인지 둘은 한통속으로 늘 붙어 다녔다. 둘이 밭에서 멀리 떨어진 곳으로 가곤 했다. 야영장으로 내려가거나 마레 백사장으로 갈 때도 있었다. 유독 그 애는 우리를 피하기 시작하더니, 우리 아버지마저 피하기 시작했다. 오직 퐁토르송의 기숙생인 꼬마 울보 폴만 그림자처럼 제 누나를 따라다녔다. 폴은 유약한 타입이었다. 그녀는 제 동생을 구박하고 몹시 괴롭혔다. 누나가 아무리 저한테 함부로 굴어도 그는 어디든지 누나 꽁무니를 졸졸 따라다녔고, 무슨 일이든 누나가 하는 대로 따라하곤 했다.

그녀가 농가의 거실에 들어서면, 즉시 견디기 힘들 정도로 긴장감이 고조되었다.

만일 우리 아버지와 어머니가 사사건건 엇갈려 다투신다면, 그건 그녀 때문이었다.

지금도 어머니 방에서 나던 알약 냄새가 기억난다. 그녀 때문에 삼키던 약이었다. 그녀를 집에 들인 건 사실 아버지가 아니라 어머니 당신이었다. 우리 아버지로 말하자면, 실은 나도 아버지의 심중을 잘 알지 못한다. 당신 동생이 자살한 이후로 일련의 불행한 일들이 잇달아 일어났다는 말만은 해야 할 필요가 있다. 어느 날 농가의 테이블에 앉아 있던 집배원이 생각난다. 어머니가 내민 포도주 잔을 받아 들고 포도주를 마시고 나서, 테이블에 잔을 내려놓으면서 그가 이렇게 말했다.

"마르그리트, 댁의 집안에서 일어나는 불행을 멈춰야 해요. 트레메뢰크에서 철물점을 하는 사람을 찾아가 보세요. 그는 루토[26] 출신이에요."

어머니가 대꾸하셨다.

"난 그런 거 안 믿어요."

"믿져야 본전 아닌가요? 아무도 댁에게 뭘 믿으라고 강요하지 않아요." 집배원이 말했다.

그는 자리에서 일어나 떠났다. 그 모습이 지금도 눈에 선하다. 집배원의 경고는, 비록 내가 매끄럽게 전달하지 못했지만, 강렬한 인상을 남겼다. 마을 사람들은 집배원을 퐁투로드로 보내기 전에 자기들끼리 분명 그 문제를 의논했을 것이다. 그 경고는 우리 아버지의 머릿속에서 끊임없이 맴돌았다. 왜냐하면 집배원이 방문했던 바로 그날 혹은 그다음 날 저녁이었는데, 아버지가 파이프

26) 오트노르망디 지방 외르 주의 마을.

담배를 피우다가 소파에 불을 내고 말았기 때문이다. 게다가 같은 시기에 트랙터도 연달아 고장을 일으키기 시작했을 뿐 아니라, 설상가상으로 습진이 도져 아버지는 잠도 못 이룰 지경이 되었다. 결국 아버지는 트레메뢰크로 가셨다. 그러자 모든 문제가 술술 풀렸다. 몇 달간 우리 모두는 순풍에 돛 단 듯 순조롭게 지낼 수 있었다. 꼬마 클레르가 방과 후에 약국집 아들과 남아서 공부를 했기 때문이다. 우린 비로소 한숨을 돌렸다. 바로 그녀가 원인이었던 게 분명하다. 그녀에겐 과도하게 많은 힘이 내재되어 있었다. 동생인 퐁토르송의 기숙생 폴조차도 누나를 견디기 힘들어했다. 복종하면서도 얼굴 한번 제대로 쳐다보지 못했다. 그저 기숙사로 돌아갈 궁리를 하기에 바빴다. 일요일 정오가 되기 무섭게, 사촌 동생 폴은 미사를 마치고 서둘러 기숙사와 그곳의 친구와 음악을 찾아 돌아갔다. 일단 클랭 부부인 약국 주인과 그의 아내가 사촌 남매의 후견인이 되자 이렇게 합의가 이루어졌다. 내용인즉, '학교 수업이 있는 평일에는 매일 방과 후에도 마리-클레르를 같은 반 학생인 그들의 아들과 함께 지기네 집에서 지내도록 한다'는 거였다. 말하자면 반(半)기숙인 셈이었다. 하지만 주말엔 그녀가 생테노가 소재의 우리 삼촌(석공이었던 자기 아버지) 집으로 돌아갔다. 동생이 퐁토르송에서 돌아오면, 그 앨 돌보는 일은 물론 그녀의 몫이었다.

*

　어느 날 우리 어머니는 마당의 우물가에서 책가방을 깔고 쭈그
려 앉은 채 눈물범벅이 되어 울고 있는 마리-클레르를 발견했다.
어린 것이 잔뜩 겁에 질려 있었다. 어머니는 대체 누가 무서워서
그러느냐, 왜 집에 들어오지 않느냐고 물었다. 그래도 그녀는 잘
버텨냈다. 우리 때문이라고 고자질하는 대신 떡갈나무의 올빼미
때문이라고 말했으니까. 그러자 우리 아버지가 한마디 하셨다.
　"그렇다면 애를 루토로 보내야겠군."

*

　칼레브 영감 댁에서 가끔 그녀를 보았다. 마지못해 서로 포옹
은 했다. 그녀는 내 딸의 결혼식에 온 거였다. 우리 어머니를 닮았
다는 이유로 늘 미레유를 예뻐했다. 마침내 그녀는 황야며 길, 모
래사장, 새 둥지, 야영장, 대장간, 주차장, 자동차 차체 폐기장에
관해 모르는 게 없게 되었다. 불량배들의 마약 밀매 비밀 장소, 캠
핑 트레일러에서 이뤄지는 상거래, 맹금류의 둥지, 말벌과 무늬
말벌의 집, 살무사의 소굴과 암거래를 위해 숨겨놓은 모터보트에
관해서도 줄줄이 꿰고 있을 정도였으니까.
　동생이나 누나 할 것 없이 걔들은 언제나 손이 닿는 대로 뭐든

훔쳤다.

심지어 우리 어머니의 사랑도 그녀가 훔쳐갔다.

그녀는 폴과, 라클라르테의 시장이 된 시몽과, 나중에 슬그머니 끼어든 동성애자인 해안의 신부와 한통속이 되어 불법으로 부동산 거래도 했다. 염분 제거 공장 부근에서 약사와 사랑을 나눌 때 사용했던 낚싯배까지 다시 사들였다.

*

칼레브 영감은 그녀가 주는 담배를 받았는데, 그뿐이다. 보통은 담배를 피우지 않지만, 유독 그녀 옆에서만은 피우곤 했다. 농가의 널찍한 거실에 놓인 탁자에 앉아. 그런데 담배 피우는 방식이 특이했다. 우선 자리에 앉아 작은 잔에 포도주를 따라 그녀에게 주고 나서, 자기 잔에도 포도주를 따랐다. 그런 다음에 마리-클레르에게서 받은 담배 한 개비를 엄지와 검지로 꾹 눌러 잡고, 가볍게 한 모금을 빨고서는, 마치 연기가 무섭다는 듯이 팔을 내밀어 몸에서 아주 멀리 뻗곤 했다.

그녀는 포도주를 마셨다.

그는 담배를 피웠다.

두 사람은 아무 말도 하지 않았다.

*

    그녀에 대한 마지막 기억? 공증인 사무실에서, 자기 입장만을
고려해 온갖 것을 요구해서 전부 얻어냈다.

제5장

노엘, 앙드레, 카트린, 파비엔, 쥘리, 루이즈

노엘의 말이다.

나는 클레르 덕분에 디나르의 탈라소 레스토랑에 종업원으로 취직했다. 그녀는 잘 알려진 장소에는 거의 나타나지 않았다. 그녀가 끊임없이 들판을 헤매고 다녀도 마을 사람들은 그런 사실을 금방 알아채지 못했다. 우체국 자전거 핸들에 상체를 굽히고 생테노가까지 해안을 누비는 파비엔만 빼고. 하지만 그 사실은 차츰 알려졌고, 생테노가와 생뤼네르 사람들에게 바닷물을 마시는 젊은 여자로 알려지게 되었다. 그녀는 미르고, 좀 지저분하고, 손에는 늘 담뱃갑이 들려 있었다. 그녀는 늘 밖에 있었다. 아예 밖에서 살았다고나 할까. 해수 테라피 센터의 마사지사 카트린의 주장에 따르면, 날씨와 상관없이 언제나 밖에 있었다고 했다. 폭풍우가 몰아칠 때도, 뇌우가 쏟아질 때도, 눈발이 앞을 가릴 정도로 날릴 때도 말이다. 그 말인즉, 주민들이 그녀를 겁내지 않았다는 뜻이다. 그녀가 얌전하고 비사교적이고 꽤 미인인 한, 그들이 걱정

할 까닭이 전혀 없었던 것이다. 차림새는 엉망이지만 거동에서만큼은 자부심이 넘쳤다. 나중에는 사람들도 그녀가 누구인지 알게 되었다. 어릴 때 이곳에서 자란 아이였으니까.

*

앙드레 아줌마의 말이다.

마지막엔, 그녀의 집에 들르거나 집안일을 좀 할 때, 더 이상 그녀의 기척이 들리지 않게 되었다. 모습조차 눈에 띄지 않을 정도로 은밀한 존재로 바뀌었다. 운동화를 신고, 짧은 치마나 운동 팬티에 면 티 차림의 깡마르고 가벼운 그녀는 그림자처럼 소리 없이 옮겨 다니곤 했다. 사물 위로 이동하는 그림자처럼. 아무도 모르게 슬며시 뒤에 다가와 있는가 하면, 구름이 쏟아지는 햇빛을 지우듯이 소리 없이 문지방을 슬쩍 넘어서기도 했다. 층계를 오를 때도 몸의 하중을 감당하느라 계단이 삐걱거리는 소리조차 들리지 않았다.

*

카트린(해수 테라피 센터의 마사지사)은 므튀앵 부인이 사람들이 수군거리는 것보다 덜 미쳤다고 했다. 카트린은, 관심을 보이는 사람이 있으면, 실은 그녀가 교활한 사람이라고 자주 반복해서 주장했다. 그녀가 이 지역에서 제일 부자라는 말을 공증인에게서 들었다면서. 어찌된 영문인지 모르지만, 그녀는 디나르에서 피아노 교습을 하던 옛 선생님에게서 상속을 받았다고 한다. 그녀는 생테노가에서 라클라르테에 걸친 곳을 전부 사들였다. 그리고 황야 저지대의 집들과 대장간을 모조리 밀어버렸다. 대장간은 해수 테라피 센터 마사지사의 아버지가 예전에 카센터로 개조해 사용하던 것이었다. 밀어버린 자리에는 부유층의 소규모 빌라들을 신축했다. 각기 총림에 묻혀 눈에 안 띄는 작은 별장 같은 집들이었다. 어떤 빌라는 개암나무숲에, 다른 빌라는 자작나무숲에, 또 다른 빌라는 소나무숲 등등……에 파묻혀서 보이지 않았다. 잘한 일이다. 환경보호 차원에서도 생각을 잘한 것이다. 그녀의 아이디어였다.

*

그녀와 좀 소원하게 지냈던 건 사실이다. 라동 부인이 죽고 나서 내겐 아이가 둘이나 생겼다. 그러니 나는 전적으로 애들에게 매달려 보살피느라 여념이 없었다. 그녀의 머릿속엔 오로지 시몽밖에 없었고. 그래도 난 그녀에게 존경심을 느낀다. 심지어 언제나 높이 평가했다고도 말할 수 있다. 참으로 올곧고, 매우 직선적이고, 아주 단호한 여자였다. 나는 남편 때문에 캉칼로 가서 살게됐고, 다행히 나도 그리로 전근을 가게 되었다. 이따금 그녀가 날 만나러 캉칼로 왔는데, 우유 운반 트럭을 타고서였다. 그녀에 관해 이러쿵저러쿵하는 소문들은 전혀 믿을 필요가 없다. 모든 사람이 다 좋아할 순 없는 법이니까. 그녀가 건방지고 냉담해 보일 수도 있다. 하지만 그건, 오직 한 남자만을 사랑하는 까닭에 어느 누구의 비위도 맞추려 하지 않았기 때문이다. 그녀가 아무에게도 곁을 주지 않았다는 것은, 시몽을 사랑하므로 오직 그 한 사람만을 위해 존재했다는 뜻이다. 초등학교 시절부터 그들의 스토리를 쭉 지켜본 내 말을 믿어도 좋다. 그녀는 본질적으로 거의 처녀였다. 오직 한 가지 명분, 즉 시몽에 대한 사랑만이 그녀의 삶에 동기를 부여했다. 게다가 사람들은 한 가지 사실을 놓치고 있다. 2010년 8월 26일이 클레르의 50회 생일이라는 것. 경찰도 그 사실을 간과했다. 하지만 폴은 즉시 알아차렸다. 우리끼리 말이지만, 웬 얄궂은 생일선물이란 말인가! 한번은, 딱 한 번이지만, 내가 폴에게 그 얘기를 꺼낸 적이 있다. 폴의 입이 굴처럼 다물어졌다. 한마디도 하고 싶지 않은 모양이었다.

*

쥘리 트뢰트(스쿨버스 운전기사)의 말이다.

인도 위에 접이식 캠핑 테이블이 접힌 상태로 쓰레기통에 기대져 있었다. 므튀앵 노부인이 캠핑 테이블을 집어 들었다. 테이블을 펼치더니 살그머니 인도 위에 놓고 한동안 바라보았다. 그러다가 불현듯 테이블을 다시 접어 팔 밑에 끼고 가다가, 세 발짝도 채 못 가서 되돌아왔다. 그리고 검정 플라스틱 대형 쓰레기통에 다시 기대놓았다. 그녀를 본 건 그게 마지막이다.

*

앙드레 아줌마는 생브리아크에 사는 두 여류 화가를 별로 탐탁지 않게 여기며 이렇게 말했다.

"생브리아크 해변의 복원 전문 화가인 두 여자는 므튀앵 부인이 '어슬렁거린다'며 악의적으로 말하곤 했다. 그녀는 어슬렁거린 게 아니었다. 한 걸음씩 자기 발자취를 따라가는 거였는데, 그 발자취가, 설명하기 어렵지만, 그녀를 늘 다른 곳으로 인도하곤 했다. 바람, 빛, 노랫소리, 솟구치는 파도의 거품, 더 새까맣거나 더 반질거리는 바위, 노란색의 온갖 작은 꽃, 이 모두가 그녀를 이끌었던 탓이다. 그녀는 아마 길을 잃기도 했을 것이다. 한데 길을 잃지 않는 사람도 있는가? 생브뤼이그 해변의 복원 전문 화가인 두 여자가 그녀보고 '더럽다'고 우길 때, 실은 자기네가 훨씬 더 '미친' 것이다. 그녀는 하루에도 몇 번씩 바닷물로 씻었기 때문이다."

"웅덩이에서 말인가."

"그래도 하루에 여러 번 씻었다."

*

루이즈의 말이다.

갈색 후드를 뒤집어 쓴 창백한 이 여자는 마치 꼬투리 속의 너도밤나무 열매 같았다. 게다가 영락없는 해시계였다. 그녀는 공간 안에 정지 지점들을 정해놓았다. 그리고 그림자와 분침이 움직이듯 일정하게 황야와 암벽 위를 일주하곤 했다. 그래서 겨울에도 사람들은 날씨와 무관하게, 정지 지점 여기저기서 불쑥 솟아오르는 밤색 두건을 보면 몇 시인지 알 수 있었다고.

제6장

칼레브 영감

11월에, 정확히 말하자면 11월 말과 12월 초가 되면, 낮이 차츰 짧아지면서 바다가 내려다보이는 황야에서는 더 이상 사람을 찾아보기 힘들어진다. 나는 겨울에도 여름처럼 트랙터를 몰게 될 경우에는 고원의 정상을 지나가지 않을 수 없다. 어떻게 하는지 자세히 설명을 하자면 이렇다. 성당의 주차장을 우회하면 고원이 나타난다. 돌풍 속으로 들어서게 되면 제동을 걸고 기어를 1단에 놓는다. 그런 다음 차를 피에르쿠셰의 반원형 산책길에 바짝 붙인 채 길을 따라 반 바퀴를 돈다. 그러면 바다가 보인다. 다시 금작화 길로 들어서고, 시트로앵 트럭의 차체 앞으로 지나가면 된다.

겨울에, 나뭇가지의 잎사귀들이 다 떨어지고 나면, 라동 농가 본채의 지붕 슬레이트가 보인다. 예전에 불에 타버렸던 바로 그 지붕이다.

이웃 여자처럼 그렇게 걷기 좋아하는 여자는 처음 보았다. 그녀는 열네 시간, 열다섯 시간, 열여섯 시간을 쉬지 않고 걸을 수 있었다. 게다가 이 젊은 여자는 몇 끼니를 걸러도 끄떡없었다.

아마 장딴지가 강철처럼 단단할 것이다.

내가 다섯 시에 일어나는데, 그녀는 항상 먼저 일어나 있었다.

어둠이 걷힐 무렵이면 바위들을 누비는 그녀의 윤곽이 보였다. 그제야 사람들이 겨우 일을 시작할 때였다. 분명 전날의 온기를 간직하고 있을 화강암 구멍 안에서 햇살을 받으며 몸을 덥히는 그녀를 보게 될 때도 있고, 혹은 바람을 피해 라클라르테의 노트르담 성당 벽에 등을 기대고 앉은 모습을 보기도 했다. 처음에 나는 그녀가 주머니에 늘 책 한 권쯤 넣어 가지고 다닐 거라고 믿었다. 나무둥치나 움푹 팬 바위에 앉아 몇 시간이고 책을 읽다가 담배를 피우고, 다시 발길 닿는 대로 쏘다니는 그녀의 모습을 내심 그려보곤 했다. 그런데 내 생각이 완전히 틀렸다는 걸 알게 되었다. 그녀는 전혀 독서를 하지 않았다. 평생 시립 도서관에서 책 한 권 빌린 적이 없는 사람이었다. 나는 도서관의 대출 담당 직원인 레스텐 부인과 잘 아는 사이였다. 내 약혼녀였으니까. 그녀는 므튀앵 부인을 한 번도 본 적이 없다고 했다. 므튀앵 부인은 일도 하지 않고 책도 읽지 않으며 살았다. 하느님이 주신 매일매일을 천지사방으로 말없이 걷고 떠돌며 지낸 거였다. 그녀는 금발과 백발이 뒤섞인 텁수룩한 머리칼을 휘날리는 산의 여인이었다. 나보다 훨씬 더 야생적이라고 말한들 전혀 과장이 아니다. 소위 말하는 '**파도**의 친구'이기도 했다.

나는, 그녀가 좋았다.

근데 그녀는 머리가 살짝 돈 것 같았다. 늪이며 갈매기, 대나무, 나무, 돌멩이 같은 온갖 것에 측은지심을 갖기 시작했다. 골짜기마다 전부 살피고 난 다음에 고원 전체를 돌보았다. 잡초를 뽑고, 죽은 나무를 그러모으고, 관광객들이 버린 쓰레기를 쓰레기 봉지에 주워 담았다. 폭우가 내린 다음에는 반드시 실개천을 정비하고 늪을 관리했다. 가끔은 씨도 뿌렸다.

굴 동굴 맞은편 하구에서 클랭 씨의 시신을 발견했을 때, 재난 구조대를 부른 건 나였다.

나중에 바위로 므퇴앵 부인을 찾아가서 말했다.

"무슨 말씀을 드려야 좋을지 모르겠군요."

그녀가 내 손을 살짝 건드렸다.

농가 주방에서 만난 므퇴앵 씨도 마찬가지였다. 경찰들이 다녀간 뒤였다.

그가 물었다.

"클레르 누나는 어디 있나요?"

"자기 아지트에, 딤불숲에요."

그렇게 대답하고, 마당으로 나와 그에게 한 방향을 가리켰다. 동굴 쪽으로 내려가 시장의 시신을 수습할 수 있도록 구조대에게 알려준 그 지점을. 그는 고맙다고 인사한 뒤에, 돌아서서 그쪽으로 걸어갔다. 그도 절벽 꼭대기에 멈춰 섰다. 멀리서 아래쪽의 구조대를 바라보았다. 방해가 되고 싶지 않은 거였다. 그는 담배를 피워 물었다. 그리고 끝까지 전부 지켜보았다.

남매가 걸어가는 모습을 보면, 둘 사이의 놀라운 조화가 느껴졌다. 동생은 키가 아주 작고 누나는 아주 컸는데도 말이다. 그러니 신기한 일 아닌가. 그들은 달아나듯이 걸었다. 걸음이 상당히 빨랐다. 서로 이렇다 할 대화를 나누는 법도 없었다. 그저 멈춰 서고, 감탄하며 바라보고, 계속 길을 가다가, 이런저런 것들을 서로에게 가리키는 게 전부였다. 마치 고무줄처럼 서로 멀어졌다 서로 기다렸다 하면서. 이 모든 일이 아주 편안하게, 전혀 안달하는 법 없이 이루어졌다. 두 사람은 서로에게 절대 조급해하지 않았다. 어느 누구에게서도 이런 경우는 본 적이 없다. 지금 동생은 애인인 장 신부와 함께 떠나고 없다. 하지만 그건 다른 이야기다. 그 이야기라면 해안가 주민 모두가 역겨워한다.

내가 그녀를 잊지 못할 거라는 건 확실하다. 한 인간으로서의 그녀를 말하는 게 아니다. 그러니까 므뤼앵 부인이나 뭐 그런 인격체를 그리워한다는 말이 아니라는 거다. 요즈음 그녀의 육신이 결핍으로 느껴진다는 뜻이다. 이미 '곶'이며 바위들에서 그녀의 육신이 부재하는 표시가 나타나고 있다. 라클라르테의 계단도 마찬가지다. 오직 그녀만이 수월하게 끝까지 오르내리던 계단이었으니까. 새의 둥지, 땅굴, 바다 위의 보트, 그녀가 낚싯배를 몰래 지켜보던 고만고만한 비밀 장소들, 후미진 구석들, 어디서나 그녀의 부재가 역력하게 느껴진다.

*

    그녀에 대한 마지막 기억? 버려져 약간 더러워진 스카프가 덤불 근처의 땅바닥에서 나뒹굴고 있다. 갈매기 떼가 둑 위에 모여들어 스카프 주변에서 점점 더 큰 소리로 울부짖는다.

*

    나중에는 이곳의 모든 것을 그녀가 나보다 더 잘 꿰뚫어 알게 되었다. 가령 바다에서 특이한 둥근 잔파도가 일면 산들바람이 불고, 그 바람이 덤불숲의 잎들을 흔들게 된다든가, 개암나무 가지를 흔드는 바람은 동쪽 바다의 파고(波高)가 높아질 것을 예고한다든가, 하는 것들을 말이다. 구름이 옥수수 밭에 그림자를 드리우면 어찌되는지, 만사를 나보다 월등하게 잘 읽어냈다. 그런 것들에 관한 의견을 서로 교환하기도 했다. 그녀가 내게 많은 것을 가르쳐주었다. 갈매기들이 바위 속으로 몸을 피하면, 그녀는 내게 와서 알려주곤 했다.

*

    우편집배원은 그녀의 친구였다. 집배원은 맞바람을 무릅쓰며 모랫길과 황야의 진창에서 페달 밟기가 너무 힘들면, 마지막 편지 배달을 그녀에게 일임했다. 그러면 므튀앵 부인이 절벽 위로 걸어가 마을의 양 끄트머리, 즉 플라주블랑슈와 이곳 로크 농가에 편지를 전달해주었다. 그녀는 우리 로크 농가를 '라트랑블레'라고 했는데, 사실 그렇게 부르는 사람들이 있긴 하다. 라동 집안의 노인네들은 으레 그렇게 불렀다. 그네들 말로는 등기 문서에 그렇게 기재되어 있다는 거다. 그래도 나는 로크 농가라고 부르는 편이 좋다. 우리 아버지도 그렇게 불렀으니까. 그녀가 내게 우편물을 갖다 주면, 나는 보답으로 그녀에게 우유를 주었다. 그녀는 또 작업대에서 소소한 찬거리들을 골라서 사 가기도 했다. 달걀은 색깔을 보고 골랐고, 푸성귀는 직접 나가서 뜯었다. 가격은 자기가 매겼다. 탁자 위에 몇 푼 놓고 갔는데, 실은 충분한 액수인 적이 없었다.

가끔 새까만 눈으로 나를 뚫어지게 쳐다보았다.

나는 맞설 재간이 없었다.

그녀는 대답도 금방 하지 않았다. 말수는 적어도 늘 아주 공손한 말투였다. 주로 고맙다는 말을 했다. 그녀가 절벽 위에 바위처럼 꼼짝도 않고 앉아 있을 때면, 저 아래 바다에서 낚싯배를 탄 연인을 바라보는 거였다.

냄새가 난다고? 이건 바다 냄새다. 여기선 항상 바다 냄새가 난다. 요오드 냄새가 난다. 흙냄새는 별로 나지 않는다. 농부에겐 참으로 이상한 일이지만, 우리 밭의 냄새도 바다 냄새와 별로 다르지 않다. 덤불숲에서는 별로 냄새가 나지 않는다. 엉경퀴도 거의 냄새가 없고, 호랑가시나무도 마찬가지다. 나무딸기만 여섯 달 동안 농익은 냄새를 풍긴다.

클레르—캣우먼으로의 변신 이야기

2013년 1월 15일, 소르본의 미레유 칼-그뤼베르Mireille Calle-Gruber 교수의 기획으로 마련된 키냐르의 강연[1]이 있었다. 그는 특히 『신비한 결속』에 대해 많은 설명을 한다. "이것은 내가 쓴 작품들 중에서 내가 가장 애착을 느끼는 소설이라고 서슴없이 말할 수 있다"고 밝히면서 꽤 많은 이야기를 쏟아낸다. 출간 후 2년이 지나도록 아무도 이 소설의 주제나 테마를 알아보지 못하는 것 같아서 이 기회에 그 일을 자신이 떠맡겠노라고 했다. 비평가나 친구들마저 그저 입을 다물고 있는 게 자못 답답하고 서운했던 모양이다. 그는 집필 동기며 텍스트에 숨어 있는 장치들과 빨간 펜으로 죽죽 그어가며 첨삭한 교정 원고까지 공개한다. 그로서는 매우 이례적인 일이 아닐 수 없다. '이러한 일은 다시는 없을 것'이라는

---

1) 강연의 내용은 『고양이와 당나귀 들 이야기 속편La suite des chats et des ânes』(Paris: Presses Sorbonne Nouvelle, 2013)이라는 얇은 책으로 출간되었다.

단언으로 미루어보건대 앞으로도 기대하기 어려운 일임에 틀림없다.

나는 강연 내용이 담긴 책을 구해서 읽으며 환호했다. '번역보다 어려운 옮긴이의 말, 이번에는 그걸 잘 쓸 수 있겠구나' 싶어서였다. 그런데 과유불급(過猶不及)이라 했던가. 지나치게 많은 정보에는 취사선택의 문제가 뒤따랐고, 키냐르의 박학에서 기인하는, 나로서는 해독하기 어려운 정보들도 있었다. 하지만 어쩌랴. 마감을 꽤 넘기고 나서야 나는 '잘 쓰고 싶다'는 마음을 내려놓을 수 있었다. 어차피 꼭 내 능력만큼밖에는 쓰지 못할 것임을 진즉에 알고 있었건만.

*

작품의 제목부터 풀어 나가보기로 하자. 원제는 *Les solidarités mystérieuses*이다. 우선 두 가지 점을 짚어본다.

하나는 '신비한'이란 형용사. 대체 '신비한 결속'이란 어떤 관계를 말하는가? 키냐르는 작중인물의 입을 빌려 이렇게 설명하고 있다. "둘 사이에 흐르는 감정은 사랑이 아니었다. 일종의 자동적인 용서도 아니었다. 그것은 신비한 결속이었다. 어떤 구실이나 사건을 계기로 어떤 순간에 그렇게 결정된 것이 아니라는 의미에서, 그것은 기원이 없는 관계였다."(209쪽) 그리고 또 이렇게 말했다. "(신비한 결속은) 발생론적génétique 이상의 것, 거의 계통

발생적phylogénétique이라고 할 수 있다."[2] 아리송한 이 말을 나는 그 뿌리가 아마도 키냐르의 핵심 용어인 '옛날jadis'에 닿아 있어서 이성이나 논리로는 가늠할 수 없는 결속 관계를 말하는 게 아닐까 막연히 짐작해본다.

다른 하나는 결속이 복수(複數)라는 것. 추상명사에 복수의 접미사 '들'을 붙이지 않는 우리말의 특성상 '신비한 결속'이라 번역되었지만 내용상으로는 '결속들'이 맞다. 하나가 아닌 다수의 결속이라면 이 작품에는 대체 몇 개의 결속 이야기가 있을까?

처음에 나는 '신비한'이란 형용사가 붙을 만한 결속은 셋이라고 생각했다.[3] 즉 1. 클레르와 시몽(연인 관계), 2. 클레르와 폴(남매 관계), 3. 클레르와 고향인 '곳'(연어와 모천의 관계). 그리고 그 셋 중에서 단연 1이 가장 큰 비중을 차지하고, 2와 3은 보조적 역할로 여겼다. 이 소설을 단순하게 클레르와 시몽의 사랑 이야기로 읽었으므로, 사랑의 우여곡절이 전면에서 시종일관 소설의 흐름을 주도한다고 보았기 때문이다. 하지만 나는 잘못 읽은 거였다. 아니 '잘못 읽었다'는 말은 적절하지 않다. 독서란 무릇 끊임없는 오독의 역사가 아닌가! 한 권의 책이 인쇄된 종이로 머물지 않으려면 그 책을 쓴 작가와 그 책을 읽는 독자라는 두 명의 저자가 필

---

2) 앞의 책, 14~15쪽.
3) 클레르와 라동 부인(사제 관계), 클레르와 쥘리에트(모녀 관계), 폴과 장(동성 연인 관계) 사이의 끈끈한 결속은 제외하였다. 관점에 따라 결속의 수는 다양할 수 있으리라고 생각한다.

요한 법이다. 그러므로 '잘못 읽었다'기보다는 독자에게 주어진 '자유'로서의 한 독법일 수 있다고 변명을 해본다.

하지만 키냐르의 집필 의도와 설명을 접하고 난 뒤에, 비록 가능한 독법 중의 하나이긴 하지만, 나의 독서가 작품을 깊이로 천착하지 못했음을 깨달았다. 그의 설명을 종합해서 다시 읽은 나의 새로운 독법에 따르면, (그가 그렇게 말한 바는 없지만) 이 소설에는 결속이 둘(2와 3) 있다. 왜냐하면 1은 3에 흡수되어 합쳐지므로 하나로 간주될 수 있기 때문이다. 거듭 말하지만, 이 또한 나의 주관적 독서에 지나지 않고, 결속의 가능한 경우의 수는 나름대로 모두 정답일 수 있다.

*

클레르와 폴

키냐르와 누나 마리안은, 유년기 이후로 50~60년의 세월이 흐른 다음에, 매년 여름이면 상스에 있는 욘 강변의 집(키냐르가 집필에 몰두하는 은신처)에서 함께 지낸다. 각자의 배우자 없이 남매 단둘이서만. 그는 둘 사이에 흐르는 감정을 '신비한 결속'으로 명명하고, 그것을 주제로 소설을 쓰려는 계획을 품었고, 드디어 2010년 여름에 『신비한 결속』을 집필하기에 이른다. 그 해 여름 내내 누나와 함께 지내면서였다. 둘 사이에 흐르는 신비한 결속감은 소설 속의 남매 클레르와 폴의 관계에 고스란히 반영된다. 옆에서 남매를 지켜본 장은 이렇게 말한다. "이따금 남매는, 서로를 미워하지 않을 때에는 연인들보다 서로를 더 사랑한다. 욕망으로 격앙될 때보다 분명 더욱 항구적이고 더욱 믿음직하다. 게다가 연인들보다 훨씬 더 많은 추억을 공유하고 있다. ……그것은 최초의 사랑이므로 가장 알아보기 힘든 사랑, 기원의 경계선에서 솟아오르는 사랑이다."(210~11쪽)

그런데 '최초의 사랑'이라면 당연히 '어머니의 사랑'이 아닐까? 키냐르가 모성을 배제한 까닭이 자못 궁금해진다. 그러고 보니 그에게 모성은 매우 차가운 것으로 나타난다. 이 소설에서도 클레르와 폴의 어머니는 자식들을 사랑하지 않았고, 어린 자식들은 아랑곳하지 않고 자살한다. 클레르 자신은 또 어떤가? 둘째 딸을 출산한 지 정확히 6일 만에 어린 것들을 내팽개치고 홀연히 집을 나와버린다. 키냐르의 어머니(언어학자 집안 출신으로 역시 언어를 가르치는 교사)는 아들을 독일인 유모에게 맡겼다가, 아들이 먹기를 거부하며 건강이 나빠지자 친정어머니에게로 보낸다. 키냐르는 "어머니는 나를 거의 사랑하지 않았다"[4]라고 고백한다. 아무튼 유년기에 어머니는 부재하거나 늘 먼 곳에 있었던 듯하다. 클레르와 폴 그리고 키냐르와 마리안이 느꼈을 법한 결핍은 '최초의 사랑'에 해당하는 자리를 남매에게 내주는 데 일조했으리라는 생각이 든다.

---

4) 앞의 책, 13쪽.

*

클레르와 시몽

나는 1이 3에 흡수된다고 했다. 그 말은 죽음도 갈라놓지 못한 클레르와 시몽의 도저한 사랑이 희미해졌다거나 사라졌다는 뜻이 아니다. 시몽의 사망 시점부터 클레르의 시몽에 대한 사랑이 '곳'에 대한 사랑에 확연히 겹쳐진다는 의미다. 시몽이 마치 '곳'의 화신처럼, '곳'이 인간으로 육화된 존재처럼 나타난다. 실은 그러한 암시가 진즉부터 있었다. 시몽은 그 고장에서 태어났고, 그곳에 뿌리를 내리고 살았으며, 그 고장의 항구도시(라클라르테)의 시장직을 줄곧 연임해온 인물이다. 그것도 고장의 자연환경을 최우선시하는 에코 시장으로서. 그는 가정에 대한 의무감과 클레르에 대한 열정의 딜레마를 이기지 못해 자살을 택하고 만다. 연인의 마지막을 멀리서 지켜본 클레르는 그 순간 "바다가 살짝 열리자, 시몽이 그 안으로 미끄러져 들어가서 이내 사라진다"(244쪽)고 묘사한다. 클레르의 버전에는 시몽의 고통도 클레르의 고통도 들어 있지 않다. 오히려 시몽이 자연(바다)과 합일을 이루는 은근한 부드러움이 느껴질 뿐이다. 그 장면 이후로 클레르의 사랑의 고통은 평화로 바뀌게 된다.

폴은 이렇게 단언한다. "시몽이 사망하자 평화가 도래했다. 클레르 누나에게 야릇하고 총체적인 평화가 찾아들었다. ……모든 게 완수되었고, 누나는 그저 완료된 뒤에도 살아남은 거였다. 혹은 완료에 참여하고 있는 것일 수도 있었다. ……클레르는 시몽이 되고, 그 '곳'이 되었다."(262쪽)

다음은 쥘리에트의 말이다. "죽음조차도 그들을 갈라놓지 못한 듯하다. 어쩌면 그 반대일 것이다. 그의 죽음이 그들을 결합시키지도 못했지만, 그는 여기에 있다. 늘 이곳에 있다. 줄곧 엄마와 함께 있다. 그건 서로 마찬가지다. 엄마도 늘 그와 함께 있으니까. 엄마가 그를 돌본다. 그는 만(灣)이 되었다."(239쪽)

시몽은 죽어서 '바다'가 되었다. '만'이 되었다. 그리고 무엇보다도 '바위'가 되었다. 바닷가의 절벽을 이룬 암벽 혹은 반석pièrre이 되었다. 키냐르는 시몽(시몬)의 이름을 지을 때 피에르(베드로)의 이름을 염두에 두었노라고 우리에게 귀띔한다.[5] 그리하여 시몽 피에르(시몬 베드로)에게 사실인 것은 시몽 클랭에게도 사실이 된다. "너는 베드로이다. 내가 이 반석 위에 내 교회를 세울 터인즉 죽음의 힘도 감히 그것을 누르지 못할 것이다."(「마태복음」 제16장 제18절)

시몽은 더 이상 시몽이 아니라 피에르(베드로)로 거듭나서 죽음마저 초월하는 다른 세계(자연)로 편입된다.

장은 키냐르를 대신하여 클레르와 시몽의 이야기를 이렇게 결론짓는다. "나는 폴과 함께 클레르 옆에서 그토록 오랜 세월을 살

5) 앞의 책, 56쪽.

고 난 지금에야 비로소, 그녀가 걸어온 길이 사랑의 길이라기보다는 다른 세계의 길이라는 데 생각이 미친다. 덤불, 절벽, 내포, 바위, 동굴, 섬, 배…… 물론 이런 것들은 시종일관 시몽 클랭과 관련된 정류장들이지만, 그곳에 더 이상 시몽의 존재는 필요하지 않았다."(221쪽)

*

클레르와 '곳'

'곳'에 대해 느끼는 인간의 결속감은 그 어떤 결속보다 신비하고 절대적이다. 죽음을 불사하고 모천으로 회귀하는 연어의 본능과도 같은 것이기 때문이다. '곳'에 대한 결속감을 본격적인 주제로 삼은 키냐르의 소설은 두 편이다. 『빌라 아말리아』와 『신비한 결속』. 이 둘은 쌍둥이처럼 닮아 있다. 다른 점이 있다면, 전자의 여주인공 안(마흔일곱 살의 작곡가이며 피아니스트)이 일체의 과거를 지우고 파리를 떠나 지중해의 해안 절벽에 이른다면, 후자의 여주인공 클레르(마흔 살의 번역가)는 근거지인 베르사유를 떠나 음울한 브르타뉴의 바닷가 고향으로 찾아가 죽는다. 하지만 전자의 원심적 궤적이나 후자의 구심적 궤적은 '내면의 자아를 찾아가는 여행'이라는 관점에서 볼 때 동일한 본질에 속한다. 차이라면, 안의 탐색은 '의지적'인 데 반해 클레르의 탐색이 '무의지'적, 거의 '샤먼적'이라는 사실 정도이다. 키냐르는 클레르가 무척 부럽다고 말한다. 이성과 절제를 지닌 안이 키냐르의 사실임 직한 분신이라면, 사회적 자아를 벗어던진 알몸으로 열정과 야성을 서슴 없이 분출시키는 클레르는 그가 꿈꾸는 분신이기 때문일 거라는 생각이 든다.

클레르의 '곳'에 대한 집착이 절정을 이루는 장소는 접근하기 힘든 해안의 한구석 암벽의 틈새이다. 허리에 밧줄을 묶은 다음에 암벽 뒤쪽에 난 갈라진 틈으로 비집고 들어가, 밧줄을 움켜쥔 채 장애물들을 헤치며 캄캄한 내벽면을 타고 한참 내려가다 보면 발이 바닥에 닿는다. 바닥을 따라 아주 작은 골짜기가 내포로 이어진다. 클레르는 "옷을 홀딱 벗고 …… 1미터 남짓한 폭의 자그만 계곡에 누우면, 늘 그늘지고 항상 신선하며 어두운 그곳이 다름 아닌 낙원"(88쪽)이라고 말한다. 그곳에서 시몽과 사랑을 나눌 때, 그녀는 야릇한 실신 상태, 지극히 오래된, 거의 수면보다 더 오래된 이완 상태에 빠져든다." 이것은 '탯줄로 이어진 자궁 속의 태아'에 대한 묘사가 아닌가? 그렇기 때문에 이곳이 늘 낙원일 수는 없다. 빛이 있으면 그림자가 있듯이, 퇴행적 행위에 대한 징벌로서의 위험이 도사린 곳이기도 하기 때문이다. 시몽이 이별 선언을 하자, 클레르는 실제로 그곳의 타이어 위에서 웅크린 채 잠이 들었고, 저체온증으로 죽음의 문턱까지 가게 된다. '곳'과의 결속에서 결락이 생긴 탓이다. 아직까지 '곳'이라는 자연과 완전한 합일을 이룬 상태가 아니므로.

*

변신 이야기 — 클레르, 캣우먼

잠깐 키냐르의 유년기로 돌아가 보자. 어린 키냐르가 자폐증 증세를 보이며 먹기를 거부하자 그는 할머니 집으로 보내진다. 그리고 할머니의 정성과 기지로 차츰 음식을 섭취하며 건강을 회복하기 시작한다. 끊어질 듯 아슬아슬하던 이 세계와의 접속이 다시 이어졌다는 말이다. 할머니는 병약한 어린 손주에게 쥘 페로의 동화책 『어미 거위 이야기』를 읽어주기 시작한다. 할머니는 「당나귀 가죽Peau d'âne」을 들을 때 손주의 눈빛이 가장 빛나는 것을 본다. 할머니가 고른 두번째 책은 『세귀르 백작부인 당나귀의 회상록Les mémoires d'un âne』이었다. 할머니가 느리게 읽기를 마쳤을 때, 그 사이에 글을 깨친 영특한 손주는 할머니나 삼촌의 도움 없이 혼자서 그 책을 술술 읽어 내려간다. 아, 당나귀의 힘! 이쯤에서 당나귀를 뜻하는 프랑스어 âne(안)의 발음이 엄마의 이름인 Anne(안)과 같다는 키냐르의 고백을 전할 필요가 있다. 어쨌든 음식물 섭취로 몸을 회복한 그는 이야기(문학)의 힘으로 어렵사리 이 세계에 뿌리를 내리게 된다. 그리고 한참 뒤(중학교 2학년, 일반적으로 열두 살에 해당한다. 그러나 월반을 거듭한 키냐르의 정확한 나이는 알 수 없지만 약간 어렸을 것이다) 그에게 다시 한 번 아주 강렬한 '계시'의 순간이 찾아온다. 라틴어 수업 시간에 교과서로 채택된

루키우스 아풀레이우스의 『황금 당나귀』[6]를 읽게 된 것이다. 또다시 당나귀다! 키냐르는 아직도 이 소설이 '모든 이야기의 원형이며 세상에서 가장 훌륭한 작품'[7]이라고 단언한다. 그러고 보니 대담(2003)을 위해 그를 찾아갔던 초면의 나에게도 필히 이 책을 읽으라고 거듭 권하던 기억이 떠오른다. 아무튼 그에게 작가로서의 소명을 느끼게 했던 당나귀 이야기는 그의 창작의 원천이었다. 그는 늘 이 소설처럼 본격적인 '변신 이야기'를 쓰고 싶다는 욕망을 품고 있었노라고 말한다. 오랜 세월이 흐른 뒤에 그것은 『신비한 결속』을 통해 실현된다.

이쯤에서 '뭐, 이 소설이 변신 이야기라고?'라고 묻는 놀란 목소리가 들리는 듯하다. 내 대답은 '그렇다'이다. 키냐르 자신이 "(이 소설은) 고양이로 변하는 한 여자의 이야기다"[8]라고 분명히 밝혔을 뿐 아니라, 정확히 제5부 제1장의 마지막, 들려오는 "신비한 음악 소리에 홀린 클레르가 그 진원지를 찾아갈 때부터 변모가 시작된다"고까지 말하고 있는 마당에 어쩔 것인가. 이어지는 또 한 가지 질문. '근데 왜 당나귀가 아니고 고양이지?'

6) 라틴어 소설 중에 완전하게 보존된 유일한 작품. 총 11장으로 루키우스의 모험을 담고 있다. 마술을 써서 새가 되려다가 당나귀가 되고 만 루키우스가 여러 주인의 손을 거치면서 동물들의 애환과 고통을 알게 되고, 마침내 이시스 여신의 도움으로 인간을 모습을 되찾게 된다는 이야기다.
7) 앞의 책, 13쪽.
8) 앞의 책, 12쪽.

작가는 그 이유로 고양이의 '곳'에 대한 결속감이 가장 신비하고 가장 절대적이라는 점을 내세운다. 하긴 고양이는 태어나자마자 태어난 '곳'에 뿌리를 내리는 매우 식물적인 동물이다. 그리고 자연(본성)으로 충만한 상태로 자신의 '옛날'을 살아가는 존재이다. 그러므로 클레르가 고양이로 변해간다는 것은 자연과 합일을 이루는 과정으로 보아야 할 것이다. 작가는 실제로 작중인물들의 눈에 비친 고양잇과의 특성인 몇몇 기호를 통해 클레르의 변모를 그려나가고 있다.

우선 쥘리에트의 눈에 비친 엄마의 모습이다.

"늙어가면서 눈빛은 점점 더 깊어지고 까매졌다. …… 연탄처럼 새까맸다."(236~37쪽)

가사 도우미 앙드레 아줌마는 이렇게 말한다.

"마지막엔, 그녀의 집에 들르거나 집안일을 좀 할 때, 더 이상 그녀의 기척이 들리지 않게 되었다. 모습조차 눈에 띄지 않을 정도로 은밀한 존재로 바뀌었다. 운동화를 신고, 짧은 치마나 운동 팬티에 면 티 차림의 깡마르고 가벼운 그녀는 그림자처럼 소리 없이 옮겨 다니곤 했다. 사물 위로 이동하는 그림자처럼. 아무도 모르게 슬며시 뒤에 다가와 있는가 하면, 구름이 쏟아지는 햇빛을 지우듯이 소리 없이 문지방을 슬쩍 넘어서기도 했다. 층계를 오를 때도 몸의 하중을 감당하느라 계단이 삐걱거리는 소리조차 들리지 않았다."(276쪽)

폴이 본 누나의 모습이다.

"대체로 아래층의 파란 소파에서 몸을 둥글게 웅크리고, 앞으로 내민 팔 위에 머리를 얹고, 주먹을 쥔 자세로 자곤 했"(265쪽)으며, "혀를 내밀어 바닷물을 핥아 마셨"(243쪽)고, "소변이든 대변이든 생리 현상을 들판에서, 즉 특정한 바위 옆이나 어떤 식물 부근에서 해결하길 좋아했다. …… 누나는 즉시 흙이나 이끼나 나뭇잎으로 재빨리 흔적을 덮었다."(263쪽) 그리고 이어서 이렇게 결론짓는다. "누나는 다른 누군가에게 속했다. 누나는 '곳'에 속했다"(263쪽)라고.

'곳'에 속한다는 것은 풍경으로 편입된다는 뜻이며, 그리하여 모든 존재의 자궁인 자연으로 돌아간다는 의미다. 그때 '나'와 '자연'의 거리는 완전히 소멸한다. 폴의 마지막 언술에서 '곳'이 '누군가'로 인격화되어 나타나는 것은 인간과 자연 사이의 경계가 허물어지고, 그 둘이 하나되었음을 시사한다. 즉 '자연과의 합일' 상태.

폴은 이렇게 묘사하고 있다.

"한번은 누나가 완전히 비워진 상태에서 '곳'이 누나 앞으로 확장되었다. 내면까지 이르렀다. 잎이 우거진 잔가지들이 쑥쑥 자라났다. 나비와 파리와 벌 들은 겁 없이 팔랑팔랑 날아다니기 시작했다. 들쥐 한 마리가 불쑥 나타나서 누나의 무릎께로 다가왔다. 노란 이끼팡이로 뒤덮인 바위에 올빼미 한 마리가 앉아 있었지만, 올빼미도 누나도 아무런 두려움이나 위협을 느끼지 않았다. 마치 누나는 더 이상 인간이 아닌 듯싶었다. 다른 존재들에게 더 이상 인간으로서, 포식자로서, 파괴자로서, 위험을 표상하는 존재가 아닌 것 같았다. …… 차츰 빛이 흐려지면서 색도 칙칙해지고, 침묵은 증대되고, 누나는 석양빛에 물들고 그늘에 휩싸였다. 어둠이 내렸다. 이 모든 일이 일어나는 동시에 누나는 이 모든 것이 되었다. 그리고 누나는 밤이 되었다."(245~46쪽)

어둠이 내리면 클레르는 밤이 되고, 덤불숲에 있으면 "황금색과 백색의 불길"(216쪽)이 되고, 풍경이 되었다. 그리고 언어를 내려놓고 침묵이 되었다. 자연은 언어로 표현되기 이전의 존재, 개념이나 언어 없이 직접 접촉해야 되는 존재이기 때문이다. 세상의 거의 모든 언어, "최소 열다섯 개 언어를 구사"(119쪽)하는 언어의 천재이며 번역가인 그녀이기에 언어는 이 세계의 그 무엇도 지시할 수 없음을 깊이 깨달았을 것이다. 실재le réel는 언어의 분절을 넘어선 곳에 있으므로. 道可道非常道.[9]

*

어둠에서 빛으로

키냐르에게 세계는 둘이다. 그가 '두번째 왕국'이라 말하는 출생 이후의 이 세계와 대체로 수태된 순간부터 언어 습득 이전까지의 시기를 말하는 다른 세계, 즉 '최초의 왕국'인 '옛날jadis'이 그

---

9) 『도덕경』의 유명한 첫 구절. "도(道)를 도라고 부르는 순간 그것은 도가 아닌 것이 되어버린다" 혹은 "도를 도라고 할 수 있지만 언제나 도는 아니다"라고 번역된다.

것이다. '옛날'은 우리가 잃어버린 것이지만 삶의 단락에서 언뜻 언뜻 드물게나마 접속될 수 있다고 그는 설명한다. 그리고 '옛날' 을 불러올 수 있는 효과적인 방법으로 독서, 사랑하는 남녀의 성 행위, 음악이나 미술 등등과 자연의 관조를 꼽고 있다. 언젠가부 터 그는 점점 더 자연의 관조에 경사하고 있다. 그의 소설에서 '곳' 이 주요 등장인물로 등장하게 되는 이유도 그래서다. 그리 놀라운 일은 아니지만,[10] 『신비한 결속』에서는 작가의 도교적 사유가 유 난히 두드러진다.

폴이 (누나가) "이 세계와의 접속이 완전히 끊어진 상태에 돌 입"(153쪽)했다거나 늙어가면서 "세상 사람 모두에게서 멀어 져 갔다"(248쪽)고 말할 때, 혹은 (누나가) "아마 다른 세계에 있 는"(151쪽) 것처럼 느껴진다고 할 때, 클레르가 접속되어 있는 다 른 세계는 물론 '옛날'이다. 그런데 키냐르는 '옛날'이라 말하지 않고 '빛의 세계'로 소개하고 있다. 이 세계에서 우리가 누릴 수 있 는 '옛날'은 삶의 결락에서 간헐적으로 느닷없이 불쑥 찾아오는 순간들에 지나지 않지만, 빛의 세계에서 클레르는 '옛날'을 비교 적 지속적으로 누리고 있다. 이 세계에서 우리가 잃어버린 '옛날' 을 지속적으로 누리는 것이 가능하다고 말하는 것은 (내가 알기 로) 이 소설이 처음이다. 그래서 나는 빛의 세계가 (불교식으로 말

---

10) 노장 사상에 관심이 있는 키냐르는 1996년 장자의 고향인 중국 허난(河南) 성의 상 추(商丘)를 여행했고, 그 경험의 영향이 이후의 작품들에 꾸준히 반영되고 있다.

하자면) 깨달음을 얻은 이후의 세계, (도교식으로 말하자면) 자연
에 귀의하여 합일을 이룬 이후의 세계가 아닐까 생각해본다. 노장
사상이 행복의 철학인 것을 감안할 때, 도교적 사유로의 경사는
키냐르가 삶의 행복을 더욱 신봉하게 되었다는 의미이기도 하다.

빛이 가득한 소설로 계획되었던 이 작품을 작가는 '빛lumière과
뤼미에르Lumière 형제에게 헌정'[11]한다고 말한다. 텍스트 내부에
도 빛과 관련된 힌트가 여기저기 숨어 있다.

우선 소설의 배경인 브르타뉴 해안에, 정확히 생말로 맞은편
에, 생테노가와 생뤼네르 사이에, 작가는 실재하지 않는 가공의
항구도시를 만들어 넣고 라클라르테La Clarté라고 명명한다. 그
리고 "'클라르테clarté'라는 말은 태양의 솟아오름과 봄의 출현
을 숭배해서 이 둘을 축하하던 종교의식의 옛 의미를 대체한 단
어"(69~70쪽)라는 부연 설명을 곁들인다. 시몽이 시장직을 수
행하며 약국을 경영하는 바로 그곳이다. 아래쪽으로 내려가면 굴
오페Goules aux fées 동굴이 나오는데, "루이 뤼미에르와 오귀스
트 뤼미에르가, 1877년 여름 동안 세계 최초로 총천연색 사진을
만든"(214쪽) 그 동굴이다. 나는 뤼미에르 형제의 등장이 좀 뜬금
없다고 느꼈다. 게다가 클레르의 조부모가 자신들이 지은 빌라들
중 한 채를 그들 형제에게 임대했다는 각별한 인연까지 설정하다
니…… 나는 좀 의아했다. 그런데 지금 보니 그 대목은 어둠에서

11) 앞의 책, 18쪽.

빛으로 넘어가는 길목에 있는 거였다. 그 무렵 시몽의 시신이 굴오페 동굴 아래쪽 늪에서 발견되고, 그 시점에서 클레르의 마음은 사랑의 고통에서 풀려나 평화가 깃들기 시작한다. 다음은 폴의 말이다. "시몽이 사망하자 평화가 도래했다. 클레르 누나에게 야릇하고 총체적인 평화가 찾아들었다. 요지부동의 평화가 깃들었다. 그 이후로는 날마다 그렇게 살았다."(262쪽) 나는 이것이 영화라면 아마 이쯤에서 흑백이 총천연색으로 바뀌게 되리라고 생각한다.

이번에는 클레르의 이름. 그녀의 이름은 여럿이다. 클레르Claire, 마리-클레르Marie-Claire, 클라라Clara 혹은 카라Chara. 이름이 여럿이라는 것은 정체성이 여럿이라는 뜻이다. "카라Chara는 흔히 쓰이는 그리스어로 '은총grâce'이라는 의미"(120쪽)를 지니고 있음에도 클레르는 유독 그 이름을 혐오한다. 그리고 프랑스어로 '밝은, 환한'이라는 의미를 지닌 클레르Claire란 이름을 고집한다. 클레르는 빛의 여인, 자연의 자궁으로 돌아가 옛날을 누리는 다른 세계에 속한 여인이라는 기호이다.

*

죽음에 대한 사유

지극히 개인적인 견해지만, 나는 이 소설이 죽음에 대한 사유라고 생각한다. 작가의 나이 육십 무렵에 출간된 『빌라 아말리아』(2006)나 그로부터 5년 뒤에 나온 『신비한 결속』(2011)에서는 죽음의 그림자가 도처에서 어른거린다. 죽음과 조우하지 않고 읽어 나갈 수가 없다. 후자의 경우 클레르의 여동생과 아버지가 교통사고로 죽었고, 어머니는 자살했다. 시몽이 죽고(자살), 라동 부인은 늙어서 죽는다. 마지막엔 클레르가 죽는다(자살로 추정). 그녀의 죽음은 칼레브 영감의 말에서 슬쩍 암시될 뿐이어서 더욱 야릇한 여운으로 남는다.

"그녀에 대한 마지막 기억? 버려져 약간 더러워진 스카프가 덤불 근처의 땅바닥에서 나뒹굴고 있다. 갈매기 떼가 둑 위에 모여들어 스카프 주변에서 점점 더 큰 소리로 울부짖는다."(285쪽)

영화의 한 장면처럼 눈앞에 그려진다. 애달프지만 가슴이 미어지는 고통은 없다. 작가는 캣우먼이 바다로 뛰어들어 자살했으리라는 거의 확실한 사실을 끝까지 확인해주지 않는다. 그리고 이렇게 말한다. "(고양이에게) 종말이란 없다. 아무도 고양이의 죽음을 알 수 없다. 고양이들은 늘 그렇게 숨어서 죽는다. 자연의 품으로 사라지는 것이다."[12]

작가는 죽음이 몹시 두려워서, 차마 입에 담을 수가 없어서 '죽는다'고 말하는 대신 '사라진다'고 말하는 것은 아닐까? 도교적 사유에서 많은 위안을 느끼는 게 분명하다. 기독교 문화권의 작가인 그가 죽음을 '하늘나라'가 아니라 땅(자연)으로 돌아가는 것으로 그리는 것도 그런 맥락에서일 터이다.

12) 앞의 책, 28쪽.

이 글을 마치려는데 불현듯 『로마의 테라스』(2000)의 한 대목이 떠올라 옮겨 적는다.

아브라함 반 베르헴이 에칭 화가의 어깨에 손을 얹었다. 그가 말한다. "……마지막 떠남은 사실상 흩어짐에 불과해. 늙어갈수록 나는 내가 도처에 있음을 느끼네. 이제 내 육체 속에는 내가 많이 남아 있지 않아. 나는 언젠가 죽는다는 것이 두렵네. 내 살갗이 지나치게 얇아졌고, 구멍이 더 많이 생겼다고 느끼지. 난 혼자 중얼거리네. '언젠가 풍경이 나를 통과하겠지.'"

(『로마의 테라스』, 82~83쪽)

번역을 하고, 교정을 하고, 옮긴이의 말을 쓰느라 허우적거렸다. 어느새 봄이다. 내가 사는 아파트 단지에도 목련이며 벚꽃과 개나리가 흐드러지게 피었다. 꽃이 질 것이 벌써부터 서러워 눈물이 날 것 같다.

2015년 5월
송의경

1948   4월 23일 프랑스 노르망디의 베르뇌유쉬르아브르(외르)
에서 출생했다. 음악가 집안 출신의 아버지와 언어학자
집안 출신의 어머니 사이에서 키냐르는 어릴 때부터 자
연스럽게 식탁에서 오가는 여러 언어(프랑스어, 독일어,
영어, 라틴어, 그리스어)를 습득하고, 여러 악기(피아노,
오르간, 비올라, 바이올린, 첼로)를 익히면서 자라난다.

1949   가을, 18개월 된 어린 키냐르는 여러 언어를 사용하는 집
안 분위기에서 기인된 혼란 때문에 자폐증 증세를 보이
기 시작하고, 언어 습득과 먹기를 거부한다. 우연히 외삼
촌의 기지로 추파춥스 같은 사탕을 빨면서 겨우 자폐증
에서 벗어난다.

1950~58 이 기간을 르아브르에서 보내게 된다. 형제자매들과 전
혀 어울리지 못하고 늘 외따로 지내기를 즐긴다.

1965   다시 한 번 자폐증을 앓는다. 이를 계기로 작가로서의 소

명을 깨닫는다.

1966   세브르 고등학교를 거쳐 낭테르 대학교에 진학한다. 에마
        뉘엘 레비나스, 폴 리쾨르, 장-프랑수아 리오타르, 앙리
        르페브르 등의 강의를 듣고, 레비나스의 지도 아래 '앙리
        베르그송의 사상에 나타난 언어의 위상'이라는 제목의 논
        문을 계획하지만, 68혁명을 거치면서 대학교수가 되려는
        생각을 접으며 논문을 포기한다. 1966년에서 1969년까
        지 주류를 이룬 실존주의와 구조주의의 물결 그리고 68혁
        명의 열기 속에서 철학을 공부했지만, 이러한 이념들의
        정신적 유산을 완강히 거부한다. "(획일화된) 유니폼을
        입은 사상은 나와 맞지 않는 것 같다"는 이유에서다.

1968   가업인 파이프오르간 연주를 물려받을 생각을 하고, 아
        침에는 오르간 연주를 하고, 오후에는 16세기 프랑스 시
        인 모리스 세브Maurice Sève의 Délie(idée의 철자 순서를
        바꿔 쓴 아나그람)에 관한 에세이를 쓰기 시작한다. 원고
        를 갈리마르 출판사에 보내자 놀랍게도 키냐르가 존경해
        마지않는 작가 루이-르네 데포레Louis-René des Forêts가
        답장을 보내온다. 데포레의 소개로 1968년 겨울부터 잡
        지『레페메르L'Ephémère』에 참여한다. 여기서 미셸 레리
        스, 파울 첼란, 앙드레 뒤 부셰, 자크 뒤팽, 이브 본푸아,
        알랭 베인슈타인, 가에탕 피콩, 앙리 미쇼, 피에르 클로
        소프스키, 에마뉘엘 레비나스와 교우하게 된다.

1969 결혼을 하고, 뱅센 대학교와 사회과학연구원EHESS에서
     잠시 고대 프랑스어를 가르치며, 첫 작품『말더듬는 존재
     L'être du balbutiement』를 출간한다. 이후, 확실한 시기는
     알려진 바 없으나 아버지가 되면서 이혼을 한다.

1976 갈리마르 출판사에서 편집자, 원고 심사위원의 일을 맡
     는다. 1989년에는 출간 도서 선정 심의위원으로 임명되
     고, 이듬해인 1990년에는 출판 실무 책임자로 승진하여
     1994년까지 업무를 계속한다.

1986 소설『뷔르템베르크의 살롱Le salon du Wurtemberg』과
     뒤이어 나온『샹보르의 계단Les escaliers du Chambord』
     (1989)의 발표로 더 많은 독자에게 이름을 알리기 시작
     한다.

1987 1987년부터 1992년까지 '베르사유 바로크 음악 센터' 임
     원으로 활동한다.

1990 단편소설, 에세이 등을 포함하여 20권 예정으로 기획한
     『소론집Petits traités』 중 여덟 권(1~8권)이 줄간된다.

1991 소설『세상의 모든 아침Tous les matins du monde』을 출간
     하고, 직접 시나리오로 각색해 알랭 코르노 감독과 함께
     영화로도 만든다. 책은 18만 부가 팔렸으며 영화 또한 대
     성공을 거둔다.

1992 영화「세상의 모든 아침」에서 생트 콜롱브의 제자인 마
     랭 마레의 음악 연주를 맡았던 조르디 사발과 더불어 '콩

세르 데 나시옹Concert des Nations'을 주재한다. 또한 필리프 보상, 프랑수아 미테랑 전 대통령 등과 함께 '베르사유 바로크 예술 페스티벌'을 창설하지만 1년밖에 지속하지 못한다. 이 페스티벌은 '베르사유 바로크 음악 센터와는 별개로, 음악 센터에서 운영하는 '베르사유 추계 음악 페스티벌'과 경쟁관계에 놓여 키냐르가 음악 센터의 임원직을 사임하는 이유가 된다.

1993   『혀끝에서 맴도는 이름*Le nom sur le bout de la langue*』을 출간한다. 당시 언론에서는 이 작품을 일제히 아구스티나 이스키에르도Agustina Izquierdo의 두번째 소설인 『순수한 사랑』(첫번째 소설은 1992년 발표된 『별난 기억』)과 나란히 소개하는데, 이스키에르도가 키냐르의 가명일 것이라는 확신에 가까운 추측에서이다.

1994   집필에만 열중하기 위해 일체의 모든 공직에서 사임하고 세상의 여백으로 물러나 스스로 파리의 은둔자가 된다. 그의 나이 46세이다.

1995   손가락에 이상이 생겨 더 이상 악기 연주가 곤란해진다. 설상가상으로 조부와 부친에게서 물려받은 악기들인 스트라디바리우스를 모두 도난당하자 크게 상심하여 연주를 포기한다. 이후 음악을 연주하던 시간이 책읽기와 글쓰기에 바쳐진다.

1996   1월 『소론집』과 장편소설 집필 중에 갑작스러운 출혈로

응급실에 실려 갔다가 죽음의 문턱에서 가까스로 귀환한다. 이런 경험을 전환점으로 그의 글쓰기는 크게 변화된다. " 내 안에서 모든 장르가 무너졌다"고 말하며, 소설, 시 에세이, 우화, 민화, 잠언, 단편, 이론, 인용, 사색, 몽상 등 모든 장르가 뒤섞인 혹은 어떤 장르도 아닌 오직 '문학'을 추구하게 된다.

건강을 회복한 뒤 일본과 중국으로 여행을 떠난다. 특히 장자의 고향인 중국 허난 성의 상추(商丘)를 방문했던 기억과 고대 중국 철학(도교)의 영향이 집필 중이던 『은밀한 생 Vie secrète』에 고스란히 반영된다.

1998   새로운 글쓰기의 첫 결과물인 『은밀한 생』이 출간되고, '문인협회 춘계 대상'을 받는다.

2000   1월 『로마의 테라스 Terrasse à Rome』가 출간되고, 이 소설로 2000년 '아카데미 프랑세즈 소설 대상'과 '모나코의 피에르 국왕 상'을 동시 수상한다. 이로 인해 2억 4천만 원에 해당하는 상금과 함께 출간 즉시 4만 부 이상이 팔려나가는 대성공을 거둔다.

이후 1년 6개월간 죽음이 우려될 정도로 심한 쇠약 증세에 시달리면서, 연작으로 기획된 '마지막 왕국Dernier royaume'의 집필에 들어간다. 키냐르는 이 연작의 각 권이 세상을 바라보는 각기 다른 창(窓)이 될 것이며, 이미 출간된 『은밀한 생』이 연작의 중간, 즉 제8권이나 제9권에 위치할 예정이며, 자신은 앞으로 이 시리즈를 쓰다가 생을 마감하게 될 것이라고 말한다.

2001   부친이 별세한다. 키냐르는 비로소 아버지에게서 물려받은 성(姓, 사회에 편입된 존재의 표지)으로 인한 부담과 아버지의 기대의 시선에서 완전히 풀려나 자유로워졌다고 고백한다.

2002   '마지막 왕국' 시리즈 제1·2·3권에 해당하는 『떠도는 그림자들Les ombres errantes』『옛날에 대하여Sur le jadis』『심연들Abîmes』을 동시에 출간하고, 제1권으로 공쿠르 상을 수상한다.

소설 장르의 작품을 대상으로 하는 공쿠르 상의 속성상 탈(脫)장르적 혹은 범(凡)장르적인 키냐르의 작품은 심사위원들의 격렬한 찬반논쟁을 불러일으켰다고 전해진다. 하지만 이를 계기로 예술은 이미 구축된 '장르'라는 시스템을 내부에서 교란하고 궤멸하는 것이라는 문제의식이 확산된다.

2004   7월 10~17일까지 풍광이 수려한 노르망디 지방의 고성(古城)을 개조한 유명한 국제 학술회장인 스리지라살Cerisy-la-Salle에서 '파스칼 키냐르 학술회'가 열렸다. 학술회의의 성과는 이듬해 『파스칼 키냐르, 한 문인의 면모들Pascal Quignard, figures d'un lettré』이라는 제목의 책으로 묶여 나온다.

2005	'마지막 왕국'의 제4·5권에 해당하는『천상의 것들Les paradisiaques』『비천한 것들Sordidisimes』을 발표한다. 성스러운 것과 불결한 것, 아름다운 것과 추한 것은 양립되지 않는다는 생각이 한 쌍과도 같은 두 권에 녹아 흐른다.
2006	『빌라 아말리아Villa Amalia』를 발표한다. 총체적 장르에 속하는 '마지막 왕국' 시리즈가 남성적 글쓰기라면, 이 작품은 소설 장르에 충실한 여성적 글쓰기에 속한다. 키냐르는 자신이 줄곧 남성적 글쓰기를 지속하다 보니 심리적 균형을 맞출 필요를 느껴 자신 안의 여성성에서 비롯된 욕구에 이끌려 소설을 쓰지 않을 수 없었노라고 말한다.

이후로 '마지막 왕국' 연작과 소설을 번갈아 발표한다.

2007	『섹스와 공포Le sexe et l'effroi』의 연작이라 할 수 있는『성적인 밤La nuit sexuelle』을 출간한다. 우리에게 결여된 '최초의 장면'(부모의 성교 장면)에 대한 탐색으로 성(性)을 주제로 한 글과 더불어 화가인 보슈, 뒤러, 렘브란트, 티치아노, 루벤스, 우타마로, 신윤복 등의 그림이 2백여 편 실려 있는 고급 장정본의 화보에 가까운 책이다.
2008	『부테스Boutès』를 발표한다.

『빌라 아말리아』가 영화(브누아 자코Benoît Jacquot 감독, 이자벨 위페르 주연Isabelle Huppert)로 만들어져 개봉된다. 하지만 영화「세상의 모든 아침」이 누린 성공과는 달

리 흥행에 실패한다.

2009   '마지막 왕국' 시리즈 제6권인 『조용한 나룻배*La barque silencieuse*』를 발표한다.

2010   6월 17~19일까지 파리 누벨 소르본 대학교에서 미레유 칼-그뤼베르Mireille Calle-Gruber 교수의 기획으로 '파스칼 키냐르, 예술의 먼 바다 혹은 뮤즈들에 의해 세분화된 문학Pascal Quignard, au large des arts ou la littérature démembrée par les muses'이라는 제목의 학술회가 열린다.

2011   1월 29일 파리 19구 라빌레트 극장에서 키냐르의 텍스트 『메데이아*Medea*』와 일본 부토(舞踏)의 대가 카를로타 이케다의 춤이 만났다. 키냐르의 낭독과 이케다의 춤이 어우러진 공연의 내용이 책 『메데이아』로 다시 소개된다.
        『신비한 결속』을 발표한다. 앞서 나온 『빌라 아말리아』와 짝을 이루는 소설이다.

2012   '마지막 왕국' 시리즈 제7권인 『낙마한 자들*Les desarçonnés*』을 발표한다.

2014   '마지막 왕국' 시리즈 제9권인 『죽도록 생각하다*Mourir de penser*』를 발표한다. 제8권의 자리는 앞서 말했듯이 『은밀한 생』이 차지한다.

Petits traités, tomes I à VIII (Adrien Maeght, 1990)

Dernier royaume, tomes I à IX :

Les ombres errantes (Dernier royaume I), (Grasset, 2002)

Sur le jadis (Dernier royaume II), (Grasset, 2002)

Abîmes (Dernier royaume III), (Grasset, 2002)

Les paradisiaques (Dernier royaume IV), (Grasset, 2005)

Sordidissimes (Dernier royaume V), (Grasset, 2005)

La barque silencieuse (Dernier royaume VI), (Seuil, 2009)

Les désarçonnés (Dernier royaume VII), (Grasset, 2012)

Vie secrète (Dernier royaume VIII), (Gallimard, 1998)

Mourir de penser (Dernier royaume IX), (Grasset, 2014)

L'être du balbutiement(Mercure de France, 1969)

Alexandra de Lycophron(Mercure de France, 1971)

La parole de la Délie(Mercure de France, 1974)

Michel Deguy(Seghers, 1975)

Écho, suivi d'Épistole d'Alexandroy(Le Collet de Buffle, 1975)

Sang(Orange Export Ldt., 1976)

Le lecteur(Gallimard, 1976)

Hiems(Orange Export Ldt., 1977)

Sarx(Maeght, 1977)

Les mots de la terre, de la peur, et du sol(Clivages, 1978)

Inter Aerias Fagos(Orange Export Ldt., 1979)

Sur le défaut de terre(Clivages, 1979)

Carus(Gallimard, 1979)

Le secret du domaine(Éd. de l'Amitié, 1980)

Les tablettes de buis d'Apronenia Avitia(Gallimard, 1984)

Le vœu de silence(Fata Morgana, 1985)

Une gêne technique à l'égard des fragments(Fata Morgana, 1986)

Ethelrude et Wolframm(Claude Blaizot, 1986)

Le salon du Wurtemberg(Gallimard, 1986)

La leçon de musique(Hachette, 1987)

Les escaliers de Chambord(Gallimard, 1989)

Albucius(P. O. L, 1990)

Kong Souen-long, sur le doigt qui montre cela(Michel Chandeigne, 1990)

La raison(Le Promeneur, 1990)

Georges de la tour(Éd. Flohic, 1991)

Tous les matins du monde(Gallimard, 1991)

La frontière(Éd. Chandeigne, 1992)

Le nom sur le bout de la langue(P. O. L, 1993)

L'occupation américaine(Seuil, 1994)

Les septante(Patrice Trigano, 1994)

L'amour conjugal(Patrice Trigano, 1994)

Le sexe et l'effroi(Gallimard, 1994)

La nuit et le silence(Éd. Flohic, 1995)

Rhétorique spéculative(Calmann–Lévy, 1995)

La haine de la musique(Calmann–Lévy, 1996)

Terrasse à Rome(Gallimard, 2000)

Tondo, avec Pierre Skira(Flammarion, 2002)

Inter Aerias Fagos, avec Valerio Adami(Galilée, 2005)

Écrits de l'éphémère(Galilée, 2005)

Pour trouver les enfers(Galilée, 2005)

Villa Amalia(Gallimard, 2006)

L'enfant au visage couleur de la mort(Galilée, 2006)

Triomphe du temps(Galilée, 2006)

Requiem, avec Leonardo Cremonini (Galilée, 2006)

Le petit Cupidon (Galilée, 2006)

Ethelrude et Wolframm (Galilée, 2006)

Le solitaire, avec Chantal Lapeyre-Desmaison (Galilée, 2006)

Quartier de la transportation, avec Jean-Paul Marcheschi (Éd. du Rouergue, 2006)

Cécile Reims Graveur de Hans Bellmer (Éd. du Cercle d'art, 2006)

La nuit sexuelle (Flammarion, 2007)

Boutès (Galilée, 2008)

Lycophron et Zétès (Gallimard, 2010)

Medea (Éditions Ritournelles, 2011)

Les solidarité mystérieuses (Gallimard, 2011)

Sur le désir de se jeter à l'eau, avec Irène Fenoglio (Presses Sorbonne Nouvelle, collection Archives, 2011)

L'Origine de la danse (Galilée, 2013)

Leçons de solfège et de piano (Arléa, 2013)

La suite des chats et des ânes, avec Mireille Calle-Gruber (Presses Sorbonne nouvelle, collection Archives, 2013)

Sur l'image qui manque à nos jours (Arléa, 2014)